Der Tag des Geldes

Das Buch

Nur ein lumpiger Rubel fehlt den drei Trinkkumpanen Serjosha, Parfjon und Swinzitski noch, um sich ein ordentliches Fläschchen Wodka zu kaufen. Unversehens fällt den dreien jedoch sogar eine Brieftasche mit 33 Hundertrubelscheinen und 330 Hundertdollarnoten in die Hände! Voller Euphorie hecken sie allerlei Pläne aus, wie sie mit dem Geld ihr Leben verändern könnten. Aber leider müssen sie feststellen, dass ihre jeweiligen Probleme mit Geld nicht zu lösen sind: Weder wird Swinzitski durch das Geld ein bedeutender Schriftsteller werden noch Parfjon seine Jugend wiedererlangen oder Serjosha dem Alkohol abschwören. Was tun? Das Geld für einen wohltätigen Zweck verwenden? Auch dies ist alles andere als einfach in die Tat umzusetzen, denn aus unerfindlichen Gründen sträuben sich die auserkorenen Bedürftigen allesamt gegen die Annahme der ihnen zugedachten Spende. Und so schmieden die drei schließlich einen wahrlich diabolischen Plan, um das verflixte Geld endlich loszuwerden ...

Der Autor

Alexej Slapovsky wurde 1957 an der unteren Wolga geboren. Nach seinem Studium der Philologie arbeitete er als Lehrer, Lastenträger, Rundfunkjournalist und Redakteur bei der Literaturzeitschrift *Wolga*. 1985 schrieb er sein erstes Theaterstück, auf das mehr als dreißig weitere folgten. 1989 debütierte Slapovsky als Romanautor. Alexej Slapovsky lebt als freier Autor und Drehbuchschreiber in Moskau.

In unserem Hause ist von Alexej Slapovsky bereits erschienen:

Der heilige Nachbar

Alexej Slapovsky

Der Tag des Geldes

Ein Schelmenroman

Aus dem Russischen
von Hannelore Umbreit

List Taschenbuch

Besuchen Sie uns im Internet:
www.list-taschenbuch.de

Umwelthinweis:
Dieses Buch wurde auf chlor- und säurefreiem Papier gedruckt.

Ungekürzte Ausgabe im List Taschenbuch
List ist ein Verlag der Ullstein Buchverlage GmbH, Berlin.
1. Auflage März 2005

Titel der russischen Originalausgabe: *Den' deneg* (Wagrius, Moskau)
Umschlaggestaltung / Artwork: Hauptmann und Kampa Werbeagentur,
München – Zürich / Ulf Hennig
Satz: Franzis print & media GmbH, München
Druck und Bindearbeiten: Clausen & Bosse, Leck
Printed in Germany
ISBN 3-548-60510-9

Kapitel eins,

mit dem alles beginnt.

PASSIERT IST DIE GANZE GESCHICHTE, wie Sie sicher verstehen werden, in der Stadt Saratow, weil so etwas nirgendwo anders passieren kann, selbst wenn man es darauf anlegt.

Kapitel zwei,

in dem wir Bekanntschaft schließen mit einem Mann, den seit seiner Kindheit alle Schlange rufen, was eigentlich komplett heißen muss: Chingachgook, die Große Schlange, denn der Spitzname entstand unter dem Einfluss der Bücher James Fenimore Coopers und der ostdeutschen Indianerfilme, in denen sämtliche Rothäute (mit Ausnahme des muskelbepackten Schönlings Gojko Mitič) höckernasig, dunkelhäutig und adleräugig waren; der kleine Serjosha Uglow hatte keinen

Adlerblick, dafür aber eine Nase von schier unglaublicher Größe und Krümmung, und von dunkler Gesichtsfarbe war er auch, was sowohl seiner blondlockigen, rundgesichtigen Mama Lidija Iwanowna als auch seinem trockenen, blassen Papa Viktor Alexejewitsch mit dem spitznasigen, nervösen Gesicht (woran, also an den Nerven, er denn auch früh starb) für immer Rätsel aufgab, besonders, wenn sie Serjosha mit seinem älteren Bruder Gleb verglichen, der die Blässe des Vaters und die Mondgesichtigkeit der Mutter geerbt hatte, aber Zoff oder Argwohn gab es deshalb nicht unter den Eltern, denn sie liebten und vertrauten einander; dafür hatte Schlange mit einer Menge von Missverständnissen zu kämpfen, besonders in jüngster Zeit, wenn ihn die Ordnungshüter von der Miliz, aus deren Munde der unterschwellige Chauvinismus des Volkes sprach, immer wieder festhielten, weil sie ihn für e i n e P e r s o n k a u k a s i s c h e r N a t i o n a l i t ä t *erachteten, und das verkomplizierte Schlanges Leben, denn eine Person kaukasischer Nationalität war er zwar nicht, doch so oft benebelt, betüdelt, beschickert, beschwiemelt, bekneipt, betrunken, besoffen usw., dass die Milizionäre bei näherem Sicht- und Geruchskontakt und erst recht, wenn sie auch den Rest seines Äußeren in Augenschein genommen hatten, sofort im Bilde waren, ihren Verdacht, Schlange könne kaukasischer Nationalität sein, zwar auf der Stelle fallen ließen, ihm stattdessen aber etwas typisch Russisches unterstellten, ach, was sage ich unterstellten: an seinen (bildhaft gesprochen natürlich) weißen Händchen packten sie unseren Recken und schleppten ihn in eine Ausnüchterungszelle, ließen ihn allerdings ohne viel Federlesens bald wieder laufen, gab es doch nichts zu holen bei ihm: Schlange war seit sieben Jahren arbeitslos.*

SCHLANGE ERWACHTE FRÜH, griff sich an den Kopf und sagte leise:

»O-o-h!«

In diesem Ausruf lagen Schmerz und Achtung. Der Schmerz kam von dem Katzenjammer nach dem Rausch, die Achtung entsprang dem Begreifen der Tragweite seines Zustands: Um sich so zu fühlen, musste er am Abend zuvor ungeheuer viel getrunken haben, und in diesen Genuss kam Schlange recht selten.

Eine Gelegenheit zu einem ordentlichen Nachschluck war nicht in Sicht, deshalb gab sich Schlange erst gar keinen unerfüllbaren Hoffnungen hin, sondern ließ lieber den gestrigen Tag in seinem Gedächtnis Revue passieren: In schlimmen Augenblicken muss man an etwas Schönes denken.

Gestern, am 7. Oktober, hatte eine Gesamtrussische Protestaktion stattgefunden (an der, ganz im Geiste der neuen Zeit, sowohl diejenigen teilnahmen, die protestierten, als auch diejenigen, gegen die sich der Volkszorn richtete. Ja mehr noch, in manchen Städten marschierten die Zielscheiben des Protests stolz erhobenen Hauptes an der Spitze der Kolonnen, und später zeigte das Fernsehen, wie irgendein Gouverneur XYZ, umringt von seinen Vertrauten und Leibwächtern, vornweg lief, und hinter ihm schwenkten wütende Demonstranten Plakate, auf denen zu lesen stand: »Weg mit dem Schurken Gouverneur XYZ!«).

Schlange und seine Freunde, mit denen er Leben, Schicksal und eine Adresse in der Mitschurin-Straße teilte, hatten dieses Ereignis sehnsüchtig erwartet. Sie erinnerten sich noch gut an die Demonstrationen während der Sowjetära, jene glückseligen Aufmärsche, bei denen das Fest bereits vor dem Fabrik- oder Werktor, dem Eingang der Institutionen und Forschungsinstitute, der Fuhrparks und zahnärztlichen Polikliniken begann: Die Werktätigen, die einander nun außerhalb der Dienstordnung begegneten, bar aller Mühsal und Plage des Produktionsalltags, ungezwungen, ohne Ränge und Titel, gleich unter Gleichen im Angesicht des lichtdurchfluteten Tags, tranken Wein, Wodka und den betriebseigenen Sprit, den sie großzügig an diversen Arbeitsplätzen abgezweigt hatten, redeten über das Wetter und das Leben, um sich dann als lärmender Pulk in Richtung Platz der Revolution (heute Theaterplatz) in Bewegung zu setzen, mit kleinen Stärkungen unterwegs, begleitet vom Klang der Musikinstrumente, mit Gesang und Tanz. In jenen Zeiten arbeiteten Schlange und seine Freunde noch irgendwo, war das Trinken vom frühen Morgen an für sie noch keine Routine (alltäglich war es selbst heute noch nicht), sondern ein wirkliches Fest, besonders, wenn es auf einen Arbeitstag fiel.

Also hatten sich Schlange und seine Freunde gestern aufgemacht in der Hoffnung auf günstige Gelegenheiten. Natürlich waren das nicht mehr die früheren Menschenmassen, heute strömten die Demonstranten eher in dünnen Rinnsalen zusammen oder kamen überhaupt einzeln, und die Marschkolonnen formierten sich erst kurz vor dem Platz. Anhand der Losungen und der hitzigen Redetiraden konnten die Freunde zweifelsfrei bestimmen, wen sie vor sich hatten. Das da waren die Kommunisten: Einander mitreißend, schrien sie lautstark, wobei der eine dem anderen haargenau das zubrüllte, was auch dieser ihm zurief, doch ihre Gesichter sahen aus, als stritten sie auf Leben und Tod. Die Freunde schrien ein wenig mit und verdienten sich so die erste Portion, die sie im niedrigen Gebüsch hinter der Umzäunung des Platzes hinunterspülten. In den Gewerkschaftskolonnen waren die Gesichter streng und nüchtern, doch da drüben standen ein paar Männer beisammen, den anderen die Rücken zugekehrt, so als wärmten sie sich an einem Lagerfeuer: Höflich drängten sich die Freunde zu ihnen durch, entdeckten das Gesuchte, diskutierten ein wenig mit über Gewerkschaftsthemen und verdienten sich auch hier ein Quantum.

So kamen sie bei allen Parteien und Verbänden vorbei und wurden überall als eigene Leute aufgenommen. Wie denn auch nicht, wenn Schlange (nur als Beispiel) in der Menge einen Demonstranten mit besonders gutgläubigem Gesicht ausspähte und ihm freudig zuschrie: »Bruder! Du gehörst also auch zu uns!« Was blieb dem frisch entdeckten »Bruder« da übrig, als Schlange und seinen Freunden einzuschenken, selbst wenn er sich, wie es schien, nicht recht an Schlange erinnern konnte.

Nachdem ihre politischen Ansichten und ökonomischen Forderungen derartig viel Zuspruch erfahren hatten, marschierten die Freunde im Verbund mit den Werktätigen der physischen, geistigen und kleinunternehmerischen Arbeit auf den Platz. Doch nach einer Viertelstunde begannen sich die Proletarier zu langweilen und wanderten in die angrenzende Grünanlage ab. Dort war die Sause in vollem Gange, allerdings hielt sich angesichts des gewaltigen Milizaufgebots alles im anständigen Rahmen. Die Freunde wussten nicht mehr, wie viele Portionen sie bereits intus hatten, Schlange aber entwickelte seine eigene Strategie: Bot man ihm wieder ein Glas an, nahm er es dankend, lispelte: »Wenn Sie gestatten … für einen Freund«, und verschwand hinter dem nächsten Busch, wo er die Portion in eine mitgebrachte Zwei-Liter-Plastikflasche goss, die bald bis zum Rand gefüllt war.

Danach manövrierte er seine sternhagelvollen Freunde aus der Gefahrenzone, schleppte sie heim in ihre Mitschurin-Straße, wo alle bis zum Abend irgendwo schliefen (daran konnte sich Schlange noch erinnern). Nach dem Erwachen litten sie Höllenqualen, stöhnten, verfluchten sich wegen ihrer Gier und wollten schier verzweifeln, weil nichts da war, um einen auf den Rausch zu trinken. Schlange wartete ein bisschen und präsentierte dann seine Zwei-Liter-Buddel. Die Freunde klopften ihm auf Schulter, Bauch und Rücken, küssten ihn ab. Sie tranken bis zum späten Abend. Schlange wusste nicht mehr, wie er nach Hause gekommen war, aber weil er jetzt in seinem Zimmer lag, auf seinem Bett – und das sogar ohne Schuhe –, musste er es wohl irgendwie geschafft haben.

Damit endeten die angenehmen Erinnerungen.

Seine Mama, Lidija Iwanowna, schaute ins Zimmer (in dem es ein Bett und einen Stuhl gab, dazu noch einen Kleiderhaken; der Fernseher passte schon nicht mehr hinein und stand deshalb auf dem Fensterbrett, das wie alle Fensterbretter in diesem alten Haus sehr breit war, aber die Glotze hatte ohnehin schon vor zwei Jahren ihren Geist aufgegeben, dafür diente sie jetzt als Untersatz für einen Rundfunkempfänger, der heiser krächzend immer wieder das gleiche Programm dudelte, es ging Schlange auf die Nerven, doch er schaltete das Radio nicht aus, weil er gern dem Leben lauschte – und sei es nur in diesem Kauderwelsch aus Lauten und Tönen).

»Lebst du noch?«, fragte Lidija Iwanowna.

»Ja-chen.«

»Magst du was essen?«

»Nei-ein.«

»Willst du was zu trinken?«

»Ja-chen.«

Die Mutter brachte einen großen Krug Wasser, Schlange trank alles aus und hatte immer noch Durst.

Lidija Iwanowna holte nochmals Wasser und sagte dann:

»Anzupumpen brauchst du mich erst gar nicht. Bin selber blank.«

»Weiß ich doch.«

»Lieg nur, bleib ruhig liegen. Ich bin derweil bei Ninka, Stoffstreifen reißen.«

Nachbarin Nina, die jünger und gesünder war als Lidija Iwanowna, klaubte abends, bei Anbruch der Dämmerung, wenn man noch gut sah, aber selbst nicht mehr richtig gesehen wurde, verstohlen aus den Müllkübeln und Abfallhaufen neben den Häusern allerlei Lumpen, manchmal ging sie auch in weit entfernte Straßen, klingelte dort schüchtern an den Türen und bat um alte Sachen. Sie wurde selten abgewiesen. Schlanges Mutter und Nina rissen die Lumpen in Streifen, und aus diesen Streifen flochten sie dann vierhändig Fußbodenläufer, wuschen sie heiß mit Seifenflocken und Harnstoff, spülten und trockneten sie, und die Läufer wurden fröhlich und bunt – wenn man sich so ein Stück vor die Tür legte, war das schon etwas Feines. Nina und Lidija Iwanowna nahmen nicht viel dafür, trotzdem hielten sie sich gerade mit diesem Geld über Wasser, und das nicht einmal schlecht: Bei Nina reichte es für Kaffee, ohne den sie ihrem Dasein keinen Sinn abgewinnen konnte, und bei Lidija Iwanowna – für Schlanges Unterhalt.

Schlange kroch aus dem Bett, benutzte das Nachtgeschirr mit dem fest schließenden Deckel (er hasste üble Gerüche), trank noch ein bisschen Wasser, legte sich wieder hin, seufzte tief, hörte Radio und fiel in einen bleiernen, quälenden Halbschlaf.

Kapitel drei,

in dem wir den zweiten Helden unserer Geschichte kennen lernen – Schlanges Freund aus Kindertagen und ehemaligen Klassenkameraden, der in der Schule den Spitznamen Parfjon abbekam, weil er mit Familiennamen Parfjonow hieß; Parfjon war gestern auch bei der Protestaktion dabei gewesen, allerdings auf der Tribüne – er arbeitete im Pressestab des Gouverneurs; zwar hatte Parfjon eine nihilistische Einstellung zur Macht, meinte aber, der beste Weg, sie zu diskreditieren, sei von innen heraus, indem man mit allem, was man tat, das Antlitz dieser Macht zu einer absurden Grimasse verzerrte; das mochte vielleicht keine spürbaren gesellschaftspolitischen Ergebnisse zeitigen, verschaffte einem aber jene tiefe moralische Befriedigung, ohne die ein russischer Intelligenzler nicht leben kann, und Intelligenzler war Parfjon nun einmal, wenn auch bloß in erster Generation: Seine alten Eltern lebten auf dem Dorf, doch dafür war Parfjons Ehefrau eine Erb-Intellektuelle im x-ten Glied, die ihren Lebensunterhalt mit Nachhilfeunterricht verdiente (Russisch und Literatur, Englisch, Aufsätze für Eignungsprüfungen plus Lektionen in gutem Benimm sowie – gegen Aufpreis – die Erstellung eines jeweils im Hin-

blick auf ganz konkrete Mitglieder der Aufnahmekommission konzipierten Images für den Studienbewerber oder die Studienbewerberin); Sohn Pawel, am Anfang seiner Journalistenlaufbahn, war gleichfalls Intellektueller, was Parfjons Intelligenzzugehörigkeit in der ersten Generation eine neue Qualität verlieh, orientieren wir uns doch alle, so Parfjons originelle Theorie, bis vierzig am geistigen Vorbild älterer Autoritäten, um ab vierzig dann unbewusst die Jugend nachzuahmen, weshalb im Grunde auch nicht wir sie, sondern sie uns erzieht.

PARFJON ERWACHTE ZUR GLEICHEN ZEIT wie Schlange, vielleicht ein bisschen später, gegen zehn Uhr morgens. Er warf einen Blick auf den Wecker, erschrak, sprang aus dem Bett, sauste ins Bad zum Waschen und Rasieren: Um neun begann sein Dienst, dreimal verflucht mochte er sein, der widerwärtige, doch in den ganzen zwei Jahren hatte er sich kein einziges Mal verspätet! Vielleicht sollte er sich krankmelden?

Und erst da ging ihm auf, dass er wirklich krank war, sehr krank sogar. Ein akuter Kater. Gestern, nach der Protestaktion, hatte sich die Gouvernementsregierung im Hochgefühl doppelter Einheit – miteinander und mit dem Volk, obwohl Letzteres das ganz anders sah – von Rührung und Menschenliebe überwältigen lassen und mit dem kompletten Stab in ein Erholungsheim vor der Stadt begeben, wo bereits gedeckte Tische warteten. Parfjon war besonders stolz: Er hatte dem Gouverneur eine Rede geschrieben, in der jeder mit gesundem Menschenverstand Begabte den ganzen stammelnden Stumpfsinn des Ersten Mannes erkennen musste: Nicht umsonst begleitete vieltausendfaches Pfeifen dessen Auftritt. Danach hatte der Gouverneur Parfjon gefragt:

»Was sollte das denn? Ist die Rede bei denen etwa nicht angekommen?«

»Im Gegenteil! Das war die Jugend, die gepfiffen hat, das machen die Jungen jetzt so, wenn sie begeistert sind. Sie, Herr Gouverneur, brauchen nur einmal zu einem Rock-Konzert oder in eine Disko zu gehen. Je mehr denen etwas gefällt, umso schriller pfeifen sie.«

»Wie hast du denn mitgekriegt, dass bloss Junge gepfiffen haben?«

»Die Alten kriegen keinen Pfiff mehr raus: Denen fehlen die Zähne!«

Der Gouverneur knurrte befriedigt, und Parfjon empfand Genugtuung über seine Antwort, die ein Dummkopf für Schmeichelei halten, ein Kluger jedoch als schlauen Hohn interpretieren konnte: Man pfiff schließlich nicht mit den Zähnen, sondern mit den Lippen, aber darauf kam der Gouverneur in seiner Geistlosigkeit ja nicht!

(Allerdings zeigte es auch, wie weit Parfjon selbst schon vom Volk entfernt war, denn ohne den Einsatz der Zähne – und erst recht der Finger! – gibt es gar kein echtes Pfeifen, sondern höchstens so etwas wie das Gefiepse eines volkstümelnden Intelligenzlers.)

Parfjon trank, ließ sich Glückwünsche ins Ohr flüstern von seinen Freunden, die fanden, er habe den Gouverneur geschickt vorgeführt, lauschte den lauten Lobestiraden der Apparatschiks, die meinten, es sei eine hervorragende Rede gewesen (was sie zwar dem Gouverneur sagten, aber in Wirklichkeit auf Parfjon münzten, denn alle wussten, wer die Ansprache vorbereitet hatte). Der Erste Mann verkündete, dass auf Grund der heute geleisteten schweren Überstunden der morgige Tag für diese und jene Abteilungen (sowie einige konkrete Personen) arbeitsfrei sein würde.

Allmählich bekam Parfjon einen Schwips, einen Rausch, einen Affen, einen Dusel, einen Koller, mächtig Schlagseite und schrie, er werde in den Wald ziehen und dort mutterseelenallein leben; mitleidige Kollegen hievten ihn in den Bus und schleppten ihn sogar noch in den sechsten Stock, bis vor die Tür seiner Wohnung, wo sie ihn an die Wand lehnten, den Klingelknopf drückten und, als Schritte hinter der Tür zu hören waren, ihrer Wege gingen.

Jetzt auf einmal fiel Parfjon ein, dass er heute nicht zur Arbeit musste – und sofort erlosch sein Interesse am Waschen und Rasieren. Übelkeit kroch den Hals hoch, ihm wurde schwindlig, seine Beine knickten ein, er schlurfte zurück zum Bett und plumpste hinein.

»Komisch«, sinnierte er, »als ich dachte, ich müsste aufstehen, mich waschen und anziehen, hat mir nichts wehgetan! Schlecht und anfällig ist sie eingerichtet, die Psyche des Menschen. Man sollte sich ein Beispiel nehmen an der Natur und an denjenigen, die von ihr lernen. Nicht umsonst beschreibt Carlos Castaneda in seinen Büchern, wie ein Mensch, der von Stein zu Stein springt, alle Sorgen hinter sich lässt, sämtliche physischen Schmerzen vergisst und frei wird von Depressionen oder was es sonst noch so gibt. Das Ziel und die Konzentration darauf machen ihn unverwundbar. Das ganze Leben müsste so sein: von einem Stein zum anderen zu springen«, dachte Parfjon.

Da kam seine Frau herein – die Erb-Intellektuelle Olga.

»Zum Schwanz noch mal, was willst du denn, du verfi... Bastard von Mutterfi...?«, fragte sie ironisch. Wie viele moderne intellektuelle Frauen garnierte Olga das, was sie zu sagen hatte, gern mit saftigen Mutterflüchen.

Parfjon schwieg.

»Bestimmt hast du stinkender Hurenbock dich wieder aufgegeilt an deinen verschissenen Bettmiezen oder hast's wahrscheinlich einer von diesen dreckigen Turbofotzen besorgt, und nun muckern dir die Eier, du Schlappschwanz, was?«, fuhr Olga fort.

Parfjon kommentierte die Unterstellungen nur mit einem Schulterzucken.

Eigentlich trank er selten, aber wenn, dann bis zum Umfallen, und am nächsten Morgen brauchte er nichts so sehr wie einen Schluck zum Ausnüchtern, aber den musste er sich meist verkneifen wegen des Dienstes. Doch heute hatte er frei! Wenn bloß Olga nicht zu Hause wäre! Aber sie war fast immer zu Hause, denn die Nachhilfe-Kandidaten kamen zu ihr in die Wohnung. Und selbst wenn sie nicht da gewesen wäre – er hatte, soweit er sich erinnern konnte, sowieso kein Geld. Schon gestern klimperten in seiner Brieftasche nur noch ein paar Metallmünzen ...

»Olja, mir ist hundeelend«, sagte er, »wir haben da ...«

»›Wir haben da ...‹? Und was für ein besoffener Arsch von Wir war das, der sich, verfi... und zugenäht, heute Nacht auch noch den letzten lausigen Tropfen aus der beschissenen Wodkaflasche in seinen säuischen Wanst reingenuckelt hat?«

»Heute Nacht?«

»Jawohl.«

»Mir ist so schlecht, Olja. Nur eine Flasche Bier!«

»Geh doch und kauf dir eine.«

»Ich bin blank.«

»Und ich? Bin ich etwa nicht blank? Leck mich doch! Ich habe, verschwanzt und vermöst noch mal, von hinten und von vorne, keine einzige Scheißkopeke übrig!«

Sie ging aus dem Zimmer.

Parfjon dachte, dass er selbst dann, wenn er nicht blank oder Olga nicht so hartherzig wäre, wahrscheinlich keine Kraft fände, um sich anzuziehen und bis zum Kiosk an der Ecke zu laufen.

»Wie kann man nur so grausam sein zu dem Menschen, der einem am nächsten steht?« Olgas Schroffheit war ihm unbegreiflich.

Und dann dachte er, dass sie ihm die Tatsache, mehr als er, Parfjon, zu verdienen, immer öfter und unverblümter unter die Nase rieb, und dann wanderten seine Gedanken weiter zu dem Umstand, dass sich Olgas Schlankheit mit fortschreitendem Alter in knochige Dürre verwandelt hatte, ihre geistreiche Ironie ungenießbar geworden und in sarkastische Gehässigkeit umgeschlagen war.

Bei diesen Gedanken wurde ihm leichter.

»Wenn ich gereizt und wütend bin, setzt das Adrenalin frei«, mutmaßte Parfjon. Und rief sich all das Schlechte in Erinnerung, das bis dahin in seinem Leben zusammengekommen war. Man musste der Wahrheit ins Auge sehen: Er liebte seine Frau Olga nicht mehr. Sein Sohn Pawel achtete ihn nicht und Pawels junge Frau Irina sah in ihm überhaupt keinen Mann, wie übrigens auch die anderen vergeilten, verhurten, ausgefransten Mösen ihres Alters.

Vor einem Monat hatte Parfjons Geliebte, mit der er drei Jahre lang körperlich wie seelisch glücklich gewesen war, ihm niederträchtig, voll höhnischem Spott den Laufpass gegeben, um sich in die gierigen Arme irgendeines gleichaltrigen Jüngelchens aus dem Boheme-Milieu zu stürzen. Verkommen soll sie, das gemeine Luder!

Kurzum: Das Leben war gelaufen und im Grunde kam nichts mehr. Entweder würde er weitermachen in diesem Trott, oder er musste alles hinter sich lassen und ganz von vorn anfangen!

Parfjon begriff, dass er an vielem selbst schuld war, aber wenn er sich jetzt darauf einschoss, würde er endgültig handlungsunfähig werden, deshalb schob er absichtlich alle Schuld auf seine Frau, den Sohn, das Schicksal, die Freunde und Arbeitskollegen, die bestehende Gesellschaftsordnung, die Ungerechtigkeit der Menschen und Planeten, und das versetzte ihn in solche Wut, in solche Raserei, dass er bald darauf den zornigen Zustrom physischer Ermunterung verspürte, aus dem Bett sprang, sich anzog, in der Küche einen Schluck Wasser trank und in Richtung Tür marschierte.

»Ich sehe wohl nicht richtig! Wo willst du denn hin?«, fragte Olga.

»Ich gehe weg. Gehe für immer, weil ich auf deine beschissene Fotze keinen verfi… Bock mehr habe, du durchgevö… Schlampe, kapiert?«

»Du hast wohl einen Stich, du hirnloses Weichei?«, wollte Olga wissen. »Einfach so gehen – ohne Sachen?«

»Jawohl. Ohne alles. Und ich komme nie mehr zurück, hast du mich verstanden?«

»Klar«, Olga nickte und beugte sich über ein Buch, um die nächste Nachhilfestunde vorzubereiten.

Das brachte Parfjon endgültig auf die Palme, er nahm nicht einmal den Fahrstuhl, sondern rannte schwungvoll und leichtfüßig wie ein junger Mann die Treppe hinunter.

Es war sonnig und ziemlich warm.

Auf dem Stück der Mitschurin-Straße, das zwischen Rachow- und Tschapajew-Straße liegt, gibt es, wie Sie sicher wissen, auf der Seite mit den geraden Hausnummern nur einen einzigen großen Neungeschosser (und das ist das Haus, in dem Parfjon wohnt), die anderen Häuser sind alt, ebenerdig oder höchstens ein Stockwerk hoch. Parfjon fiel ein, dass in einem von ihnen Schlange wohnte, sein alter Freund aus Kindertagen und ehemaliger Klassenkamerad. Wenn Parfjon ihm in letzter Zeit begegnete, blieb er schon lange nicht mehr stehen, um darüber zu plaudern, »wie das Leben so geht«, sondern nickte nur kurz und ging weiter. Allerdings hatte er Schlange noch ein bisschen was gepumpt. Und das nicht nur einmal. Zum Glück war der Schulfreund nicht skrupellos: Nachdem er eine Summe zusammengeschnorrt hatte, die dem Preis von zwei Flaschen Wodka entsprach, behelligte er Parfjon nie wieder, wie elend es ihm auch ging.

»Den nehme ich mir jetzt zur Brust«, dachte Parfjon. »Jetzt geht es mir dreckig. Ich baue mich vor ihm auf und sage: ›Egal, woher du das Geld nimmst, rück raus, was du mir schuldest!‹« Natürlich kannte Parfjon die Besonderheit der heimischen russischen Mentalität (die Zunge soll dem verdorren, der dieses Wort erfunden hat), dass Schulden zwar Schulden sind, wenn man das Geld für Brot braucht, oder um Kefir für die Kinder zu kaufen – hier, ich lege noch ein bisschen was drauf! –, für neue Möbel oder ein Auto, von Spiel- und anderen Ehrenschulden ganz zu schweigen, aber wenn man sich etwas für Schnaps pumpt, dann ist das sozusagen für eine heilige Sache und zählt quasi nicht als Schuld. Aber darauf konnte Parfjon jetzt pfeifen! Er war es leid, ständig Zugeständnisse an diese unsägliche Mentalität zu machen – das zum Ersten. Und er war genauso Volk wie die anderen – das zum Zweiten, und deshalb brauchte er das Geld nicht einfach so, sondern für eine heilige Sache: zur Ausnüchterung.

Entschlossen bog er in den Hof ein und nahm den Hinteraufgang, denn er wusste, von dieser Seite war Schlanges Wohnungstür immer offen.

Kapitel vier,

in dem wir es mit dem dritten Helden unserer Geschichte zu tun bekommen, einem Mann namens Swinzitski, der als vielseitig begabter Mensch gleich mehrere Spitznamen besaß: Swin (nach seinem Familiennamen), Schwieback (weil er im Speiseraum der Schule mit vollem Munde genuschelt hatte: »Dasch isch doch kein Brot, rischtiger Schwieback isch dasch!«), und Schmock, denn das war tatsächlich sein Beruf, aber den Spitznamen bekam er viel früher, als ihm nämlich die Chemielehrerin einmal das Heft wegnahm mit den Worten: »Was kritzelst du denn da immerzu, du Schmock? Kinder, wisst ihr überhaupt, was ein Schmock ist? Ein Schriftsteller. Also, was schreibst du da, du Schriftsteller?« – und geschrieben hatte er damals eine Fortsetzung der Geschichte, wie der Südpol entdeckt wurde, und in seiner Version kam Robert Scott nicht um, sondern erreichte den Pol, und das sogar früher als Amundsen, wegen der Zeitverschiebung. Die Klasse wieherte los, zeigte mit dem Finger auf Swin und brüllte: »Schmock!«, für Kinder ist Schriftsteller schließlich ein lächerlicher Beruf, die Lehrerin aber konnte nicht ahnen, dass sie damit Swinzitskis Schicksal vorwegnahm, denn er studierte später tatsächlich am Moskauer Literaturinstitut, in der Prosa-Klasse, wurde aber nicht richtig warm mit der Hauptstadt und kehrte zurück in das heimische Saratow, unterrichtete an der Universität, war im Priwolshski-Verlag beschäftigt, und als die Zeiten der Marktwirtschaft anbrachen, fand er einen auskömmlichen Broterwerb: Swinzitski verfasste für große Verlage Krimis und Liebesromane, Science-Fiction und andere gängige Geschichten, die unter fremden Namen erschienen (deren Träger nicht selten sehr bekannt waren auf dem Markt der Massenliteratur), für die Seele und die Ewigkeit hingegen schrieb er richtige Romane, die hochkünstlerisch, aber bislang erfolglos waren: Kommerzielle Verlage entdeckten darin zu viel künstlerischen Gehalt, wohingegen ihn die elitären mit dem tadellosen Ruf (die es praktisch gar nicht mehr gab) überheblich – und gewiss ohne auch nur eine einzige Seite gelesen zu haben – belehrten, seinen Texten mangele es gerade daran, und die Reaktionen der dicken Literaturzeitschriften waren nicht minder undurchschaubar: »Nowy mir« antwortete, man brauche etwas in der Art, aber mit anderen Worten, während »Snamja« eine andere Art, aber mit denselben Worten wollte; Swinzitskis Ehefrau Jolanta jedoch (sie hieß wirklich so, den Namen hatte ihr Vater ausgesucht, der war Tendermann bei der Eisenbahn und liebte klassische Musik, die er aber nicht mit den Ohren hörte, sondern kraft seiner Vorstellungsgabe, diese Phantasie ließ ihn nämlich in dem Höllenlärm des Maschinenraums Geigen- und Flötentöne vernehmen, und später offenbar noch etwas anderes, denn eines Tages schrie er: »Ich komme!«, und tat – vor aller Augen – vom Dach seines Tenderwagens einen Schritt hinab in jene Leere, die voll war von Schienen, Schwellen, Schotter und ähnlich tödlich harten Gegenständen), Jolanta (oder Jola in der häuslichen Version) also glaubte an Swinzitski und verlangte dasselbe auch von ihren Kindern, den Zwillingen Ljuda und Olja, und die glaubten tatsächlich, bis sie fünfzehn waren, dann hörten sie auf – in diesem Alter glaubten sie an überhaupt nichts mehr, und so blieb Jolanta ganz allein mit ihrer Überzeugung, denn Swinzitski selbst hatte schon lange den Glauben an sich verloren und versuchte auch seine Frau zu überzeugen, sie solle lieber zufrieden sein mit dem guten Geld für die Groschenromane; doch kaum hatte er wieder ein Auftragswerk verfasst und abgeliefert, da wollte sie schon wissen, wie es mit seinem eigenen Kunstwerk voranging, und sie fragte so voller Erwartung, so voller Vorfreude, dass Swinzitski die Seele überfloss, und da konnte es vorkommen, dass er diese Belastung nicht aushielt und mehrere Tage lang soff, wonach er jedes Mal Höllenqualen litt, moralisch wie physisch.

SCHMOCK ERWACHTE ZUR GLEICHEN ZEIT wie Schlange und Parfjon, vielleicht noch ein bisschen später: ungefähr gegen elf. Eigentlich war er das erste Mal um sechs Uhr munter geworden, hatte die Augen aufgeschlagen, sie aber – erschrocken vor dem Leben und seinem eigenen Platz darin – gleich wieder zusammengekniffen und versucht, erneut einzuschlafen, was ihm nach einiger Zeit schließlich auch gelang. Der zweite Versuch war noch schlimmer: Schmock begriff, dass er nicht einfach einen Kater hatte, sondern den typischen unerträglichen Kater nach einem Quartalsbesäufnis, wenn einem nicht nur jeder Knochen wehtut, sondern die ganze Seele brennt und nach einer Ausnüchterungsportion lechzt.

Jola huschte wie ein Schatten an der Tür vorbei.

Schmock regte den Kopf, damit seine Frau sah, dass er nicht mehr schlief.

Sie bemerkte das Zeichen und kam ins Zimmer.

»Ich würde dir ja gern helfen«, sagte Jola, »aber du weißt, wir sind blank.«

Natürlich wusste er es. Das Geld für den letzten erotischen Thriller war schon vor zwei Wochen zur Neige gegangen, und den neuen Auftrag hatte er noch nicht erledigt. Jola, die in der städtischen Kinderbibliothek arbeitete, war in unbezahlten Urlaub geschickt worden. Und wenn überhaupt noch etwas hereinkam, dann ging es für Lebensmittel und die Jungmädchenbedürfnisse des Zwillingspärchens Ljuda und Olja drauf.

»Und die Nachbarn habe ich schon alle angepumpt«, sagte Jola.

Schmock fühlte sich ohnehin hundeelend, doch das leidende Gesicht seiner Frau verschlimmerte seinen Zustand noch.

»Reg dich nicht auf«, versetzte er. »Ich liege es einfach aus.«

»Man darf nicht so abrupt aufhören, habe ich gelesen«, kommentierte Jola. »Das kann richtig gefährlich werden.«

»Wegen deiner ewigen Fürsorge bin ich zum Säufer geworden!«, raunzte Schmock.

»Was redest du denn da?!«

»Ist doch wahr! Eine normale Frau kanzelt ihren Mann ordentlich ab, wenn er gesoffen hat, sagt ihm, er solle ruhig vor die Hunde gehen, und wenn er dabei verreckt! Da kriegt er es mit der Angst zu tun und rührt keinen Tropfen mehr an. Bei dir kriege ich keine Angst, bei dir weiß ich, du greifst mir unter die Arme, also saufe ich weiter.«

»Willst du, dass ich dich abschreibe?«

»Das hättest du schon lange tun sollen!«, versetzte Schmock, und es war nicht das, was er dachte, sondern das, was ihm plötzlich über die Lippen kam. »Warum suchst du dir nicht einen normalen Mann mit normalem Einkommen und einem normalen Charakter?!«, machte er sich selbst herunter, obwohl er sehr wohl auch ein normaler Mann mit durchaus normalen Charaktereigenschaften und Einkünften war.

»Ich überlege es mir!«, sagte Jola und verließ das Zimmer.

»Sehr gut! Sehr, sehr gut!«

Schwerfällig erhob sich Schmock von der Schlafcouch, auf der er in voller Montur eingeschlafen war. Eigentlich gab es gestern gar keinen Grund zum Trinken. Er hatte bis zum späten Abend an seinem Kunstwerk gearbeitet – und war glücklich gewesen. Als das letzte wohlgerundete Wort unter dem fertigen Kapitel stand, legte er das Manuskript beiseite, reckte sich und begriff – dass er trinken wollte. Schmock soff nämlich nie aus Kummer oder Trübsinn oder wegen eines Misserfolgs: Alle Unbilden des Lebens ertrug er mit klarem Kopf. Doch Augenblicke des Glücks und des ungetrübten inneren Wohlbehagens, Minuten der Freude und der Ausgeglichenheit waren unerträglich für ihn. So konnte er beispielsweise im herbstlichen Park spazieren gehen, konnte zusehen, wie die gelben Blätter lautlos in das dunkle, schweigende Wasser des Teiches fielen, dann den Blick heben zum blassblauen, zart rauchverhangenen Himmel – und plötzlich spüren, wie ihn unbändiges Glücksempfinden ergriff, so übermächtig, dass er fürchtete, einfach verrückt zu werden. Und dann, damit ihm diese Überfülle des Lebens nicht den Verstand raubte, begann er zu trinken.

So auch gestern. Schmock wusste genau, er war glücklich, und das machte ihm Angst, ja, er spürte sogar eine seltsame Regung unter der Schädeldecke, so als würden die Windungen seines Hirns, einem Knäuel Würmern gleich, in Bewegung geraten und sich jeden Moment verfilzen, verschlingen, zu einem festen Knoten schürzen, den kein Arzt je wieder entwirren konnte.

Schmock kramte in allen Hosentaschen, Portemonnaies und Schubläden, suchte die eigene Windjacke und den Wettermantel seiner Frau ab – und brachte so viel zusammen, dass es für je eine Flasche Wodka und Wein langte. Die erstand er in der Spätverkaufsstelle und begann sie hastig zu leeren. Der Wodka war bald alle, er hinterließ nur einen guten, nachdenklichen Rausch. Der Wein aber wirkte erstaunlich stark, Schmock wurde schlapp, noch schlapper, musste schon die Augen zusammenkneifen, damit er nicht doppelt sah. Schwankend hielt er die Flasche mit dem Rest Flüssigkeit in der Hand und konnte sich nicht entscheiden, ob er sie ganz austrinken oder für morgen früh aufheben sollte. Sein benebelter Verstand sagte ihm, dass die zweite Variante besser war, aber seine benebelte Seele pfiff auf jeden Verstand, also trank er den Rest gleich aus der Flasche und fiel um wie abgesägt. Nach einer Weile kroch er auf allen vieren – Knie vor, Ellenbogen vor, Knie vor, Ellenbogen vor – bis zur Schlafcouch …

Genau dieser Rest, dachte er nun, am Tag danach, bitter, wäre jetzt meine Rettung.

Er zündete sich eine Zigarette an, obwohl ihn davor ekelte, und ging zum Fenster.

Schmock sah, wie unten – Hände in den Taschen, Kopf zwischen die Schultern gezogen – Parfjon die Straße entlang hastete und in den Torweg einbog, wo Schlange wohnte.

Schmock war sofort klar, was da lief. Ohne Jola ein Wort zu sagen, verließ er das Haus.

Kapitel fünf,

in dem unsere drei Helden Kriegsrat halten.

DA SASSEN SIE NUN ZU DRITT und schwiegen. Genauer gesagt saß nur Parfjon – auf dem einzigen Stuhl, Schmock hockte zu Schlanges Füßen, und der lag auf dem Fußboden.

Sie schwiegen, weil alle Varianten, wo sie Geld hernehmen könnten, bereits erwogen und verworfen worden waren.

Das Quälende an der Situation bestand darin, dass in Parfjons Tasche drei Rubel Kleingeld klimperten. Dafür kriegte man, wenn man losging, an der Theke im Laden an der Ecke Tschapajew- und Uljanow-Straße fünfundsiebzig Gramm Wodka. Aber das langte nur für einen, und jetzt fühlten sie Verantwortung füreinander.

»Zum Totlachen!«, sagte Schlange. »Die billigste Flasche Bier kostet vier Rubel. Gerade mal ein Rubel fehlt! Wir brauchen ja bloß jeder einen Schluck!«

Parfjon und Schmock bekundeten schweigend Einverständnis. Natürlich brachte ein solcher Schluck höchstens für eine halbe Stunde Erleichterung, aber sie wussten, gerade diese halbe Stunde würde genügen, um weitere

Schritte in die Wege zu leiten. Denn bei der Kateraustreibung – wie überhaupt bei jedem gemeinschaftlichen Suff – war das Wichtigste, überhaupt anzufangen. Der Rest ergab sich, wie sie aus Erfahrung wussten, danach quasi von selbst: Von irgendwo her tauchten irgendwelche Leute auf mit Geld, Wein, Wodka oder Bier, so als seien die ersten armseligen Tropfen Fusel das Öl für die Scharniere jener Tür, die den Weg freigab in eine gänzlich andere Welt, eine Welt, in der keine Probleme und Heimsuchungen lauerten, wo einen hinter jeder Ecke angenehme Überraschungen erwarteten.

»Cherokee!« Parfjon, der aus dem Fenster sah, stellte ein rätselhaftes Wort in den Raum.

»Was?«, fragte Schlange.

»Na, der Jeep, der Cherokee!«, erklärte Parfjon. »Das Auto vom Kranken. Es steht unten. Also ist der Kranke zu Hause.«

»Das kannst du dir schenken, eine Luftnummer«, warf Schlange ein.

Der Kranke war nicht wirklich krank, der kleine Sascha Gurjew hatte einfach, als er einmal gefragt wurde, warum er so dick sei, von oben herab geantwortet: »Ich bin nicht dick, ich bin krank!«, obwohl er vor Gesundheit strotzte. Und das blieb an ihm hängen. Auch wenn heute keiner mehr den Spitznamen laut aussprach: Der Kranke war zu Geld gekommen, grüßte die Spielgefährten aus der Kindheit und die Nachbarn schon lange nicht mehr und wohnte überhaupt nur noch kurze Zeit hier, denn bald würde seine Villa am Stadtrand fertig sein.

»Wieso denn eine Luftnummer?«, wollte Schmock von Schlange wissen. »Hast du schon mal versucht, ihn anzupumpen?«

»Nein.«

»Und die anderen, haben die es probiert?«

»Nein. Ist doch klar, dass der nichts rausrückt.«

»Wieso denn ›klar‹? Haben es gar nicht versucht, aber ›klar‹! Jetzt gehen wir alle drei zu ihm und sagen, wir brauchen einen Rubel. Wenn wir so ankommen als freudige Erinnerungen an die Kindheit, wird der weich!«

»Wenn sein Auto an einem Arbeitstag vor dem Haus steht, dann hat er gestern auch gepichelt und liegt heute flach«, sagte Schlange, der sich mit solchen Sachen auskannte. »Das passiert bei dem selten, aber es kommt vor.«

»Vielleicht nimmt er gerade einen Ausnüchterungsschluck?«, fragte Schmock hoffnungsvoll.

»Das kannst du vergessen. Der hat Angst, davon könnte er den Suff kriegen. Lieber liegt er rum und quält sich.«

»Dann macht er nichts locker«, mutmaßte Parfjon. »Wenn er leidet, ist er böse. Und will, dass es anderen auch mies geht. Dann kriegen wir nichts!«

»O doch!« Schmock, der plötzlich einen Zustrom von Kraft und Phantasie verspürte, hob sogar den Finger. »Nach dem Suff, was quälen einen Menschen da für Leiden außer den physischen? Na? Ihn quält sein Gewissen. Scham.«

»Ob der so was hat?«, war sich Schlange nicht sicher.

»Wieso sollte der Kranke schlechter sein als andere?«, brachte Schmock seine menschenfreundliche Gesinnung ein. »Der moralische Kater nach dem Suff martert sogar Mörder und Gewaltverbrecher, davon bin ich überzeugt. Vielleicht schämt er sich nicht vor den Leuten, denen, die ihm nahe stehen, oder Fremden, vor einem aber schämt er sich auf jeden Fall – vor dem Einzigen, das er achtet, schätzt und liebt: vor seinem Organismus. Kann sein, dass der Kranke jetzt fuchsteufelswütend ist. Auf seine Frau, auf die Kinder, auf die ganze Welt. Aber die moralische Qual bleibt ihm nicht erspart. Und da tauchen wir auf, bitten ihn um einen Rubel. Und er kapiert, dass er damit die Chance hat, Gutes zu tun, ihm fällt wieder ein, dass gute Taten gut sind, dass sie einem vergolten werden, dass Gutes-Tun der verkaterten Seele so schmeichelt wie Saures dem verkaterten Körper – und er gibt uns den Rubel.«

»Nein«, sagte Parfjon, weniger aus Skepsis als aus seinem notorischen Widerspruchsgeist und Pessimismus heraus. »Das siehst du falsch. Er hat Geld und platzt vor Hochmut. Vor kurzem ist er an mir vorbeigerast und hat mich mit Dreck bespritzt. Und da kommen wir und erleben ihn schwach und erbärmlich. Das ist ihm peinlich. Und er gibt uns den Rubel nicht.«

»Einmal angenommen, ich würde das auch so sehen!«, rief Schmock. »Was ich zwar nicht tue, aber nehmen wir es ruhig einmal an. Kann sein, der Kranke ist jetzt tatsächlich schlimm dran und krank. Aber wenn zu ihm Leute kommen, die noch schlimmer dran, noch kränker sind als er, dann tröstet ihn das. Und er gibt uns den Rubel!«

»Nur so nebenbei«, sagte Parfjon, »wenn wir einen Rubel wollen, könnte er denken, wir machen uns lustig, könnte meinen, wir halten ihn für so einen Geizhalz, dass wir uns nicht trauen, um mehr zu bitten. Und er gibt uns den Rubel nicht!«

»Alles hängt davon ab, wie wir es ihm verklickern. Wer hindert uns denn zu sagen, wir würden gern eine Flasche Wodka trinken, hätten dafür aber einen einzigen Rubel zu wenig. Das ist doch keine Schande. Und dann gibt er uns den Rubel!«

»Neidisch wird er! Denkt sich: Ha, die da, die kriegen jetzt ihr Vergnügen, und ich muss leiden, darf mir kein Schlückchen gönnen. Und gibt uns den Rubel nicht!«

»Du kennst die Psychologie eines Trinkers nicht. Ein echter Trinker, der genießt nicht nur, wenn er selbst trinkt, sondern freut sich ebenso, wenn es andere tun. Dahinter verbirgt sich in Wahrheit unbewusste Schadenfreude«, ging Schmock aus sich heraus. »In Wirklichkeit sieht der Trinker, der andere zum Trinken animiert, nämlich voraus, dass sich danach auch die anderen mit dem Kater herumplagen müssen, und eigentlich verhilft er ihnen nicht zu ihrem Rausch, damit es ihnen gut geht, sondern um ihnen zu schaden. Deshalb gibt uns der Kranke den Rubel!«

»Und wenn nun seine Frau zu Hause ist?«, wollte Parfjon nicht klein beigeben. »Der Kranke muss auch an sie denken. Gestern hat er sich besoffen, hat soundsoviel Geld ausgegeben, und heute bietet sich eine Gelegenheit, ihr zu beweisen, dass er kein Verschwender ist und die Knete zusammenhalten kann. Da gibt er uns keinen Rubel!«

»Der Kranke gehört bestimmt nicht zu denen, die – ob nun verkatert oder in sonst was für einem Zustand – vor ihrer Frau kuschen. Im Gegenteil, dem macht es Spaß, sie zu ärgern, weil es ihr nämlich gut geht und ihm schlecht. Der gibt uns den Rubel!«

»Aber vielleicht spielt die Frau dabei überhaupt keine Rolle? Kennst du etwa nicht das Gesetz aller Verschwender: Heute geben sie Tausende aus, und morgen tut es ihnen um ihr Geld leid, da feilschen sie um jeden Zehner und wollen sich aufhängen wegen einer lausigen Kopeke. Deshalb gibt er uns keinen Rubel!«

»Aber es gibt noch ein anderes Gesetz!«, sagte Schmock. »Das Gesetz der Gemeinschaft aller verkaterten Seelen! Und dieses Gesetz bringt ihn dazu, uns den Rubel zu geben!«

Als ihre Argumente erschöpft waren, schauten Schmock und Parfjon Schlange an wie einen Schiedsrichter.

Der erkannte die Bedeutsamkeit seiner Rolle, dachte nach und verkündete dann:

»Warum eigentlich einen Rubel? Lieber gleich zehn oder hundert. Für den ist das so viel wie für mich eine Kopeke.«

»Recht hat der Mann!«, sagte Parfjon.

»Ihr seid begriffsstutzig!«, knurrte Schmock spöttisch. »Einen Rubel und nichts sonst! Erstens, weil wir für den Anfang bloß einen Rubel brauchen. Zweitens, weil ich den Kerl beschämen will, so nach dem Motto: ›Mehr rückst du ja sowieso nicht raus, also spendiere wenigstens einen Rubel.‹«

»Aber der durchschaut doch, dass du dich über ihn lustig machst«, hielt Parfjon dagegen. »Damit erreichst du nur, dass wir nicht einmal den Rubel kriegen!«

»Also wirklich, ihr habt keine Ahnung von Psychologie!«, verteidigte sich Schmock verdrossen. »Sicher durchschaut er es. Und will beweisen, dass er gar nicht so ein Geizhals ist. Also gibt er uns nicht nur einen Rubel, sondern zehn, hundert oder gar tausend!«

Durst schnürte Schlange die Kehle zu wie ein Krampf, er richtete sich auf und kommandierte:

»Los!«

Kapitel sechs,

in dem unsere Helden dem Kranken einen Besuch abstatten, um Haaresbreite dem Tod entgehen, einen Rubel vom Himmel geschenkt bekommen und dreiunddreißigtausend auf der Erde finden.

LANGSAM, SO ALS MÜSSTEN SIE den Wind der Zeiten und Räume überwinden, gingen die drei Freunde über die Straße und in den Hof, wo sie an einer Metalltür klingelten.

Daneben war eine Gegensprechanlage, aus der eine heisere Stimme ertönte:

»Wer ist da?«

»Gut Freund!«, sagte Schlange.

»Na dann!«, reagierte die Stimme, die Tür sprang von selbst auf und gab den Weg zu einem langen Korridor frei. An seinem Ende erschien der Kranke, eingehüllt in einen Frotteemantel.

»Stehen bleiben!«, kommandierte er. »Was wollt ihr?«

»Bloß einen Rubel, Sascha«, versetzte Schmock mit salbungsvollem Spott.

»Wer seid ihr?«

»Was denn, erkennst du uns etwa nicht?«, wunderte sich Schlange.

»Wir …«

»Keinen Mucks und keine Bewegung! Einen Rubel wollt ihr? *Einen* Rubel? Warum nicht zehn oder hundert?«

»Gegen hundert hätten wir auch nichts«, reagierte Schlange blitzschnell. »Bis morgen …« (Er borgte sich immer etwas »bis morgen«.)

»Und warum nicht tausend? Nicht zehntausend?«

»Ja …«, hatte Parfjon schon auf der Zunge, als der Kranke wieder »Ruhe!« brüllte und fortfuhr:

»Warum nicht hunderttausend? Oder eine Million? Vielleicht sogar zehn? Zwanzig? Warum wollt ihr nicht gleich dreißig Millionen?«

So kam er bis einhundertfünfzig Millionen. Schmock, dem das Ganze auf die Nerven ging, sagte:

»Kommt, wir hauen ab.«

»Keine Bewegung!«, schrie der Kranke, zog eine Pistole unter dem Aufschlag seines Morgenmantels hervor und zielte damit auf die Freunde: »Stehen bleiben oder ich schieße!«

»Das ist unlogisch«, bemerkte Schmock friedfertig. »Wer bleibt schon gerne stehen, wenn einer auf ihn schießen will?«

»Haust du ab, jage ich dir eine Kugel rein, bleibst du stehen, verschone ich dich … vielleicht«, stellte der Kranke in Aussicht.

Die Freunde verharrten immer noch nebeneinander in der Türöffnung. Sie begriffen, dass sie einfach nur alle drei zugleich zur Seite springen mussten. Aber wie sollten sie das koordinieren? Der Kranke stand zwar ziemlich weit entfernt, doch hörte er jedes Flüstern.

»Wer hat euch geschickt?«, fragte der Kranke.

»Wir uns selber«, erwiderte Schlange.

»Wenn ihr mir sagt, wer euch geschickt hat, lasse ich euch sofort laufen.«

Parfjon, der sich im Dunstkreis der Macht bewegte, bekam viel mit, auch was die kriminellen Strukturen anging. Zwar waren seine Kenntnisse nur oberflächlich, aber er kannte zumindest die Spitznamen von ein paar Größen der Unterwelt. Und beschloss, sie auszuspielen.

»Zahn hat uns geschickt«, sagte er.

»Zahn?!«, heulte der Kranke auf. »Dann gnade euch Gott!«, und er drückte ab. Die Tür schloss sich wieder von allein, die Freunde konnten gerade noch in den Hof flüchten.

»Alle am Leben?«, fragte Schlange. »Was ist denn mit dir, Schreiberling?«

Schmock war bleich und betastete mit den Fingern seine Schläfen.

»Hier. Über dem Ohr ist sie vorbeigepfiffen. Haargenau hier. Durch die Haare hindurch. Die Kugel. Einen Millimeter tiefer – und ...«

»Fall bloß nicht in Ohnmacht!«, sagte Parfjon. »Dann dürfen wir dich auch noch schleppen!«

Sie trotteten aus dem Hof, zu kraftlos und mitgenommen, um über das Gebaren des Kranken zu diskutieren. Schmock begriff, dass etwas Außergewöhnliches, etwas für ihn Schicksalsträchtiges geschehen war, doch er beschloss, die Erschütterung darüber zu vertagen, bis er sich kräftig genug fühlte, um damit fertig zu werden.

Ziellos liefen sie die Straße entlang. Plötzlich hob Schlange den Kopf und erblickte hinter der schmiedeeisernen Brüstung eines Balkons im ersten Stock die alte Eleonora Witoldowna, winterlich warm angezogen, in einem alten Pelzmantel, einen Schal um den Kopf. Eleonora Witoldowna hatte vor dreiundzwanzig Jahren ihren Sohn verloren: Bei einer Dienstreise, im fernen Karelien, war er an Herzversagen gestorben. Der Leichnam konnte nicht nach Saratow überführt werden und wurde in karelischer Erde begraben. Wegen ihrer schlechten Gesundheit fuhr Eleonora Witoldowna nicht hin. Sie konnte nicht glauben, dass ihr Sohn tot war. Dreiundzwanzig Jahre lang wartete sie auf dem Balkon darauf, dass er um die Ecke biegen und nach Hause kommen würde. Unzählige Male schon hatte sie sich vertan und Fremde für ihren Sohn gehalten, und immer waren diese Fremden – nach dreiundzwanzig Jahren! – so alt wie ihr Sohn damals: fünfunddreißig. In letzter Zeit irrte sie sich noch häufiger, weil sie schlecht sah.

»Hallo«, rief Schlange.

»Witja, bist du es?«, fragte Eleonora Witoldowna.

»Ja. Ich brauche einen Rubel.«

»Freilich, freilich! Kommst du dann nach Hause?«

»Klar, mache ich.«

Eleonora Witoldowna kramte in ihrer Tasche, hob die Hand mit dem Kleingeld dicht vor die Augen, betrachtete lange die Münzen, entdeckte einen Rubel darunter und warf ihn hinunter.

Sie wusste, dass sie sich irrte, dass sie einen fremden Mann für ihren Sohn hielt, aber was machte das schon? Irgendwo gab es eine andere Frau, die auch einen Sohn hatte, auf den sie wartete, und diese Frau würde ihren, Eleonora Witoldownas, Sohn für den eigenen halten, wenn er um einen Rubel bat, deshalb hatte sie dem fremden Mann den Rubel gegeben, wegen dieser anderen Frau, weil der fremde Mann auch einer Mutter Sohn war. Und aus Dankbarkeit dafür, dass sie sie nicht ins Leere sprechen musste, sondern an jemanden richten konnte, dass sie sie nicht nur zu denken brauchte, sondern laut sagen durfte, jene Worte, die seit dreiundzwanzig Jahren in ihr lebten: »Witja, bist du es?« Danach würde sie sich selbst bemitleiden und ein bisschen weinen.

Schlange hob den Rubel vom Bürgersteig auf, legte Parfjons drei Rubel dazu und eilte zu einem Getränkekiosk in der Nähe.

Schmock und Parfjon gingen ein Stück zur Seite.

»Du hättest nicht zulassen dürfen, dass er die alte Frau betrügt! Das ist niederträchtig«, erklärte Schmock.

»Du hast doch auch nichts gesagt.«

»Weil ich ganz durcheinander war.«

»Hättest den Rubel ja zurückgeben können, wenn du so ein Ehrlicher bist!«, ärgerte sich Parfjon. »Ich kenne euch Feingeister! Ihr seid im Innersten hundertmal gemeiner als Schlange. Der hat aufrichtig gehandelt, aus der Situation heraus, und du hast ihn nicht gehindert! Aber hinterher was von Gewissen faseln! Das habe ich vielleicht gern!«

»Spielst hier den Zyniker!«, warf Schmock verächtlich hin.

»Jawohl, ich bin ein Zyniker! Aber du kannst ja auf das Bier verzichten, wenn dir das alles so widerwärtig ist, dass du davon Herzdrücken kriegst!«

Schmock brachte nur ein undefinierbares Knurren heraus, so sehr konsternierte ihn Parfjons widersinniger, läppischer Vorschlag.

... Und dann war er da, der AUGENBLICK DES ERSTEN SCHLUCKS!

Schlange hatte sogar einen Plastikbecher aufgetrieben, schließlich wollte man nicht kulturlos sein. Er schenkte Parfjon ein (der war zuerst bei ihm aufgetaucht, außerdem schuldete er, Schlange, ihm Geld), dann Schmock (der war zwar später gekommen, aber immerhin auch sein Gast) und erst zum Schluss sich selbst. Dabei fielen alle drei Portionen absolut gleich groß aus, und wenn jemand nichts Besseres zu tun gehabt hätte, als sie nachzumessen, würde er todsicher in jedem Glas haargenau den dritten Teil von einem halben Liter, also ungefähr

166,6666666667 Milliliter vorgefunden haben. Die flüssige Wonne rann durch ihre heißen, trockenen Kehlen, floss in die nach Labsal lechzenden Mägen und verbreitete sich auf unerforschlichen Wegen bis in die kleinsten Äderchen. Schmock spendierte Zigaretten (die hatte er stets auf Vorrat, denn ohne Tabak konnte er nicht arbeiten), und die Freunde standen da, rauchten und betrachteten einander wohlgefällig. Dann, nach einer Weile, setzten sie sich in Bewegung – dem Schicksal entgegen, das ihnen nun, da gab es gar keinen Zweifel, gnädig sein musste. Sogar ein lyrisches Intermezzo erlaubten sich die Freunde: Vor dem Schaufenster des neu eröffneten Geschäfts »Drei Bären« blieben sie stehen, um die ausgestellten Möbel in Augenschein zu nehmen und gründlich abzuqualifizieren: geschmacklos, billig zusammengeklotzt und so teuer, dass einem übel werden konnte.

»Gib mir eine Hobelbank und ich mache dir aus dem Kasten da einen Wiener Sessel«, sagte Schlange und zeigte mit dem Finger auf eine große Kiste aus rohen Brettern, die neben dem Ladeneingang stand.

Schmock, der seine Achtung vor Schlange und dessen Möbelbauabsichten bekunden wollte, ging demonstrativ zu der Kiste, betrachtete sie eingehend und hob sie sogar ein wenig an, um das Gewicht des Holzes zu prüfen.

Dann sagte er:

»Dahinter liegt was. Irgendein Päckchen. Sieht aus wie eine Brieftasche, bloß mächtig prall. Und zu groß.«

»Wie viele Male ich schon Brieftaschen und Portemonnaies gefunden habe!«, sagte Schlange. »Und immer leer.«

Eigentlich hätte Parfjon, der Skeptiker und vom Dasein Enttäuschte, Schlange beipflichten müssen, doch ihm fiel plötzlich ein, dass er ja alle Brücken hinter sich abgebrochen hatte, dass für ihn ein neues Leben begann, in dem er vielleicht seine Skepsis verlieren und dafür etwas anderes finden würde. Deshalb schob er die Kiste beiseite, bückte sich und griff mit spitzen Fingern nach dem Päckchen, das tatsächlich wie eine Brieftasche aussah, allerdings wie eine überdimensionale, die nur zur Dekoration diente – etwa im Schaufenster eines Lederwarengeschäfts.

»Ein albernes Ding!«, sagte er. »Das hat jemand Kluges weggeschmissen, und wir Idioten heben es auf.« Trotzdem warf er einen vorsichtigen Blick in die Börse, um gleich darauf nach allen Seiten zu spähen und den Freunden zuzuflüstern:

»Nichts wie weg hier!«

»Zu mir!«, schlug Schlange vor.

Sie gingen zu ihm.

Als sie sich in seinem Zimmer eingeschlossen hatten, zog Parfjon aus einem Fach der Börse ein dünnes Päckchen russischer Hundertrubelscheine und aus einem anderen einen dicken Packen amerikanischer Hundertrubelscheine, will sagen – Dollar.

Heimische Scheine waren es dreiunddreißig, amerikanische – dreihundertdreißig, was, wie sich leicht errechnen ließ, dreiundreißigtausend Dollar ergab.

Lange betrachteten sie das Geld, das auf dem Bett ausgebreitet lag, bis Parfjon schließlich sagte:

»Alles Blüten!«

Kapitel sieben,

in dem Parfjon Schmock im Besonderen und allen Schreiberlingen im Allgemeinen versteckte Kriminalität vorwirft, Schmock über das SCHICKSAL philosophiert und die Freunde beschließen, was sie mit dem Geld anstellen wollen.

PARFJON INSPIZIERTE DIE EINEN und die anderen Scheine gründlichst und sagte dann:

»Nein, das ist normales Geld.«

»Das werden wir gleich sehen!«, rief Schlange, griff sich einen Hundertrubelschein und rannte aus dem Zimmer.

Parfjon sah Schmock prüfend an. Der spürte es und löste seinen entrückten Blick von dem Geld.

»Ich weiß, was du denkst«, sagte Parfjon.

»Nein«, versetzte Schmock, »das ist reiner Zufall. Dreiunddreißig und dreihundertdreißig, das ist einfach nur Zufall. Mit Mystik hat das nichts zu tun, da braucht man sich gar nicht den Kopf zu zermartern.«

»Und anderen Leuten erst recht nicht!«, riet Parfjon. »Verfi... noch mal, ich kenne euch Literaten, Schreiber, Romanciers, mir macht ihr nichts vor! Ihr seid alle potenzielle Mörder, Verräter und Sittenstrolche!«

»Ich kann dir nicht ganz folgen«, sagte Schmock nachdenklich.

»Sieh an, sieh an! Er kann mir nicht folgen! Dostojewski war nicht umsonst Epileptiker, nicht umsonst kommen bei dem ständig verdorbene kleine Mädchen vor, nicht umsonst lässt er das Blut in Strömen fließen! Und Gogol, der lebte überhaupt in einem Albtraum: Leute ohne Nasen, oder sie kommen aus Bildern hervor, und seine Wasserleichen erst, lauter Frauen, und die furchtbare Rache! Ich glaube, der hätte selbst mit Wonne eine junge Schönheit abgemurkst! Und das Wahnsinnsgeld, das bei dem auf jeder Seite herumgeistert! Ihr Schriftsteller schreibt doch alle bloß, damit ihr im wirklichen Leben nicht zu Verbrechern werdet! Obwohl du ja, versteht sich, kein Dostojewski und kein Gogol bist.«

»Was schwafelst du da für einen niederträchtigen Schwachsinn zusammen?!«, verwahrte sich Schmock gegen diese Worte.

»Niederträchtigen Schwachsinn?? Meinst du, ich sehe nicht, dass du Schlange für dumm verkaufen willst?! Machst ihn betrunken, nimmst dir das Geld, und hinterher redest du ihm ein, er hätte sich das alles bloß eingebildet in seinem Suff. Ist es nicht so?«

»Nein«, antwortete Schmock ruhig. Ruhig und mit verächtlicher Verwunderung.

Diese Verwunderung war ein Schlag ins Gesicht für Parfjon, und es trieb ihn, seine Anklage fortzusetzen, doch wieder fiel ihm ein, dass heute ja sein neues Leben begann, rein und redlich wie ein weißes, unbeschriebenes Blatt Papier, und deshalb sagte er, selbst erstaunt über seine Offenheit:

»Ich für meinen Teil bin kein Schriftsteller (aber wer weiß, wenn ich es wollte …?!), ich bin ein Schuft. Sitze da und denke, was ich nur mit euch anstellen soll. Schlange könnte ich mit Schnaps außer Gefecht setzen – eine todsichere Nummer. Dich auch, aber du bist nicht so ein hoffnungsloser Fall, du hast den Verstand noch nicht versoffen.«

»Richtig«, bestätigte Schmock.

»Siehst du! Also geht mir durch den Kopf: Dich muss

ich betrunken machen, dann auf die Straße schleppen und vor ein Auto schubsen. Verstehst du?«, rief Parfjon hysterisch. »Verstehst du das? Kaum ist dieses Geld aufgetaucht, da bin ich schon ein Mörder!«

»Noch bist du ja keiner!«, beruhigte ihn Schmock versöhnlich.

»Aber ich werde einer! Dreiunddreißig und dreihundertdreißig – das ist kein Zufall! Wir müssen dieses Geld loswerden, hörst du? Oder ihr gebt alles mir.«

»Und wenn ich es auch ganz für mich allein will?«, stellte Schmock als Hypothese in den Raum.

»Dann ist es aus«, sagte Parfjon. »Klappe zu, Affe tot. Dann fließt heute noch Blut!«

Bestimmt hätten die beiden ihr nicht uninteressantes Gespräch fortgesetzt, wäre in diesem Moment nicht Schlange zurückgekommen. Seine Arme umschlossen eine riesige, prall gefüllte Plastiktüte.

»Die Scheine sind echt!«, schrie er und fing an, die Tüte auszupacken: Wodka, eine große Flasche Mineralwasser, Konserven, Brot, Zigaretten. »Ich habe den ganzen Hunderter auf den Kopf gehauen! Jetzt geht's rund, Jungs!«

Im Nu war die Wodkaflasche offen. Schlange fand zwei Gläser, wischte sie ab, holte ein drittes aus der Küche, schenkte ein und nahm strahlend sein Glas in die Hand.

»Nicht so schnell!«, sagte Parfjon, »die Sache ist zu wichtig.«

»Hast Recht.« Schlanges Gesicht wurde ernst, und zum ersten Mal in den letzten acht bis zehn Jahren trank er nicht alles aus, was im Glas war, sondern nur die Hälfte. Tat es und stellte das Gefäß manierlich auf dem Fensterbrett ab.

Auch Schmock und Parfjon tranken.

Eine Weile saßen alle drei da, rauchten schweigend. Ihr Organismus registrierte den Energieschub, die Lebenskräfte wurden hellwach, schnell und leicht floss das Blut durch die Hirne.

Bei Schmock führten diese Prozesse zu folgenden Betrachtungen:

»Wisst ihr, was ich mir gedacht habe, Freund Schlange und Freund Parfjon? Das ganze Leben war ich ein Spielball des Schicksals. Sogar heute, wo das alles passiert ist, geht das Spiel weiter. Das will ich nicht! Einerseits gibt mir das Geld Freiheit, ich könnte aufhören, für irgendwelche Leute zu schreiben, es nur noch für mich tun. Aber für mich möchte ich nicht! Ich bin auf den Hund gekommen, Brüder! Mir wird plötzlich klar, dass ich die erotischen und mystischen Romane, diese ganzen Krimis nur zu gerne schreibe, weil sie mir moralischen und materiellen Lohn einbringen, zu etwas Künstlerischem aber habe ich keine Lust. Als Schriftsteller bin ich am Ende, ohne richtig angefangen zu haben. Doch eines ist mir geblieben: mein Stolz! Das Schicksal hat mit mir gespielt – erniedrigen konnte es mich kein einziges Mal. Aber jetzt, das spüre ich, will es auch noch das: Es will mein Leben sinnlos machen!«

»Was meinst du damit?«, fragte Parfjon. »Dass du auf das Geld verzichtest? Nein, mein Lieber, das kannst du vergessen! Ich durchschaue dich, durchschaue dich ganz und gar! Du willst bloß sehen, wie wir uns gierig auf diesen Köder stürzen! Willst dich in deiner Niedrigkeit bestätigt sehen! Damit du uns dann hassen kannst, ja? Raffiniert ausgedacht! Ich will aber nicht, dass mir nachts in einer dunklen Gasse mit einem Ziegelstein der Schädel eingeschlagen wird! Dass Schlange eines Tages nicht mehr aufwacht, und keiner weiß, wer ihm die Mordsdosis Schlafmittel in den Wodka gekippt hat!«

Schlange saß daneben, ohne das Geringste zu kapieren. Ihm war nach dem Wodka so wohl und wonniglich zumute, dass er partout nicht begreifen konnte, warum die Freunde aussahen, als wollten sie gleich aufeinander losgehen.

»Was habt ihr denn?«, fragte er.

»Du bist dumm«, sagte Schmock bedauernd, an Parfjon gewandt. Dem schlug nun das Gewissen:

»Dumm nicht, aber ich möchte gerne wissen, was du wirklich willst.«

»Was kann ich schon wollen? Für drei ist das Geld zum Leben zu wenig und zum Sterben zu viel, wie es so schön heißt. Da ist keinem gedient. Aber einer kann damit richtig etwas anfangen: sein Leben in die Reihe bringen, sich eine Frau zulegen, einen Entzug machen. Ich meine dich, Schlange. Du hast die Kiste als Erster bemerkt. Wärst du nicht gewesen, hätten wir dieses Geld nie gesehen.«

»Nee, nee, Kumpel«, sagte Schlange, der plötzlich vor irgendetwas Angst bekam. »Klar, die Kiste habe ich gesehen, aber die Brieftasche – du.«

»Und aufgehoben hat sie Parfjon«, sagte Schmock. »Also nimm du das Geld, Parfjon, hör auf einen klugen Mann.«

Vielleicht hätte Parfjon, der die Aufrichtigkeit und Ehrlichkeit in Schmocks Augen sah, auch tatsächlich zugestimmt, aber dass sich dieser Schreiberling einen klugen Mann nannte, während er ihn, Parfjon, offenbar nicht dafür hielt, das wurmte ihn, und zwar gewaltig.

»Bin selber schlau genug«, parierte er.

»Es wird aufgeteilt und fertig, was habt ihr denn bloß?«, konnte Schlange immer noch nicht verstehen.

»Wir«, versetzte Schmock, »wollen nicht länger Spielball des Schicksals sein. Nicht wahr, Parfjon?«

Die hehren Worten trafen den neuen Parfjon mitten ins Herz. War es nicht das, worüber er selbst seit heute Morgen nachdachte? Er nickte.

»Wir verlachen es! Wir zeigen ihm, was eine Harke ist!«, rief Schmock.

»Wem?«, wollte Schlange wissen.

»Dem Schicksal.«

Das war Schlange dann doch zu hoch, er sah sich sogar um, als hoffe er, dieses Wesen irgendwo zu entdecken.

»Wir lassen das Los entscheiden!«, sagte Schmock. »Wer gewinnt, der muss das Geld nehmen. Für sich allein.«

Wieder bekam es Schlange mit der Angst.

»Nichts da!«, widersprach er. »Hört auf mit dem Quatsch. Wir teilen es gerecht unter uns dreien auf und basta! Auch noch losen! In den Arsch könnt ihr euch das stecken, ihr verfi... Hurensöhne, dieses Los, oder damit die Fo... von euren Weibern tapezieren!«

»Wenn's geht, ohne Flüche, Himmelarschundwolkenbruchnochmal!«, bat Parfjon.

Schmock und Schlange waren sofort einverstanden, dass es an einem solchen Tag besser ohne Schimpfwörter abging.

»Wir müssen noch einen heben«, riet Schlange. »Wir haben den Rausch von gestern noch nicht weggesoffen, sind noch nicht wieder richtig beieinander. Deshalb quatschen wir so kraus.« Und er kippte einen Schnaps hinunter – auf ex. Parfjon und Schmock folgten schleunigst seinem Beispiel.

Als sie ausgetrunken hatten, schwiegen sie eine Weile,

rauchten und schauten mit einer verschwommenen Sehnsucht in den Augen auf das Geld.

»Jetzt habe ich euch verstanden!«, sagte Schlange plötzlich. »Die Zweifel und das alles. Die Moral sozusagen. Sittlichkeit im höchsten Sinne. Die Verderblichkeit des Lasters. Der zersetzende Einfluss des Reichtums. Die Verführungen des leichten Lebens. Glaubt ihr, ich verstehe das nicht? Und ob ich das verstehe! Ihr denkt wohl, weil ihr ein Diplom habt und ich nur den Abschluss der Mittelschule, ist das zu hoch für mich? Da täuscht ihr euch aber! Die Massenmedien haben mich nicht verblödet, ich renne keiner neumodischen Strömung hinterher, ich bin hier, wach, mit allen Sinnen! Und ich schlage vor: Unser russisches Geld behalten wir und teilen es auf, das macht immerhin einen Tausender und ein paar Äppelstückchen pro Nase. Und die Dollars geben wir einem Kinderheim, anonym natürlich.«

»Wie denn? Sollen wir sie etwa vor die Tür werfen? Da schnappt sie sich bloß das Personal. Einer von denen findet das Geld, und weg ist es, auf Nimmerwiedersehen«, urteilte Parfjon realistisch.

»Dann eben öffentlich! Mit einem Riesenpulk Journalisten und Fernsehkameras!«

»Damit der, dem das Geld gehört, gleich weiß, wo es ist, und uns umbringt vor Wut?«, fragte Parfjon.

»Übrigens …«, hob Schmock an, aber Parfjon hatte ihn schon verstanden.

»Das kannst du lassen! In der Brieftasche war nichts außer dem Geld, keine Papiere und so. Wie sollen wir da den Besitzer finden? Willst du überall Zettel ankleben: ›Geldbörse mit Dollars gefunden. Der Besitzer melde sich bitte bei folgender Adresse …‹?«

»Jetzt hört aber auf!«, sagte Schlange. »Wir sollten lieber besprechen, was wir mit dem Geld machen. Das ist gescheiter, oder?«

Dieses Thema war tatsächlich interessant, es erinnerte sie an ihre Kindheit, als sie sich darüber unterhalten hatten, was jeder anfangen würde, wenn er einen Zauberstab besäße, der einem drei Wünsche erfüllen konnte. Sie wussten noch, dass der Kranke, den keiner richtig für voll nahm, die anderen ausgetrickst hatte, indem er verkündete: »Als Erstes wünsche ich mir, dass ich noch einen Zauberstab kriege, und der muss mir dann sämtliche Wünsche erfüllen!« Diese Schlitzohrigkeit hatte ihm den Ärger der anderen und sogar ein paar Püffe eingetragen.

»Na? Na?«, ermunterte Schlange die Freunde. »Los, Schwieback, fang du an, wenn du ein Schriftsteller sein willst!«

Schmock versank in tiefes Nachdenken.

»Dann du, Parfjon!«

Auch Parfjon geriet ins Grübeln.

»Mache ich eben den Anfang!«, sagte Schlange, nahm noch einen Schluck und begann: »Also, erstens würde ich ...« Seine Augen irrten über die Wände, als suchten sie dort eine Eingebung.

Dann verfiel auch er in Kontemplation.

Kapitel acht,

in dem Schlange überlegt, dass er sich zuallererst einmal die Zähne richten, sich einkleiden, auch der Mutter etwas Ordentliches zum Anziehen kaufen, die Wohnung herrichten und sich für mindestens drei Jahre gegen den Suff »kodieren« lassen muss, das Trinken macht eigentlich schon keinen Spaß mehr, obwohl ... vielleicht wäre es besser, mit dem Kodieren ein bisschen zu warten und vorher noch einmal nach Herzenslust zuzulangen, wann kommt so eine Gelegenheit schon wieder?, und danach könnte er, piekfein ausstaffiert, nachts im Taxi durch die Stadt brausen und sich eine schicke Prostituierte angeln, obwohl ... er hatte ja schon lange keine Frau mehr, vielleicht bekommt er ihn gar nicht mehr hoch, nicht einmal bei einer Prostituierten; um das herauszufinden, müsste er mindestens zwei Wochen absolut nüchtern bleiben, doch wozu dann hinterher noch eine Prostituierte, in diesem Zustand könnte er genauso gut eine normale Frau kennen lernen, und an dieser Stelle fällt Schlange seine Angetraute ein (er ist ja verheiratet!), allerdings hat er seine Frau schon fünfzehn Jahre nicht mehr gesehen, auch seine Tochter nicht (die ist jetzt siebzehn), und ihn durchzuckt der Gedanke, wie phantastisch es wäre, einfach bei Frau und Tochter aufzukreuzen im Glanz des neuen Reichtums und lässig hinzuwerfen: »So einer bin ich jetzt, ihr könnt ruhig mit mir leben!«, doch gleich darauf wird ihm klar: Die Vergangenheit lässt sich nicht zurückholen, die Liebe zu seiner Frau ist längst erloschen (wenn sie überhaupt je da war), die Tochter heute eine Fremde für ihn; und er begreift mit der erbarmungslosen Klarsicht seines für Sekunden ernüchterten Verstands, dass alles ganz einfach kommt: Hat er seinen Anteil, wird er saufen, saufen, saufen, bis das Geld alle ist oder er krepiert, eher wohl Letzteres, und selbst wenn er es schaffen sollte, Klamotten zu kaufen für sich und die Mutter, selbst wenn er die Wohnung renoviert, lässt er das Saufen trotzdem nicht, und das kann diesmal schlimm enden, weil er unerfahren ist im Umgang mit so viel Geld, er wird es mit vollen Händen verschleudern, und irgendein habgieriger Lump kriegt das mit und bringt ihn deswegen um, also wie er es auch dreht und wendet, wie lange er auch die Wände anstarrt – es gibt kein Entrinnen, der unvermeidliche Untergang lauert überall.

»ACH, WEISS DOCH DER TEUFEL!«, murmelte Schlange schließlich. »Irgendwie will einem nichts einfallen …«

Da kam Parfjon die Erleuchtung. Er goss sich noch einen hinter die Binde und faltete die Hände vor der Brust.

Kapitel neun,

in dem sich Parfjon anschickt, eine Rede zu halten: darüber, dass er es leid ist, ein Lakai der Macht zu sein, auch wenn er sie bei jeder Gelegenheit in den Dreck zieht und verspottet, er, Parfjon, hat wie jeder russische Mensch vielerlei Fähigkeiten, kann mehr, als nur im Gespräch und auf dem Papier hohle Phrasen dreschen, er wird das Geld nehmen und in Geschäfte stecken, schließlich weiß keiner besser als er, was sich lohnt, und nach einem Jahr, wenn er ein solides Kapital beisammen hat, gründet er eine eigene Firma, nach zwei Jahren baut er sie aus und wird zu einem der größten Produzenten im ganzen Wolga-Gebiet, er packt an, wovor bis jetzt alle zurückschrecken: den Schwermaschinenbau, beliefert zuerst den heimischen, dann den internationalen Markt mit erstklassigen, höchst leistungsfähigen Werkbänken und automatisierten Produktionsstrecken; doch das ist bloß die erste Stufe, später vertraut er das Unternehmen einem treuen Helfer an und kehrt in die Politik zurück, seine Mittel gestatten ihm, sich im ganzen Land Popularität und

Ansehen zu verschaffen, nach drei Jahren ist er bereits einer der bekanntesten Politiker Russlands, Chef der von ihm gegründeten Partei, die beispielsweise Partei der Einheit des Volkes (PEV) heißen könnte, und bei den nächsten Präsidentschaftswahlen gilt er als unbestrittener Favorit für den Posten des Staatsoberhaupts; und von dort, aus der Perspektive des künftigen politischen Höhenflugs, betrachtet er schon jetzt mit spöttischer Überlegenheit seine armselige jüngste Vergangenheit an der Seite dieser rappeldürren Überintellektuellen von Ehefrau, soll sie doch der Leibhaftige holen, mit diesem ewig krittelnden Dreistling von Sohn und dessen dümmlicher, aber eingebildeter Pute von Gattin; auf den Höhen seines neuen Lebens wird er, Parfjon, eine junge, fünfundzwanzigjährige Frau mit seidenweicher Haut neben sich haben und einen properen, rosigen kleinen Sohn, der seinen Papi von den Windeln an vergöttert, und er, der Präsident, sitzt im Sessel, ruht aus von seinem achtzehnstündigen Arbeitstag, das Söhnchen im Arm, das reizende Köpfchen der Gattin auf der Schulter – und plötzlich fällt Parfjon ein, dass er das alles ja schon einmal gehabt hat: Olgas reizendes Köpfchen und den geliebten kleinen Sohn im Arm, soll das etwa heißen, er braucht diese ganze Präsidentschaft einzig und allein dafür, um noch einmal in den gleichen Fluss zu steigen? –, was Unvernunft wäre, außerdem ist ihm die Politik verhasst, er will gar kein Politiker sein, sondern wünscht sich, wenn er ehrlich ist, nur das eine, das man mit keinem Geld der Welt kaufen kann: noch einmal in die eigene Jugend zurückzukehren.

PARFJONS HÄNDE FIELEN IN DEN SCHOSS, er langte nach der Flasche.

»War das alles?«, fragte Schmock.

»Ach, hau doch ab!«, verteidigte sich Parfjon. »Wieso soll ich immer als Erster den Kopf hinhalten?! Versuch du's doch mal, Meister des künstlerischen Pfeifens, gib uns ein Beispiel!«

»Ich denke nicht daran.«

Kapitel zehn,

in dem Schmock wirklich nicht daran denkt, seine Träume zu offenbaren, weil sie zu intim sind und, ja, wie soll man sagen – zu berufsspezifisch, hatte er doch gelogen, als er behauptete, die kommerziellen Romane würden ihm Spaß machen und die eigenen künstlerischen nicht, in Wirklichkeit ist er es, wie jeder normale Mensch seiner Profession, nur leid, unbekannt zu sein, denn das fühlt sich schlimmer an, als nicht anerkannt zu werden (Nichtanerkanntsein kann man immer auf die Dummheit derjenigen schieben, die einen nicht anerkennen, aber was, wenn einen überhaupt keiner zur Kenntnis nimmt?), noch mehr ermüden ihn die Erwartungen seiner Frau, obwohl sie es ehrlich meint (wie ihm scheint, auch wenn wir etwas anderes wissen!), obwohl allein ihre Erwartungen ihn tragen; und es wäre zu schön, für die elftausend Dollar seines Anteils in einem ganz schlichten Einband, auf ganz normalem Papier, mit einer tausender Auflage, drei Bände »Ausgewählte Werke« herauszugeben, um die kommt die Kritik nicht mehr herum, die kann sie gar nicht übersehen, schließlich kennt jeder die Erfolgsstory von Gabriel García Márquez' »Hundert Jahre Einsamkeit«, die in einer Provinzdruckerei begann, mit dreitausend Exemplaren; doch hier muss Schmock denken – und bekommt davon sogar eine schweißnasse Stirn und feuchte Hände –, dass seine künstlerischen Texte vielleicht gar nicht so künstlerisch sind, und das wird ihm ein Kritiker, einer von denen, die er schätzt, auch schwarz auf weiß beweisen, mit Zitaten in der Hand; doch nein, das ist ausgeschlossen, er, Schmock, liest eigene wie fremde Texte stets objektiv und weiß, dass er mit seinem Talent viele in den Schatten stellen kann, andererseits (oder ist das schon die dritte, die vierte Seite?) könnten diese drei Bände zu einer Art Bilanz geraten, zu einem Finale, nach dem man sich eigentlich hinlegen und sterben kann, und er wird sich genötigt fühlen zu beweisen, dass er noch etwas zu sagen hat, wird einen – schlechteren – vierten Band, einen – noch schlechteren – fünften verfassen, doch dann gibt es schon Kritiker, die jede Zeile, die er schreibt, unter ihren persönlichen Schutz stellen, also setzt er Fett an, wird misstrauisch-selbstgerecht und unsicher-selbstzufrieden; um sich der glücklichen Wende seiner Geschicke zu vergewissern, verlässt er seine Frau und geht nach Moskau, wo er sich durch das hauptstädtische Künstlerleben tingelt, ohne Verwandte, ohne Freunde, er stimmt der Verfilmung seiner Werke zu, fliegt in ferne Länder, die nur in der Jugend interessant sind, und bei einer dieser Reisen, vielleicht im beschwingten, walzerseligen, heurigen Wien, kommt er nachts ins Krankenhaus, stirbt an Herzversagen (es schlägt ihm ja jetzt schon bis zum Halse, das verfluchte!), und er kann niemanden um Hilfe bitten, weil er kein Wort Deutsch spricht oder Englisch, denn trotz Literaturinstitut und Ehe mit einer Bibliothekarin ist er doch ein Banause geblieben, einer, der sich mühsam Halbbildung angelesen hat, ein Emporkömmling aus der finstersten Provinz …

»Ich kaufe mir ein Motorrad!«, sagte Schmock. »Ein richtig schnelles, mit allen Schikanen, für die ganzen elftausend!«

»Wozu das denn?«, Parfjon war perplex.

»Davon träume ich seit meiner Kindheit!«

Und Schmock wollte von seinen Kindheitsträumen erzählen (ein Motorrad, und einmal ein Sprung mit verzögerter Fallschirmöffnung), doch da vernahmen er und Parfjon seltsame Geräusche.

Sie schauten zu Schlange hinüber.

Der saß da, die Augen krampfhaft zugedrückt, die Zähne zusammengebissen, schnaufte laut und weinte leise.

Kapitel elf,

in dem Schlange eine erstaunliche Idee vorträgt.

»Was ist los, Schlängelchen«, fragte Parfjon.

»Hab den Jungen geschlagen …«

»Was denn für einen Jungen? Wann?«

»Die Träne eines Kindes! Schönheit rettet die Welt! Die immateriellen Beweise für die dinglichen Beziehungen der Seele zur Wirklichkeit und umgekehrt!«, brach etwas gänzlich Unverständliches aus Schlange hervor.

Parfjon und Schmock deuteten es als erste Eruptionen, die einen Ausbruch der Schlange'schen Philosophie ankündigten. Schlange hatte nämlich schon als Kind gern abstrakte Überlegungen angestellt, keiner in ihrer Klasse hätte so gern und so viel über die Existenz des Menschen philosophiert wie er – urwüchsig und leidenschaftlich, wenn auch ein wenig holprig –, man spürte, dass ihn diese Fragen ernsthaft bewegten, und deshalb hatte er sich auch mit der Mittelschule begnügt: aus Angst, er könnte zu viel Weisheit konsumieren und verrückt werden davon; jeder gelesene oder gehörte Gedanke löste in ihm wahrhaft vulkanische Hirnaktivitäten aus. Schlange entwickelte diesen Gedanken sofort weiter, vertiefte und verzweigte ihn. Er spürte, wie sein Verstand, einem Fluss bei Hochwasser gleich, in die Niederungen des menschlichen Lebens strömte, und was er dort sah, bereitete ihm physische Pein bis hin zu unerträglichem Kopfschmerz. Deshalb las er auch keine Bücher mehr. Allerdings sah er noch fern, solange der Apparat funktionierte, denn in all den Jahren hatte der Fernseher keinen einzigen Gedanken von sich gegeben, der in Schlange wenn schon nicht dieses schmerzliche Grübeln, so doch wenigstens einen dem Denken überhaupt nahe kommenden Zustand ausgelöst hätte …

»Geht's nicht konkreter?«, wollte Schmock wissen.

»Vergangene Woche … ich stehe am Kiosk … brauche einen Schluck zum Ausnüchtern … aber kein bekanntes Gesicht weit und breit … mir ist speiübel … und dann der Junge … so ein schmächtiges Kerlchen … ›Onkelchen, einen Rubel für Brot!‹, sagt der. Und ich denke: ›Das ist ja ein ganz Unverschämter! Ich stehe mir hier die Beine in den Bauch ohne eine einzige Kopeke, und der macht sich noch lustig! Oder sehe ich etwa aus wie einer, der einen Rubel hat?‹ Also werde ich wütend – und gebe ihm statt des Rubels eins hinter die Ohren. Muss wohl ein bisschen derb gewesen sein … jedenfalls fällt der Junge hin, schlägt sich dabei die Hand auf … presst den Arm an den Leib, beschimpft mich … Ich renne hinter ihm her, gut, dass ich ihn nicht erwischt habe … Dann erfahre ich: Seine versoffene Mutter schickt den Kleinen betteln. Die eine Hälfte gibt er ihr, für Schnaps, die andere behält er selbst, tatsächlich für Brot. Oder mal für ein Eis, wenn's langt. Ist ja ein Kind! Und zu Hause kriegt er keine Süßigkeiten zu sehen!«

Das war schon seltsam: Woher nahm ein so trockener Mensch bloß so viele feuchte Tränen? Schlange zerfloss förmlich, und Schmock dachte, dass er wohl zum ersten Mal eine lebendige Verkörperung der Metapher »ein Meer von Tränen vergießen« vor sich sah.

»Das passiert«, sagte er, »wir sind alle manchmal …«

»Nein! Nicht manchmal! Die heutigen Kinder verachten die heutigen Väter, und das ist eine nationale Katastrophe!«, warf Parfjon finster ein. »Weil diese Kinder das hochmütige Produkt von Vätern sind, die sich ihrer Gemeinheit auch noch rühmen!«

»Was für eine Gemeinheit meinst du?«, fragte Schmock.

»Die, die wir ihnen beigebracht haben und die diese Kinder jetzt für das Normalste der Welt halten, und sie verachten uns, weil wir, von denen sie diese Gemeinheit haben, so tun, als würden wir uns dafür schämen!«

»Er war doch so dünn!«, konnte sich Schlange immer noch nicht beruhigen. »Bloß Knochen und Augen! Solche riesengroßen! Die sehe ich nachts immer noch vor mir!«

Plötzlich wischte er sich mit dem Ärmel die Augen trocken und sagte entschlossen:

»Ich hab's, Männer! Ihr könnt mit eurem Geld anstellen, was ihr wollt, aber ich … Wem habe ich schon Gutes getan in meinem Leben? Keinem Menschen! Ihr zwei macht, was ihr wollt, aber ich verschenke es an die, denen es ganz schlecht geht ... An kleine Jungen ohne was zu essen ... an alte Frauen ... und überhaupt ... Es gibt schließlich genug Leute, die schlimmer dran sind als wir!«, rief Schlange herausfordernd und kippte auf der Stelle ein halbes Glas Wodka hinterher.

»Du wirst noch blau!«, warnte Parfjon.

»Ich fange noch einmal von vorn an. Wenn ich heule, werde ich nämlich nüchtern.«

»Heulst du oft?«

»Heute das erste Mal, und jetzt bin ich stocknüchtern. Deshalb könnt ihr mir glauben, wenn ich euch klipp und klar sage: Es gibt andere, die schlimmer dran sind. Für mich behalte ich tausend oder zweitausend Rubel, gebe meiner Mutter noch ein bisschen was, alles andere aber kriegen die Bedürftigen und Entrechteten. Für die ist manchmal schon ein Hunderter ein Fest!«

»Du bist ja ein richtiger Harun al-Raschid!«, sagte Parfjon, aber seine Stimme klang unsicher.

Er wollte nicht schlechter dastehen als Schlange, wollte auch den Entrechteten helfen und sich damit endgültig bestätigen im Range eines echten russischen Intelligenzlers – ob nun erster oder x-ter Generation, darauf schiss er, verdammt noch mal.

Ungefähr das Gleiche empfand auch Schmock.

Doch theoretisch zu disputieren über die Verwendung des Geldes, sozusagen beispielsweise und abstrakt, war das eine, sich aber praktisch, konkret und in der Tat von ihm trennen zu müssen, etwas ganz anderes. Parfjon vergaß sofort seine napoleonischen Pläne von Produktion und Politik und dachte stattdessen daran, dass er mit dem Geld loskam von seinem ungeliebten Dienst bei der Gouvernementsregierung, der ihn zu einem durchtriebenen Lügner gemacht hatte. Und wenn er ein neues Leben beginnen wollte, bekam er bei den heutigen inflationären Rubelpreisen für die harten Dollars spielend eine Einzimmerwohnung – zentrumsnah! –, es blieb sogar noch etwas übrig! Schmock dagegen führte sich vor Augen, dass das Geld, wenn man die gegenwärtigen Teuerungen im Verlagswesen berücksichtigte, nicht einmal für einen, geschweige denn für drei Auswahlbände langte, schließlich musste er auch noch an die Familie denken: Seine Frau lief seit Jahren in ein und demselben Wintermantel herum, die Töchter konnten ebenfalls neue Sachen gebrauchen, außerdem wollten sie im nächsten Jahr an die Saratower Universität, und dort herrschten jetzt, wie an den meisten Hochschulen, räuberische Sitten, also war es seine väterliche Pflicht vorzusorgen.

»Na, was ist?«, fragte Schlange mit dem spöttisch-überlegenen Gesichtsausdruck des Gerechten. »Wollt wohl einen Rückzieher machen? Am Ende fangt ihr noch an, mir zu beweisen, dass es euch selbst am schlechtesten geht? Dass keiner bedürftiger und entrechteter ist als ihr? Dass man sowieso nicht alle hungrigen Mäuler stopfen kann? Vorwärts, tut euch keinen Zwang an! Ich höre!«

»Nur Jesus hat mit fünf Broten Tausende Menschen satt gekriegt«, maulte Parfjon verdrießlich.

»Ha! Da ist dir ja schnell etwas Passendes eingefallen! Aber die Geschichte kenne ich auch, und ich sehe sie ein bisschen anders. Nämlich so: Das Wichtigste dabei war nicht das Brot, sondern die Gerechtigkeit! Die Leute standen ja nicht kurz vor dem Verhungern, sie wollten nur essen. Also haben sie die fünf Brote genommen und vernünftig verteilt: Wer nicht mehr kann, bekommt ein Stückchen, wer noch bei Kräften ist, verzichtet von selbst!«

»Eine ziemlich eigenwillige Interpretation!«, sagte Schmock, der wie alle modernen Autoren das Evangelium kannte. »Es gab also gar kein Wunder? Nicht einmal, dass hinterher noch ein Haufen Krümel übrig war, ist für dich eines?«

»Was soll daran ein Wunder sein? Die haben sie aus Vernunft übrig gelassen, weil sie ja am nächsten Tag schließlich auch noch was zu beißen brauchten!«, argumentierte Schlange.

»Warte mal. Angenommen, wir beglücken wirklich jemanden«, sagte Parfjon. »Wer sind wir denn, dass wir entscheiden können, wer etwas kriegt und wer nicht? Das zum einen. Und zum anderen: Wir kommen also in ein Haus, dort liegt eine arme, kranke Frau. Müssen wir ihr helfen?«

»Klarer Fall!«

»Und dann ist es diese Schnapsdrossel von Mutter, die ihren Jungen betteln schickt! Die versäuft unsere milde Gabe, und danach muss er wieder auf die Straße!«

»Soll sie das Geld ruhig versaufen. Solange sie säuft, lässt sie den Kleinen in Ruhe. Und für ihn fällt sogar auch noch etwas ab!«

»Wenn wir jemandem helfen«, sagte Schmock nachdenklich, »dann denjenigen, die keinen Ausweg mehr wissen. Vor kurzem habe ich eine Geschichte gehört: Ein Mann borgt sich dreitausend Dollar, fährt los und kauft dafür ein Auto. Das will er als Privattaxi nutzen, damit er seine Schulden abzahlen kann. Und dann gerät der Mann in einen Verkehrsunfall – das Auto ist hin, er kann das Geld nicht zurückgeben, weiß nicht mehr ein noch aus.«

»Und?«

»Er hat sich erhängt!«

»Wir hätten ihn gerettet! Das ist überhaupt eine Idee!«, rief Schlange unverhofft. »Wir sollten nicht einfach Leute suchen, denen es noch schlechter geht, sondern Leute, die wir retten können! Wenn wir sie aus dem Schlamassel holen, verzeiht mir Gott den Jungen!«

»Bist du gläubig geworden auf deine alten Tage?«, fragte Parfjon.

»Woher soll ich das wissen?«

»Was heißt denn das nun wieder?«, sagte Schmock verständnislos.

»Ob ich an Gott glaube oder nicht, das weiß nur Gott allein!«, antwortete Schlange und musste selbst erst einmal nachdenken über diese Worte, die auch er nicht ganz verstand.

»Ich für meinen Teil«, erklärte Parfjon, der meinte, einen Ausweg aus dem Dilemma gefunden zu haben, »ich schlage vor, jetzt nichts zu entscheiden, sondern einfach dreitausend zu nehmen und damit eine ganz bestimmte Sache durchzuziehen. Alles Weitere findet sich.«

»Was denn für eine Sache?«

»Wirst du schon sehen!«

Kapitel zwölf,

das vom ungewöhnlichen Leben des ungewöhnlichen Menschen E. W. Kurotschkin handelt.

AUS WELCHER FEUCHTE, welcher Schicht von Schimmel (im positiven Sinne des Wortes) solche Menschen bei uns auftauchen, ist völlig schleierhaft. Schon als kleiner Junge las Eduard Kurotschkin das Werk »Die sowjetische Etikette«, und seit diesem Tag legte er, wenn es Essen gab, zunächst wortlos die Gabel links und das Messer rechts neben seinen Teller, den Fleischklops, den ihm Mama Kurotschkina auftat, zerteilte er mit dem Messer in seiner Rechten, während die Linke die Gabel mit den Bröckchen manierlich zum Munde führte. Als das Mama Kurotschkina zum ersten Mal sah, erschrak sie und legte ihm die Hand an die Stirn. Die war kühl wie Marmor (würde Mama Kurotschkina sicher gedacht haben, hätte sie gewusst, wie sich marmorne Kühle anfühlt, doch leider war ihr in ihrem ganzen Leben nie Marmor untergekommen). Papa Kurotschkin, der ausnahmslos alles mit dem Löffel aß, ganz gleich, ob Kohlauflauf oder Brei, damit sogar gebratene Wurst zerlegte oder dicke Scheiben von seiner Krautroulade abstach, staunte ebenfalls, bekundete jedoch Zustimmung: »Richtig, mein Sohn! Wir sind in der Vorstadt geboren, und da würden wir auch sterben, wenn uns der Betrieb nicht eine Wohnung gegeben hätte. Mach was aus dir! Am Ende wirst du noch Diplomat, verfi… und zugenäht, oder ein Genie, du verdammter Hundesohn!«

Aber das war erst der Anfang. Der zehnjährige Eduard

Wassiljewitsch Kurotschkin legte das Geld für das Schulfrühstück zur Seite, kaufte ein Stück Kattun und fertigte daraus eigenhändig einen Wandschirm an, mit dem er seinen Schlafplatz von dem der zwölfjährigen Schwester abteilte.

»Was soll denn das nun wieder?« Mutter Kurotschkina war fassungslos.

»Ich habe gelesen, dass verschiedengeschlechtliche Kinder getrennte Zimmer haben müssen«, versetzte Eduard. »Aber weil das unter unseren staatlichen Wohnungsbedingungen nicht möglich ist, ergreife ich andere Maßnahmen. Dabei geht es mir nicht einmal so sehr um die Hygiene. Julia ist zwar meine Schwester, aber auch eine zukünftige Frau, und wenn ich sie jeden Tag im Schlüpfer oder sonst was sehe, verliere ich die Achtung vor den Frauen, das Gefühl des Geheimnisses, und das möchte ich nicht. Ach, noch etwas, Mama: Ich verstehe, dass wir den Grundriss dieser jämmerlichen Wohnung nicht ändern können, aber wenn schon die Toilette gleich neben der Küche liegt, dann würde ich Sie doch bitten, dort nicht so laute Geräusche von sich zu geben oder es in Zeiten zu tun, in denen wir, Ihre Kinder, nicht zu Hause sind, damit wir die Ehrfurcht vor Ihnen nicht verlieren und uns den achtungsvollen Respekt der Nähe durch Distanz bewahren. Wünschenswert wäre dabei auch die Abwesenheit Ihres Gatten, das heißt: unseres Papas – aus analogen Gründen.«

Selbstverständlich sagte das der minderjährige Eduard Kurotschkin mit anderen Worten, wir haben das Seltsame seiner Rede bewusst ein wenig verstärkt, damit der Leser den ungeheuren Schock nachempfindet, in den sie Eduards arme Mama versetzte. Am meisten erschütterte sie nicht einmal seine Bitte bezüglich der Toilettengeräusche, sondern die Tatsache, dass er die eigene Mutter plötzlich siezte.

Als Vater Kurotschkin nach Hause kam, berichtete sie ihm alles haarklein. Das »Sie« nahm er noch mehr oder weniger ungerührt hin, dafür kränkte ihn die Toilette so sehr, dass er leichenblass wurde. Eine Blässe, die seine Arbeitskollegen gut kannten: Unter ihnen galt er als prinzipienfest, aber aufbrausend, ein Mensch, der weder Teufel noch Vorgesetzte fürchtete. Wassili Kurotschkin zog den Gürtel aus der Hose, ging zu seinem Sohn Eduard und fragte:

»Du meinst also, ich darf in meinen eigenen vier Wänden nicht einmal mehr furzen? Vielleicht soll ich auch noch das Schneuzen einstellen?«

»Schnäuzen ja, aber in ein Taschentuch, nicht in die Hand und dann alles an der Hose abwischen!«, erwiderte Eduard Wassiljewitsch. »Sie machen das immerhin im Beisein von Kindern!«

»Wer ›sie‹?«

»Na, Sie.«

»Was denn bloß für ›sie‹?«, brüllte der Vater los und sah sich nach allen Seiten um, denn im Zimmer war niemand: Die Mutter saß weinend in der Küche und lauschte.

»Ich meine Sie, meinen Papa. Nach der russischen Tradition wurden die Eltern immer mit ›Sie‹ angeredet.«

»Ach, so ist das! Nach der russischen Tradition hat man aber auch Söhnen, die keine Vernunft annehmen wollen, den Verstand über den Arsch eingebläut! Runter mit den Hosen!«

»Tradition ist nicht gleich Tradition, es gibt gute und längst überholte!«, murrte Eduard Wassiljewitsch aufsässig, ließ aber die Hose herunter und ertrug die Schläge mit dem väterlichen Riemen klaglos.

Mehr Verstand brachten ihm diese Exerzitien allerdings nicht ein, im Gegenteil, er trieb es noch ärger.

Eduard legte sich eigene Teller zu, eigene Gabeln, Tassen und Löffel, eine eigene Zahnbürste und eigene Seife, beanspruchte sogar ein Handtuch ganz für sich allein. Er wusch und bügelte seine Unterwäsche und Kleidung selbst, was Mutter Kurotschkina furchtbar beleidigte. Kurzum, Eduard entfaltete einen regelrechten Psychoterror. Der Vater begann zu trinken, aber sein Magengeschwür ließ nicht zu, dass er sich dem Alkohol hingab. Die Mutter hatte Angst, den Sohn anzusprechen. Die Schwester mit ihren jugendlichen Flausen im Kopf lachte nur; ging sie an Eduard vorbei, spannte sie oft den Bauch an und presste Geräusche hervor.

»Ich bemühe mich trotzdem, in dir nur das Allerbeste zu sehen, liebe Schwester!«, kommentierte Eduard, die Stirn in Falten gelegt.

Die Situation wurde einfach gesundheitsgefährdend für Vater und Mutter. Mutter Kurotschkina benutzte nur noch nachts die Toilette. Vater Kurotschkin dagegen suchte sie hartnäckig während des gemeinsamen Abendessens auf (er war daran gewöhnt, abends nach der Arbeit zu müssen) und versuchte absichtlich den Geräuschpegel durch krampfhafte Anspannung der entsprechenden Muskeln zu steigern, was ihm eine Krankheit eintrug, die er selbst »Dickdarmvorfall« nannte, während es sich in Wirklichkeit um einen ganz banalen kleinen Hodenbruch handelte. (An dieser Stelle hielt Parfjon inne, um zu beteuern, er würde in dieser Geschichte nichts, reinweg gar nichts hinzudichten.) Auch die Tochter führte sich seltsam auf: Hatte sie sich klammheimlich hinter dem Wandschirm ausgezogen, rannte sie plötzlich auf Eduards Seite, schlenkerte tänzerisch vor ihm ihre Jungmädchenglieder und sauste zurück, wobei sie ein unangenehmes, künstliches Gelächter ausstieß.

Eines Tages sagte Wassili Kurotschkin:

»Alles meine Schuld. Was für ein Teufel musste mich auch reiten, ihn Eduard zu nennen?«

»Ich war gleich dagegen«, wandte Mutter Kurotschkina zaghaft ein.

»Hättest lauter protestieren müssen! Wir haben nicht bedacht, wie das klingt: Eduard – Kurotschkin!«

»Klingt doch normal …«

»Bloß Unnormale können so was normal finden! Aber ich habe es verbockt, also biege ich es auch wieder hin. Punktum.«

Und er ging, obwohl er nicht gern um etwas bat, zu einem Verwandten im Bezirkswehrkommando, dann noch irgendwohin, schrieb Anträge, veranlasste Mutter Kurotschkina, ihre Arbeitsstelle aufzugeben, ergatterte für sich ein Attest, das ihm verminderte Erwerbsfähigkeit bescheinigte, dazu noch eine amtliche Bestätigung der materiellen Notlage der Familie Kurotschkin, reiste schließlich sogar nach Moskau und schaffte es tatsächlich: Sohn Eduard wurde in die Suworow-Kadettenanstalt aufgenommen.

Dort gefiel es ihm ausgezeichnet. Disziplin, Sauberkeit, Ordnung – und sogar Gesellschaftstänze bekam man beigebracht!

Es waren glückliche Jahre, nach denen Eduard seine

militärische Ausbildung an der damaligen Offiziersschule für rückwärtige Dienste in Wolsk fortsetzte. Glücklicherweise war es nur ein Katzensprung von Wolsk nach Saratow, zu den Eltern, die er ja liebte. Und auch sie schlossen ihn wieder in ihr Herz, kam er doch selten, und an sein Siezen hatten sie sich gewöhnt.

Danach aber begann der Dienst in der Truppe – und damit eine Kette von Enttäuschungen, denn in der Einheit, in die er abkommandiert wurde, herrschten weder Sauberkeit noch Ordnung, und erst recht keine gepflegten Manieren, statt des Gesellschaftstanzes gab es einmal wöchentlich, nach dem Dampfbad, einen Film im Kulturpalast des Textilarbeiterstädtchens, wo sich der Standort der Einheit befand, und was sich da im Saal des Klubs, in seinen anderen Räumlichkeiten, ja sogar im Gebüsch um das Gebäude herum, in den grasbewachsenen Kuhlen zwischen den Bäumen, den verborgenen Winkeln abspielte, spottete jeglicher Beschreibung! Die Kommandeure beobachteten das Geschehen aus gebührlichem Abstand, ersparten sich aber das Risiko, ihre Nase zu tief in diese Lasterhöhle zu stecken. Nicht, weil sie ihre übererregten Soldaten fürchteten, die rasenden, euphorisch-aufgepeitschten Textilarbeiterinnen waren es, die ihnen Angst und Schrecken einjagten, hatten die doch – wie alle noch wussten – einen Oberst a. D., der zu Inspektionszwecken hergekommen war und sich nicht davon abhalten lassen wollte, Ordnung zu schaffen, mit einer zerbrochenen Flasche massakriert. Die Leiche fand man erst nach einer ganzen Weile unter der Bühne des Klubs …

Eduard Kurotschkin litt und wurde nur deshalb nicht zum Trinker, weil ihn Geschmack und Geruch des heimischen Gesöffs anekelten, Importspirituosen aber konnte er sich nicht leisten. Als die Reduzierung der Streitkräfte einsetzte, quittierte er als Erster den Dienst. Seine Vorgesetzten ließen ihn ohne Bedauern gehen.

1988 stand der Zivilist Eduard Kurotschkin mit vollkommen leeren Händen da. Er kam zurück in das heimatliche Saratow und traf dort einen Freund aus Kindertagen, der zwischenzeitlich wegen Spekulation im Gefängnis gesessen hatte, auf freien Fuß gekommen war und nun unter neuen Bedingungen weiterspekulierte, mit Plazet und Segen des gewandelten Staates. Stolz fragte Eduard bei ihm um Arbeit nach. Moos, so der Spitzname des alten Kindheitsfreundes, konnte sich noch gut erinnern, was für ein Reinlichkeitsfanatiker »Ede-petete« (so hänselten sie ihn in der Schule) gewesen war, und wollte in einer ersten Anwandlung schon Eduards Dienste ausschlagen, als ihm sein Scharfsinn eine Idee eingab. Die sich als außerordentlich weitsichtig erweisen sollte! Inzwischen hatte in diesem Land nämlich jene Auflösung jeglicher Rechtlichkeit begonnen, die im Russischen bald »bespredel«, Schrankenlosigkeit, heißen sollte. Schrankenlose, ungezügelte Willkür herrschte nun tatsächlich in allen Sphären, darunter auch in der gesetzesfernen. Da kam Eduard Wassiljewitsch mit seinem Hang zur Ordnung gut zupass. Moos berief ein Treffen der Unterweltbosse ein, auf dem er Eduard Wassiljewitsch als Schiedsrichter empfahl und vorschlug, die Kosten für seinen Unterhalt gemeinschaftlich zu tragen. Für die Unabhängigkeit und Unvoreingenommenheit Kurotschkins könne er, Moos, garantieren.

Seitdem war Kurotschkin immer dabei, wenn es Händel beizulegen galt in der Unterwelt – er hatte das letzte, entscheidende Wort.

Ausgehend vom Prinzip größtmöglicher Vernunft (unter den Bedingungen einer – von ihm sehr wohl erkannten – generellen Vernunftlosigkeit des Geschehens), empfahl er Wege zur gerechten Verteilung der Einflusssphären, bestimmte Höhe und Art der Kompensationen für vorsätzliche und ungewollte Injurien (wie viele Personen dafür der Staatsanwaltschaft zu übergeben, bei wie vielen das Vermögen zu kassieren und wie viele – was sein musste, musste sein – wegen völliger Unkontrollierbarkeit zu erschießen waren wie tollwütige Hunde). Es gab Streit, es gab Geschrei, es gab Widerspruch, doch am Ende war die Kränkung bei allen vergessen: Jede Seite sah die kalte, fast sterile Unvoreingenommenheit Kurotschkins. Er wurde sogar zu einem internationalen Verbrechersymposium nach Florida eingeladen, wo er einen Vortrag hielt zum Thema »Das Procedere der Schlichtung von Händeln als Grundmechanismus außerrechtlicher Beziehungen im Lichte der traditionellen Postulate des DIEBESRECHTS« und dafür stürmischen Beifall erntete.

Während er so Tag für Tag seine Pflicht tat, hing Eduard Wassiljewitsch einem Traum nach. Er, der wie kein anderer die Kehrseite des Lebens kannte, der wusste, dass dieses Leben erfüllt war von Verrat, Wortbruch und Gemeinheit, glaubte dennoch unbeirrt, dass ihn die Liebe einer außergewöhnlichen Frau erwartete, die Zuneigung eines weiblichen Wesens, so kristallklar, rein und unbefleckt wie die Jungfrau Maria. Wobei der Umstand Erwähnung verdient, dass er bisher nicht nur keine Liebe erlebt, sondern überhaupt nie eine Frau gehabt hatte: Zu streng waren seine Forderungen in puncto seelischer und physischer Hygiene, zu hoch seine Ansprüche an die weibliche Schönheit.

Eduard Wassiljewitsch wollte, dass es seiner Zukünftigen an nichts mangelte. Deshalb legte er Geld auf die Seite und baute ein Haus.

Doch da drohte der ohnehin zügellosen Schrankenlosigkeit eine noch zügellosere: Ein paar Grünschnäbel, kaum im Leben angekommen, traten die Spielregeln des rechtsfreien Raumes mit Füßen und respektierten überhaupt kein Gesetz mehr. Bei einem der Schlichtungsverfahren wurde auf Eduard Wassiljewitsch geschossen, sein Haus brannte ab, die Bank, bei der er sein gesamtes Geld deponiert hatte, ging Pleite.

Da er nichts anderes konnte, blieb Eduard Wassiljewitsch Schiedsrichter, Gott sei Dank hörte die Anarchie der Youngster bald auf: Ein paar wurden umgelegt, ein paar andere handzahm gemacht. Eduard Wassiljewitsch baute noch ein Haus, legte wieder Geld zur Seite, allerdings nicht mehr bei einer Bank, sondern in einem doppelwandigen, feuersicheren Safe im eigenen Keller.

Und er begann, in Erwartung der Liebe, nach einem Mädchen Ausschau zu halten, worauf er seine gesamte freie Zeit verwendete.

Eines Tages flog sein Haus in die Luft, der Safe verschwand spurlos.

Kurotschkin rief die Autoritäten der Unterwelt zusammen (wozu er jetzt befugt war) und erklärte gekränkt, er ginge in den Ruhestand. Zwar tat er den Gangsterbossen Leid, doch sie begriffen, dass die Zeit der Hoffnung, die Willkür der Schrankenlosigkeit, des »bespredel«, wenigstens untereinander im Rahmen zu halten, wohl vorbei war. Sie schenkten ihrem ehemaligen Schlichter ein Haus und ein erkleckliches Sümmchen und ließen ihn gehen – um sich am nächsten Tag in der Nähe der

Elschansker Geflügelfarm ein blutiges Scharmützel zu liefern, bei dem 18 Automobile vernichtet, 750 Granaten, 15 000 Großkaliberpatronen, 43 PALR (für diejenigen, die nicht wissen, was das ist: Panzerabwehr-Lenkraketen) sowie drei Boden-Boden-Raketen abgefeuert, 1235 Legehennen getötet, sechs Eierproduktionsbatterien und zwei Brutanlagen zerstört sowie insgesamt 74 Mann an gegnerischen Kräften einschließlich zufällig vorbeigekommenen Zivilpersonen außer Gefecht gesetzt wurden.

Kurotschkin aber fand seine Traumfrau!

Sie stand, den Mantel fröstelnd um die Schultern gezogen, auf der Straße, hinter einem Tisch, auf dem Bücher zum Verkauf auslagen. Zweiundzwanzig Jahre alt, eine Hochschulabsolventin, die zwei Fremdsprachen beherrschte, so stand sie da, schlank und blauäugig …

Kurotschkin unterhielt sich zehn Minuten mit ihr und fragte dann, ob sie ihn ehelichen wolle.

Sie willigte ein.

Unter vielfachen Entschuldigungen und vorsichtigem Verweis auf seine besondere Wesensart bat Kurotschkin die Auserwählte, sich einer umfassenden medizinischen Untersuchung zu unterziehen sowie von einem eigens engagierten Psychologen und Sexualpathologen durchchecken zu lassen. Gesundheit und intellektuelles Niveau des jungen Mädchens boten keinerlei Grund zur Beanstandung, wie auch alles Weitere nichts zu wünschen übrig ließ.

Die Hochzeit fand in aller Stille statt, nur mit Braut und Bräutigam. Kurotschkin hasste lärmende Menschenansammlungen.

Am zweiten Tag der Flitterwochen überraschte er, als er vor der Zeit nach Hause kam, seine frisch Angetraute in der Garage mit dem Chauffeur. Sie zappelte und wand sich wie eine Katze, die man ins Feuer werfen will, und ihre herrlichen Lippen stießen ordinärste Straßenflüche aus.

Kurotschkin schloss die Garage ab, zapfte Benzin aus dem Tank seines Autos, verspritzte es rund um das Haus und warf ein brennendes Streichholz in die Flüssigkeit.

Nach dem Löschen des Brandes waren die Körper des Chauffeurs und der ruchlosen Jungvermählten nicht mehr auffindbar. Verschwunden blieb auch der in die Wand eingemauerte Metallkasten, in dem Eduard Wassiljewitsch all seine Ersparnisse aufbewahrte. Mit dem, was er an Bargeld in der Brieftasche trug, konnte er für ein Jahr ein Zimmer in einer Gemeinschaftswohnung mieten, und nun ging dieses Jahr zu Ende. Die Eltern waren gestorben, die Schwester fristete mit ihrem ewig betrunkenen Mann und drei Kindern in der ehemaligen elterlichen Wohnung ein jämmerliches Dasein, die Unterweltbosse hatten sich von Kurotschkin abgewandt, er konnte von keiner Seite Hilfe erwarten. Diejenigen, die ihn in letzter Zeit gesehen hatten, berichteten Schlimmes: Eduard Wassiljewitsch sei unsäglich heruntergekommen, wolle nirgends arbeiten (und könne es wohl auch nicht mehr), triebe sich auf der Straße herum wie ein Penner und klaube Abfälle aus Mülltonnen. Das Seltsamste aber sei: Er spreche kein Wort mehr. Früher legte man Schweigegelübde ab vor Gott dem Herrn, Eduard Wassiljewitsch jedoch schwieg nicht aus Glaubensgründen, sondern es ging ihm um etwas Grundsätzliches, was die Welt anbetraf: Er wollte nichts mehr zu tun haben mit den Vertretern der schäbigen Gattung Mensch.

Kapitel dreizehn,

das der Autor auslässt, weil er von Zeit zu Zeit abergläubische Anwandlungen hat, auch wenn er nicht an schwarze Katzen und leere Eimer glaubt, Theater- oder Konzertkarten mit der Platznummer dreizehn nicht zurückgibt, einmal sogar im Zug Nr. 13 Saratow – Moskau im Waggon 13 den Platz 13 erwischte, und die Reise verlief trotzdem ohne Zwischenfälle; doch wie gesagt, hin und wieder überkommt ihn etwas, und damit ist er ein treuer Sohn seiner Zeit und seines Volkes, jener russischen Menschen also, bei denen man in (wenn auch nicht allzu regelmäßigen) Abständen alles findet: Gläubigkeit und frappierende Selbstaufopferung und bewundernswerte Uneigennützigkeit und unglaubliche Nächstenliebe, die plötzlich in gleichermaßen beispiellose Feindseligkeit, ja bodenlosen Hass umschlägt, was sich vielleicht daraus erklärt, dass wir Russen nicht vier Himmelsrichtungen haben wie andere, sondern so viele Richtungen, wie sich jeder von uns im Laufe eines Tages umsieht, oder was möglicherweise damit in Verbindung steht, dass sich kaum einer daran erinnert, wer er gestern war, und man ganze Tage braucht, um es herauszufinden, und unterdessen bricht die Zukunft an und man muss sich aufs Neue das Gedächtnis zermartern; wobei alle Hoffnung auf unseren Frauen ruht, wenn auch nicht in der Art, dass sie einem blindwütig vorwärts preschenden Reiter in die Zügel fallen oder wie Pfauenhennen in brennende Hütten spazieren sollen (eine solche Vorstellung kann nur ein Dichter entwickeln, nur ein Mann), nein, unsere Hoffnung nährt ihre ganz eigene weibliche Sichtweise, die eine wunderbare zeitgenössische russische Lyrikerin so formuliert hat: »Die Gegenwart ist nicht gegenwärtig, die Vergangenheit nicht vergangen, die Zukunft nicht zukünftig, alles bleibt, wie es ist.« Solange unsere Frauen daran glauben, leben wir.

Kapitel vierzehn,

das von Eduard Kurotschkin und dem Herbstlaub handelt.

»Woher kennst du diesen Kurotschkin?«, wollte Schmock von Parfjon wissen.

»Wen man bei uns auf der Arbeit nicht alles kennen lernt!«, konnte der sich eine gelinde Prahlerei nicht verkneifen. »Er wohnt übrigens ganz in der Nähe. Vielleicht läuft gerade die Mietfrist ab, ihm droht der Rausschmiss, er will sich das Leben nehmen – wir sollten ihn retten!«

»Aber er hat es doch selbst so gewollt!«, widersprach Schmock.

»Wo bleibt denn dein Humanismus, du Schöpfer?«, tat Parfjon verwundert.

»Humanismus muss selektiv sein.«

»Denkst du immer so oder nur jetzt?«

Schmock überlegte redlich und sagte:

»Eigentlich denke ich überhaupt nicht so. Mir hat dieser Typ einfach nicht gefallen, so wie du ihn geschildert hast. Andererseits«, und hier kam Schmocks Gewohnheit, mit sich selbst zu streiten, zur Wirkung, »andererseits geht es ja nicht nur darum, dass wir ihm materiell unter die Arme greifen. Dem Mann ist etwas Furchtbares geschehen: Er hat den Glauben an die Menschen verloren. Ich liebe sie zwar auch nicht immer, aber mein Glaube ist mir trotzdem nicht abhanden gekommen. Und wie ergeht es dir?«

»Ich verachte sie sogar«, antwortete Parfjon. »Aber der Glaube – das ist etwas anderes. Den habe ich genauso wenig verloren. Außer ihm besitze ich ja nichts. Wenn wir

Kurotschkin den Glauben zurückgeben, wird alles gut.«

»Genug geschwafelt! Gehen wir lieber los!«, sagte Schlange, der gar nicht schnell genug Gutes tun konnte. »Bloß, wo lassen wir das Geld? Die russischen Rubel und dreitausend Dollar nehmen wir mit, aber wohin mit dem Rest? … Vielleicht hierhin?«, und er schob die Scheine unter die Matratze.

»Spinnst du?!«, widersprach Parfjon. »Da kann doch jeder reinkommen und sie mitnehmen!«

»In mein Zimmer kommt keiner rein ohne mich, ich schließe es ab.«

»Deine Zechkumpane denken, du schläfst, und brechen die Tür auf«, sagte Schmock.

»Saufen tun sie zwar, aber Türen aufbrechen?!«

»Es kann ja auch brennen«, spekulierte Parfjon.

»In diesem Haus hat es noch nie gebrannt.«

»Das ist schlecht, früher oder später gibt es nämlich überall einen Brand.«

»Einen Moment!«, sagte Schlange, »das haben wir gleich!«

Er kroch unter das Bett und zog ein silbrig glänzendes Bündel hervor.

»Feuerfestes Gewebe! Das brennt nicht einmal bei tausend Grad! So was wird im Kosmos genommen. Die Kumpels haben es irgendwo aufgetrieben, wollten den Stoff verscherbeln für eine Pulle, aber keiner hat ihn gekauft, die wussten nicht, wofür. Wir wickeln das Geld ein, stopfen es unter das Bett und – null Problemo, was?«

Schmock und Parfjon nickten.

Sie nahmen noch einen Schluck auf den Weg (nur einen klitzekleinen, heute durften sie sich nicht betrinken) und verließen das Haus.

Die Straßen, die ihnen so bekannt und vertraut waren, vor allem am helllichten Tag, schienen den Freunden heute voller Risiken und Gefahren. Sie nahmen Parfjon in die Mitte, er war der Rationalste von ihnen und trug das Geld. So marschierten sie los, wachsam nach allen Seiten spähend. Grüßte sie jemand im Vorbeigehen, stoben sie panikartig zur Seite.

»Wir hätten ein Auto anhalten sollen«, sagte Schmock.

»Mit Geld sollte man sich jetzt lieber nicht in ein Auto setzen«, erwiderte Parfjon. »Solche Fälle gibt es zuhauf, die dreschen dir mit einer Eisenstange auf die Rübe, schleppen deine Leiche in den Wald und lassen dich dort liegen.«

»Sehen wir aus wie Leute mit Geld?«, fragte Schmock ironisch.

»Richtige Spezis, die haben einen Riecher für Geld!«, pflichtete Schlange Parfjon bei.

Zehn Minuten später standen sie im langen, dunklen Korridor einer heruntergekommenen Gemeinschaftswohnung, die so typisch war, dass sie eigentlich unter Denkmalschutz gestellt werden müsste als Prototyp einer Art von menschlicher Behausung, die eine ganze Epoche lang das Volksleben prägte. Über dem Eingang gab es den üblichen Hängeboden, von dem, wenn die Tür aufging, immer etwas herabfiel, und man konnte von Glück reden, wenn es nur eine alte Zeitung war oder die zerschlissene Pelzmütze von Jakow Sergejewitsch Kosnow selig, der schon seit siebzehn Jahren auf dem Friedhof ruhte, es hätte schließlich auch ein Bügeleisen sein können: eines von diesen schweren Ungetümen, die auf der Herdplatte erhitzt wurden, zu Zeiten, als elektrische Bügeleisen noch Luxus waren. An der Wand hing das Telefon, daneben ein

Bleistift an einem Bindfaden, ein Blatt Papier mit Telefonnummern und Namenskürzeln sowie ein zweites Stück Papier: der Reinigungsplan für jene Teile der Wohnung, die von allen genutzt wurden. Auch das obligate Fahrrad mit den platten Schläuchen, ohne Lenker und Kette, hing hier. Mit diesem Vehikel war der kleine Petja Lypow herumgekurvt, der heute als pensionierter Oberst der Streitkräfte des Innenministeriums in einer anderen Stadt lebte, und es sollte eigentlich repariert werden für einen anderen kleinen Jungen, der jetzt an Petjas Stelle hier wohnte, aber irgendwie kam immer etwas dazwischen.

Zu beiden Seiten des Korridors befanden sich Türen und am Ende des langen Gangs lag die Küche, bis zu der es die drei Freunde allerdings nicht schafften: Die halb taube alte Frau, die die Tür aufgeschlossen, sie ohne Frage nach dem Wohin eingelassen hatte und nun vor ihnen herhumpelte, drehte sich plötzlich um und schrie:

»Zu wem wollen Sie denn?«

»Zu Eduard!«

»Hier wohnen keine Eduards.«

»Eduard Kurotschkin!«

»Wenn ich es doch sage: Die gibt es hier nicht!«

Parfjon wollte ihr auf die Sprünge helfen:

»Ungefähr vierzig ist der, vielleicht auch ein bisschen älter!«

»Haben wir nicht! Also scheren Sie sich weg!«

Schmock strengte seine Phantasie an und brachte hervor:

»Und einen Stummen? Gibt es hier vielleicht einen, der nichts sagt?«

Jetzt hatte die Alte verstanden und wies mit dem Finger auf eine der Türen.

Die Freunde klopften. Klopften noch einmal. Drückten ganz leicht gegen das Türblatt. Die Tür ging auf und sie traten ein.

Der bestialische Gestank überwältigte sogar ihren vom Wodka abgestumpften Geruchssinn. Wären sie richtig betrunken gewesen, hätten sie darin vielleicht sogar etwas Herzerwärmendes, Heimeliges gefunden, duldet doch die Organoleptik eines bezechten Russen durchaus eine gewisse Schmuddeligkeit und Schmierigkeit um sich herum, wenn es nur in einem geschützten Raum ist, nicht unter freiem Himmel, in irgendeiner Toreinfahrt, sondern dort, wo sich der lastende Ruch ruchlos verlebten Lebens, die Unbehaustheit der Behausung auf das Schönste und Schlimmste verbindet mit den von schwerem Fuselbrodem in Fesseln geschlagenen Seelen.

Das Zimmer, in das die Freunde kamen, hatte keinerlei Mobiliar, Kleidung lag unordentlich auf dem Fußboden verstreut, und in den Ecken standen ein paar Kisten, die als Stühle, Tische und Schränke dienten.

Ein Mann in zerlumpter Kleidung saß auf dem Fensterbrett, hatte die Arme um die Knie geschlungen und betrachtete einen Baum, der vor dem Fenster wuchs. Zu seinen Füßen stand eine Flasche billiger Wein.

Für die Ankömmlinge hatte der Mann nicht einmal einen Blick übrig.

»Guten Tag, sind Sie Eduard Wassiljewitsch Kurotschkin?«, fragte Parfjon.

Der Mann sah kurz zu ihm hin, wandte sich aber gleich wieder ab.

»Wir hatten schon einmal miteinander zu tun!«, fuhr Parfjon fort und zwinkerte den Freunden zu. »Allerdings über Mittelsmänner. Sie haben mir damals sehr geholfen, dafür schulde ich Ihnen noch etwas. Dreitausend Dollar. Haben Sie gehört? Ich bringe Ihnen die dreitausend Grünen!«

Mit vorsichtigen Schritten ging Parfjon zum Fenster, zog das Geld aus der Tasche und fächerte es vor dem Mann auf.

»Sehen Sie das? Dreitausend!«

Kurotschkin (wenn er es denn war) spuckte verächtlich aus, nahm einen Schluck aus der Flasche und betrachtete weiter angelegentlich die Welt hinter den Scheiben.

»Vielleicht ist der schon plemplem?«, mutmaßte Schlange.

In Kurotschkins pfeilschnellem Blick war deutlich zu lesen: »Selber plemplem!«

»Versteh doch«, holte Schlange zu einer Erklärung aus, »für das Geld kannst du das Zimmer in Ordnung bringen, für fünf Jahre im Voraus Miete bezahlen, dir einen Fernseher kaufen und alles so was.«

»Ganz ehrlich, es ist dein Geld! Nimm es!«, wiederholte Parfjon.

»Steck es weg und fuchtele hier nicht damit herum!«, sagten Kurotschkins Augen böse. Die Ankömmlinge würden ihn doch nicht in Ruhe aus dem Fenster schauen lassen, also wandte er sich den ungebetenen Gästen wenigstens halb zu.

Parfjon verstaute das Geld wieder.

»Du willst also weiter im Dreck hausen?«, fragte Schlange.

»Was verstehst du schon?!«, antworteten Kurotschkins Augen.

»Was gibt's da groß zu verstehen?«, Schlange legte Gefühl in seine Worte. »Klar, das würden wir alle gern:

den ganzen Kram hinschmeißen, in der Scheiße leben, keine Sorgen haben, so richtig Tabula rasa! Und kein Schwein interessiert, ob es einen noch gibt oder nicht! Aber wir tragen schließlich Verantwortung für andere! Müssen sie tragen! Und wenn es uns noch so schwer fällt! Wenn alle so wären wie du, ginge das Land in einer Woche unter! Wo ist denn dein staatsbürgerliches Gewissen, frage ich dich. Wofür vergeudest du die Ewigkeit? Kippst das Zeug in dich rein und krepierst allmählich? Dann nimm doch lieber das Geld und sauf dich richtig zu Tode, mach den Platz frei für gesunde Menschen, die die Nation aus dem Dreck ziehen!«

»Spinnt der oder was?«, fragten Kurotschkins Augen Schmock und Parfjon.

»Er ist Philosoph«, sagte Schmock. »Aber im Ernst, warum nehmen Sie das Geld nicht? Was gefällt Ihnen denn so an Ihrem jetzigen Leben?«

Kurotschkin, der echtes Interesse in der Frage spürte, ließ sich darauf ein zu antworten. Er machte eine ausholende Bewegung mit der Rechten, neigte den Kopf in Richtung Baum.

»Nehmen wir diesen Baum«, übersetzte Schmock.

Kurotschkin nickte und begann etwas darzustellen: mit Händen, Kopf und mannigfaltigem Lächeln.

»Dieser Baum hat Tausende Blätter. Sie ähneln sich in der Form, doch ihre Größe, ihre Anordnung und jetzt im Herbst auch ihre Farbe ist sehr verschieden. Einige sind noch grün, andere bereits ganz gelb. Ich suche mir ein grünes Blatt aus, betrachte es unverwandt. Ein Tag vergeht, ein zweiter, ein dritter, und vor meinen Augen wechselt das Blatt die Farbe, wird gelb, noch gelber, vergilbt schließlich. Ich will den Augenblick einfangen, wo es sich vom Zweig losreißt und seinen Flug im Herbstwind beginnt. Aber es geschieht etwas Seltsames: Das Blatt fällt nicht ab, solange ich es anschaue! Manchmal kommt ein Windstoß und reißt ganze Arme voll Laub von den Zweigen, wirbelt sie auf wie ein Kind, das im herbstlichen Garten spielt. Doch mein Blatt bleibt hartnäckig hängen! Als ob es meinen durchdringenden Blick spürt und ein Geheimnis der Natur hüten will.«

»Was denn, gehst du nicht einmal aufs Klo oder was essen?«, fragte Schlange.

Kurotschkin schlug die Hände zusammen.

Schriftsteller übersetzte:

»Das ist es ja gerade! Man geht einen Moment fort vom Fenster, kommt zurück und – das Blatt ist nicht mehr da, ist abgefallen! Ich suche mir ein anderes aus, beobachte es wieder ununterbrochen, mit dem gleichen Ergebnis. Also beschließe ich eines Tages: Ich rühre mich nicht mehr vom Fleck, stelle mir Essen und Trinken parat, einen Eimer für die Notdurft. Und schaue. Schaue am Tag, schaue in der Nacht – vom Fenster aus fällt ja Licht auf den Baum. Eine ganze Woche lang habe ich so gesessen und geschaut. Doch dann auf einmal, abends, schreit jemand laut im Flur. Einer von den Nachbarn. Und unwillkürlich, absolut unwillkürlich drehe ich mich um und sehe zur Tür. Für den Bruchteil einer Sekunde. Als meine Augen zum Baum zurückkehren, ist das Blatt weg!«

Schmock erzählte und Kurotschkin nickte dazu: Ja, ja, genauso war es!

»Frag ihn, weshalb er das braucht.« Schlange konnte sich noch keinen rechten Reim auf das Ganze machen.

»Deshalb«, erklärte Kurotschkin mit Schmocks Hilfe, »weil ich weiß: Gelingt es mir, das Leben eines Blattes vom

Beginn der Gelbfärbung bis zum Abfallen zu verfolgen, entdecke ich ein Geheimnis. Dann begreife ich etwas Wichtiges in diesem Leben – und überhaupt im Weltall!«

»Schönheit rettet die Welt!«, kommentierte Schlange bedeutungsschwer.

Kurotschkin begann aufgeregt hin und her zu rutschen.

»Er will sagen«, übersetzte Schmock, »dass wir diese Worte Dostojewskis völlig falsch verstehen, nämlich ganz primitiv, so als würden Schönheit und Harmonie die Menschheit erlösen! Dabei kommt uns gar nicht in unsere armseligen Köpfe, dass Harmonie und Schönheit mit dem Menschsein unvereinbar sind! Ja, Schönheit und Harmonie der NATUR retten die Welt – aber nicht *für* den Menschen, sondern *vor* dem Menschen! Habe ich das richtig verstanden?«, vergewisserte sich Schmock bei Kurotschkin. Der nickte.

»Ich glaube das nicht!«, mischte sich die zornige Stimme Parfjons ein. »Nicht ein einziges Wort glaube ich ihm! Nein, der ist nicht verrückt, der schiebt diese Verrücktheit nur vor! Redet nicht mehr! Beguckt sich den ganzen Tag Blätter! Will das Geheimnis der Natur ergründen! Was sagt man denn dazu?! Schlange, hol eine Flasche, wir klären das jetzt!«

»Wieso denn ich? Bin ich euer Laufbursche oder was?«, empörte sich Schlange, ging aber trotzdem los und kam so schnell zurück, dass allen schien, er sei gar nicht richtig fort gewesen: mit zwei Flaschen leichtem Wein.

Sie setzten sich auf die Kisten und tranken. Boten auch Kurotschkin etwas an. Der ließ sich nicht lange bitten.

»Sag doch wenigstens, warum du nicht mehr sprichst«,

bat Schlange. »Das kränkt einen ja sonst richtig: Trinkst mit uns und sagst kein Wort!«

Parfjon und Schmock sahen darin ebenfalls einen Affront.

»Bestimmt hat er das Sprechen verlernt!«, vermutete Parfjon.

Kurotschkin knurrte spöttisch.

»Der hat nichts zu sagen!«, witzelte Schmock.

»Dem sind alle anderen einfach zu blöd«, lautete Schlanges Erklärung.

»Also ich zum Beispiel fände das blöd, wenn der mich für blöd hielte, weil ich ja nicht blöd bin!«, sagte Parfjon. »Ich komme, um Gutes zu tun, und der verachtet mich!«

»Du verfi… Bastard von einem Hurensohn, das hast du gut gesagt!«, schrie Schmock und wieherte vor Lachen.

»Wir wollten doch nicht fluchen«, erinnerte ihn Schlange.

»Wisst ihr, was ich jetzt mache?«, fragte Parfjon. »Ich treibe eine Säge auf und säge den Baum ab.«

Kurotschkin sah ihn ungläubig an.

»Ich säge ihn ab, da kannst du Gift drauf nehmen!« Parfjon stand entschlossen auf.

Kurotschkin machte eine protestierende Handbewegung.

»Du hast was dagegen? Brauchst bloß zu sagen: ›Tu es nicht!‹, dann lasse ich es sein. Nur diese drei Worte: ›Tu es nicht.‹ Schön, wie du willst, säge ich den Baum eben ab.« Parfjon ging zur Tür.

»T-t-t«, brachte Kurotschkin hervor.

»Was?«

»Tu's nicht!«, sagte Kurotschkin und brach in Tränen aus. Er kam vom Fensterbrett herunter, ließ sich auf den

Fußboden fallen und vergrub das Gesicht in einem Haufen Lumpen. Unstillbares Schluchzen schüttelte seine Schultern.

Die Freunde saßen noch eine Weile da, begriffen dann, dass hier jeder Trost vergebens war, und gingen.

Kapitel fünfzehn,

in dem Schlange und Schmock Parfjon seelische Grausamkeit vorwerfen, Schlange eine Erklärung parat hat, warum die Oktoberrevolution 1917 gerade in Russland und nirgendwo anders stattfand und Schmock die Geschichte einer IDEALEN EHEFRAU erzählt.

»DU BIST MIR VIELLEICHT EIN SCHUFT, PARFJON!«, sagte Schlange freundschaftlich. »Warum hast du ihm so zugesetzt? Ihn zum Reden gezwungen?«

»Weil ich so was gerne mache!«, versetzte Parfjon empört. »Und ihr, ihr habt ihn natürlich nicht gezwungen?!«

»Wir haben ihn einfach gebeten«, sagte Schmock. »Während du ihn erpresst hast. Die Berührung mit der Macht hat dich verdorben, Parfjon. Und das Wichtigste: Was ist dabei herausgekommen? Statt einem Menschen den Glauben an die Menschheit zurückzugeben, haben wir diesen Glauben wahrscheinlich endgültig in ihm zerstört!«

»Das macht alles bloß das Geld!«, bemerkte Schlange philosophisch. »Taucht Geld auf, kommt gleich auch das

Unheil. Echtes russisches Leben verträgt sich nicht mit Geld. Wo kein Geld ist, da ist echtes russisches Leben. Wo Geld ist, ist kein echtes russisches Leben mehr. Deshalb hat es auch die Revolution gegeben.«

Parfjon und Schmock blieben wie auf Kommando stehen und starrten Schlange verblüfft an.

»Das musst du uns erklären!«, forderte Parfjon.

»Nichts lieber als das!«

Schlange kaufte an einem Kiosk in der Nähe drei Flaschen Bier, die Freunde ließen sich auf einer Bank (in der Grünanlage zwischen Markthalle und Zirkus) nieder und Schlange erklärte.

»Die Große Sozialistische Oktoberrevolution«, holte er aus, kam jedoch sofort vom Thema ab: »Also ich verstehe wirklich nicht, warum die jetzt BOLSCHEWISTISCHER PUTSCH oder UMSTURZ oder sonst wie heißt! Jedes Ereignis darf nur einen einzigen Namen haben. Und die Revolution hat, ob uns das nun passt oder nicht, sozialistische Ziele verfolgt. Also ist sie eine SOZIALISTISCHE. Stattgefunden hat sie im Oktober. Also ist sie eine OKTOBERREVOLUTION. Ihre Folgen waren weitreichend und nicht zuletzt – blutig. Also ist sie GROSS. Das dürfte ja wohl einleuchten. Niemand konnte bis heute so richtig erklären, warum diese proletarische Revolution gerade in einer nicht proletarischen, auf Agrarwirtschaft basierenden Monarchie losbrach. In einem Land, das im Vergleich mit allen anderen mehr oder weniger entwickelten Ländern ökonomisch am wenigstens dafür taugte. Deshalb schiebt man wieder alles den Bolschewisten in die Schuhe, spricht von einer bolschewistischen Verschwörung. Dabei liegen die Wurzeln viel tiefer! Was ist denn der Kommunismus, wenn man einmal alle Nebensächlichkeiten beiseite lässt? Der Kommunismus ist eine Gesellschaft ohne Geld. Und eine solche Gesellschaft hat der russische Mensch insgeheim immer gewollt! Daher die Träume und Überlieferungen vom Schlaraffenland und all den anderen paradiesischen Gefilden, wo Milch und Honig fließen, keiner Abgaben zahlen muss, alle gleich sind und Verbindlichkeiten nicht mit Geld, sondern mit wechselseitiger Sympathie und Hilfeleistung abgegolten werden.«

»Woher weißt du denn das alles?«, staunte Parfjon.

»Ich weiß eine ganze Menge, schweige aber lieber«, versetzte Schlange bescheiden, obwohl abzusehen war, dass er den Mund nicht halten würde.

»Was sehen wir denn in der russischen Geschichte? Wir sehen fortwährende Leibeigenschaft, unterbrochen nur für ein halbes Jahrhundert, denn nach der Revolution lebte sie im Grunde wieder auf, hatten doch die Bauern, wie ihr wisst, bis in die sechziger Jahre hinein nicht einmal eigene Ausweise, ihre Arbeitsleistung wurde auf Strichlisten erfasst und mit Getreide, Stalldung oder Heu abgegolten, Geld bekamen sie praktisch nicht in die Hand. Und das war schlecht! Das Volk stöhnte und wollte die Lage ändern. Doch es ist schon lange bekannt: Jeder, der seine Situation ändern will, möchte eigentlich nicht die Lage an sich verändern, sondern wünscht sich einfach nur, dass sie besser wird.«

»Das ist mir zu hoch.« Schmock legte die Stirn in Falten.

»Ich will es dir gern erklären«, erwiderte Schlange nicht ohne Überheblichkeit. »Das Volk wollte statt der Sklavendienste ohne Geld freie Arbeit – aber auch ohne Geld! Den russischen Menschen erniedrigt es, irgendwelche

Scheine oder Münzen in die Hand gedrückt zu bekommen als Äquivalent für sein Tun, sein Leben, seine, wenn ihr so wollt, Existenz! (Hier wechselten Schmock und Parfjon einen Blick.) Insgeheim hat er stets vom Kommunismus geträumt, von einer Zeit, wo es keine Herren mehr gibt und auch kein Geld. Jeder nach seinen Fähigkeiten, jedem nach seinen Bedürfnissen, das ist doch eine wunderbare Losung!«

»Du musst schon entschuldigen, Freund Schlange«, konnte Parfjon nicht an sich halten. »Die weltweite Erfahrung hat gezeigt, dass sich der im Menschen angelegte Egoismus nicht in den Rahmen kommunistischer Ideale pressen lässt.«

»Das ist es ja gerade!«, reagierte Schlange hocherfreut. »Hätte die russische Seele im Kommunismus etwas durchaus Mögliches gesehen, würde sie sich nie darangemacht haben, ihn errichten zu wollen. Sie hat sich gerade deshalb darauf eingelassen, weil er unmöglich ist. Denn im Streben nach dem Unmöglichen liegt ja gerade der Sinn der Revolution!«

Schlange ölte die Kehle mit einem Schluck Bier, um fortzufahren, doch Parfjon und Schmock hatten bereits weiter gedacht.

»Das heißt also«, folgerte Schmock, »es ist ein sinnloses Unterfangen, jemandem mit Geld helfen zu wollen?«

»Das habe ich nicht behauptet!«, konterte Schlange. »Erstens, weil Geld zwar IM PRINZIP mit dem russischen Leben oder besser: mit der Seele des russischen Lebens unvereinbar ist, sich beides IN DER REALITÄT jedoch mitunter bestens verträgt.« Zur Illustration seines Gedankens klopfte Schlange mit dem Fingerknöchel gegen den Flaschenhals und ließ dann die flache Hand über den eigenen Bauch kreisen, um zu demonstrieren, wie und wo der Seele des russischen Lebens Geld sehr wohl zupass kommt. »Zweitens dürfen wir uns bei dem Versuch, Unmögliches zu wollen, eins wissen mit dem Geist der ganzen Nation. Das Paradoxe besteht ja gerade darin, dass dieses Unmögliche manchmal eben doch möglich ist! Aber nicht, wenn du, Parfjon, uns statt eines Menschen in wahrer Not einen Idioten unterjubelst, der früher auch noch mit Verbrechern unter einer Decke gesteckt hat. Hast du nicht gesagt, die Schwester dieses Kurotschkin würde mit drei Kindern und einem versoffenen Mann jämmerlich dahinvegetieren? Das ist echtes, einfaches menschliches Leid, da sollten wir helfen!«

»Wenn ich nur wüsste, wo sie wohnt!«, versetzte Parfjon.

»Drei Kinder?«, vergewisserte sich Schmock nachdenklich. »So einen Fall kenne ich auch. Drei Kinder. Und eine Frau, die ... Da könnten wir wirklich jemanden glücklich machen! Kommt, es ist gleich um die Ecke!«

Und die drei gingen los. Unterwegs erzählte ihnen Schmock folgende Geschichte.

Lilija Laskerowa wuchs in einem guten, freundlichen Elternhaus auf und wünschte sich, wenn sie einmal eine eigene Familie haben würde, sollte die genauso sein. Allerdings war Lilija ein Einzelkind und wollte deshalb mehr Nachwuchs.

Die Liebste findet man, die Ehefrau wählt man aus, besagt ein russisches Sprichwort, und obwohl Lilija diese Spruchweisheit nicht kannte, dachte sie doch genauso. Schon von ihrer Kleinmädchenzeit an wollte sie ausgewählt werden. Sie lernte sehr gut, ging neben dem Unterricht noch in die Klavierklasse einer Musikschule, machte Leibesübungen (Sport mied sie wegen der schädlichen Auswirkungen, die eine übermäßige Belastung auf den weiblichen Organismus haben konnte), erzog sich zu jener Ausgeglichenheit und Sanftmut, die ein Familienleben erfordert, versenkte sich gern und oft in die Betrachtung ihres Spiegelbilds: War sie hübsch genug, um zu gefallen? Zum Backfisch herangereift, fand Lilija, dass ihre Nase nicht besonders aussah. Sanft, doch nachdrücklich konfrontierte sie die Eltern mit dem Wunsch nach einer Schönheitsoperation. Die staunten nicht schlecht. Damals waren derartige Operationen noch etwas ganz und gar Unerhörtes, es gab bestenfalls zwei, drei Kliniken in der Sowjetunion, die so etwas machten, und dazu noch halb illegal, denn der Staat begegnete allen Versuchen seiner Bürger, ihr Äußeres zu verändern, mit größtem Misstrauen. Entsprechend hoch war der Preis. Lilijas Vater, der es bereits in jungen Jahren zu Promotion und Habilitation gebracht hatte, war Armeeangehöriger, arbeitete in einem geheimen Forschungsinstitut des Verteidigungsministeriums, verdiente gut und konnte die Operation bezahlen, doch er verstand nicht, weshalb sich seine hübsche Tochter Derartiges wünschte. Lilija, die sonst nie um etwas bat, sagte nur: »Ich brauche es.«

Die Operation gelang: Lilija sah ausgesprochen gut aus. Hätte sie gewollt und, wie ihr der Chirurg geraten hatte, ihre Augenlider noch ein wenig korrigieren lassen, wäre sie überhaupt eine jener Ausnahmeschönheiten geworden, nach denen sich sogar Frauen auf der Straße umdrehen. Doch genau das wollte Lilija nicht, sie brauchte nur so viel Attraktivität, wie nötig war, damit sich ihr Traum von einem schönen, gut zueinander passenden

Ehepaar erfüllte – schließlich wählte sie ja nicht nur selbst, sondern wurde auch gewählt.

Ganz klar, dass Lilija nicht trank, nicht rauchte und keine unanständigen Ausdrücke in den Mund nahm.

Ein junger Mann verliebte sich in sie: aus bestem Hause, von klein auf als Wunderkind gehätschelt, ein junger Wissenschaftler, dem alle eine große Karriere prophezeiten und der sich auf Anhieb mit Lilijas Vater verstand. Lilija erwiderte seine Liebe. Sie heirateten, bekamen einen Sohn. Die Eltern des jungen Paares, die sich nicht genug über das Glück ihrer Kinder freuen konnten, kauften ihnen eine Eigentumswohnung, Boris arbeitete und betrieb seine Wissenschaft, Lilija erzog den Sohn, sorgte für ein gemütliches Heim und harmonierte physisch wie psychisch perfekt mit ihrem Mann.

Lilija überlegte schon, dass es Zeit war für ein zweites Kind. Da geschah etwas: Boris veränderte sich, wurde reizbar und übellaunig, fing bald darauf eine Liebelei mit einer Laborantin an. Wohlmeinende Menschen setzten Lilija sofort in Kenntnis. Eines Abends sah Boris beim Nachhausekommen zwei große Koffer im Flur. Er nahm sie wortlos auf, drehte sich um und ging.

Lilija wartete.

Nach einem halben Jahr kam Boris zurück.

Lilija sagte, sie wolle nicht mehr mit ihm leben, weil sie ihm nicht verzeihen könne.

»Na, Gott sei Dank!« Mit diesen rätselhaften Worten ging Boris – diesmal für immer.

Lilija beschloss, allein zu bleiben und sich ganz der Erziehung des Sohnes zu widmen.

Zwar schwärmten die Männer um sie herum wie Krähen, doch ehrlich gesagt war ihre Ruhe nie ernsthaft gefährdet: Irgendwie erkannten alle Verehrer sofort, dass sie es hier nicht mit der süßen Verheißung einer zeitweiligen Geliebten, sondern mit der stolzen Würde der ewig wartenden IDEALEN EHEFRAU zu tun hatten.

Sie begann im Bereich der Kultur zu arbeiten – recht tatkräftig und erfolgreich. Hier begegnete sie dem Maler Sotschenow. Er war noch jung, um die dreißig, und insofern ganz untypisch, als er jede Berührung mit dem Boheme-Leben vermied. Sotschenow trank und rauchte nicht, pflegte keinen Verkehr mit den vergeistigten Nutten dieses Milieus, unterhielt dafür aber ein durchaus solides Verhältnis mit einer verheirateten Dame. Davor hatte es zwei Ehefrauen gegeben, die sich leider als Luder entpuppten. Trotzdem wusste Sotschenow, dass er seiner Natur nach ein Familienmensch war, er träumte davon, einfach mit einer guten Frau zu leben, gute Kinder zu haben, seine Landschaftsbilder zu malen – nach Maßgabe des Talents, das ihm der liebe Gott zugemessen hatte, und mit einer ordentlichen Mittagspause –, die Bilder dann über den Kunstfonds oder in der Galerie »Traditionelles Kunsthandwerk« zu verkaufen, was zwar keinen Riesengewinn, aber immerhin ein sicheres Einkommen versprach, hatte er doch Bewunderer und Käufer, und manchmal fiel beides sogar in einer Person zusammen. Da nun begegnete ihm Lilija.

Die beiden verliebten sich ineinander.

Sotschenow liebte auch Lilijas Sohn Wanja, und als sie ihm nach einem Jahr noch einen Sohn gebar, war der kleine Matwej das erste Kind, das Sotschenow als wahrhaft eigenes, als legitim betrachtete. Seine anderen Sprösslinge wurden zwar auch im gesetzlichen Rahmen – der beiden verflossenen Ehen – gezeugt, doch die eheliche

Gemeinschaft mit Lilija besaß für ihn eine andere, höhere Legitimation (er, der nie gläubig gewesen war, fand nun den Weg zu Gott). Jetzt fühlte er Liebe, fühlte Verantwortung, und oft, wenn er an der Staffelei stand, die Arbeit gut voranging und seine Seele nie gekannte Ruhe atmete, spürte Sotschenow plötzlich hinter sich die harmonische Welt der FAMILIE, und dieses Empfinden jagte ihm Schauer über den Rücken, erfüllte ihn mit Wonne und Entsetzen.

Alles war gut. Zu ihrem fünften Hochzeitstag leisteten sie sich ein Festessen bei Kerzenschein. Sotschenow war nach Sekt zumute. Er holte gleich ein halbes Dutzend Flaschen, und nach der ersten sagte er mit einer Qual in der Stimme, die Lilija erschreckt aufhorchen ließ: »Mein Gott, wie ich dich liebe! Großer Gott, was bist du für eine Frau!«

An diesem Abend betrank er sich, ging aus dem Haus, um Zigaretten zu kaufen, und – verschwand.

Sie rief auf allen Polizeirevieren, in allen Krankenhäusern und Leichenhallen an.

Ohne Furcht vor Erniedrigung (Lilija wusste nicht, was das war) klapperte sie sämtliche Freunde, seine verflossenen Ehefrauen und Freundinnen ab.

Fast alle hatten ihn gesehen, doch niemand konnte ihr sagen, wo er sich jetzt aufhielt.

Gerüchte wollten wissen, dass er nach Moskau gefahren war.

Sechseinhalb Jahre später sah sie ihn auf der Straße, betrunken, ein unsäglich vulgäres Weibsstück im Arm.

Sie ging vorüber.

Und erwartete für sich bereits kein anderes Schicksal mehr, als die beiden Söhne allein großzuziehen und ihrer geliebten Kulturarbeit nachzugehen. Doch da begegnete sie Samson Wyrjin, einem Regisseur, der als Gast am Schauspielhaus eine Inszenierung vorbereitete. Er hatte Familie, irgendwo in Ulan-Ude oder in Joschkar-Ola, war jedoch praktisch vor zwölf Jahren das letzte Mal zu Hause gewesen, weil er im ganzen Land umherreiste und an den verschiedensten Theatern arbeitete. Man hatte Wyrjin bereits mehrfach den Posten eines Künstlerischen Leiters angetragen, doch es hielt ihn nirgendwo lange, er stand im nebulösen Ruf eines genialen Einzelgängers, zumindest sah er selbst es so.

Einmal besuchte Lilija, die eine passionierte Theatergängerin war, eine Premiere. Da sie im Bereich der Kultur arbeitete, bat man sie auch zu dem anschließenden Empfang. Eigentlich wollte sie höchstens eine Viertelstunde bleiben und sich dann unauffällig empfehlen, doch Samson, dem sie ins Auge gestochen war unter den Gästen, steuerte geradewegs auf sie zu: Er hatte in jeder Stadt ein Verhältnis mit einer Schauspielerin oder einer kulturnahen Dame. Er sprach über die Kälte der schöpferischen Einsamkeit, die Kälte der Wege und Scheidewege, die Kälte des schäbigen Hotelzimmers. Lilija lud ihn für den nächsten freien Abend zum Essen zu sich nach Hause ein.

In ihrer kleinen Wohnung sah Wyrjin mit Erstaunen, dass der Tisch für vier Personen gedeckt war und dort bereits Lilijas Söhne saßen, einer schon etwas älter, der andere ein kleiner Junge. Es gab weder Wein noch Wodka, und als er seine mitgebrachte Flasche hinstellen wollte, wurde ihm das höflich verwehrt:

»Dies ist ein alkoholfreies Haus.«

Wyrjin wusste nicht, worüber er in Gegenwart der Söhne sprechen sollte (er mochte keine Kinder), beantwortete unlustig Lilijas Fragen zu seiner jüngsten Inszenierung, wartete ab und langte, um die Zeit nicht umsonst zu vertun, fleißig (sozusagen auf Vorrat) beim Essen zu.

Als die Mahlzeit vorüber war, zogen sich die Kinder in ein anderes Zimmer zurück.

»Die beiden wollen wohl keine Freunde besuchen?«, fragte Samson. »Oder noch ein Stündchen auf die Straße?«

»Wieso?«

Aus dem Konzept geraten, sprach Wyrjin über die Kälte der schöpferischen Einsamkeit, die Kälte der Wege und Scheidewege, die Kälte des schäbigen Hotelzimmers. Und sah dabei immer nur sie an.

Plötzlich sagte er:

»Wissen Sie was? Heiraten Sie mich!«

»Jetzt gleich?«, fragte Lilija.

»Gleich geht es nicht, ich bin noch verheiratet.«

»Ich weiß nicht ... Irgendwie mag ich Sie ... Ich überlege es mir.«

Samson fuhr nach Joschkar-Ola (oder Ulan-Ude), um sich scheiden zu lassen, dann noch zum Inszenieren und Verdienen an irgendein Theater, schrieb Lilija Briefe, und sie antwortete ihm.

Sie verliebten sich ineinander.

Er gewann auch ihre Kinder Iwan und Matwej lieb. Leider fand er an den Theatern der Stadt keine Arbeit und musste mit der Leitung eines Laienensembles in einem der wie durch ein Wunder über die Zeiten geretteten Kulturhäuser vorlieb nehmen. Nebenbei verdiente er etwas mit der Inszenierung von Stadtfesten und Massenumzügen hinzu.

Nach einem Jahr gebar ihm Lilija den Sohn Prochor.

Wyrjin war glücklich.

Einmal sagte er zu Lilija, sie habe eine erstaunliche, ja geradezu frappierende Ähnlichkeit mit seiner ehemaligen Frau, aber nur äußerlich, in allem Übrigen unterscheide sie sich vorteilhaft von ihr.

Lilija fragte Wyrjin, ob er sich nicht irgendwo ein ordentliches Theater suchen und ein ernsthaftes Stück inszenieren wolle.

»Weshalb?«, antwortete Wyrjin mit einer Gegenfrage. »Das wäre, in intelligentem, bildhaftem Russisch gesagt, Quark mit Soße. Ich habe Grips, aber kein Talent. Meine Inszenierungen waren kalt wie Eis und ausgeklügelt wie Blitzpartien im Schachspiel. Ich bin ein kluger Stümper. Ich liebe dich und die Kinder, mehr brauche ich nicht. Mir ist egal, als was ich arbeite, Hauptsache, es bringt Geld und ich kann dir ein sorgenfreies Leben bieten.«

»Mir geht es gut«, sagte Lilija.

Und Wyrjin gab seine Theaterambitionen endgültig auf, lieh sich Geld von seinem reichen älteren Bruder aus Ulan-Ude (oder Joschkar-Ola), begann Geschäfte zu machen – und zwar erfolgreich. Nur eines konnte er nicht ausstehen: die mit seiner Tätigkeit verbundenen Reisen. Eines Tages, als er es bereits zu etwas gebracht hatte, als es in der Familie schon nach Wohlstand zu riechen begann, kehrte er plötzlich von einer dieser Reisen nicht zurück.

Zwei Jahre später schickte er einen Scheidungsantrag und die erforderlichen Papiere, Lilija erledigte alles, sandte ihm dann die Unterlagen zurück, ohne ein einziges persönliches Wort hinzuzufügen.

Hier verstummte Schmock.

»Und? Was war weiter?«, fragte Schlange.

»Ich verstehe das nicht!«, sagte Schmock. »Wisst ihr, wofür ich keine Erklärung habe? Nicht nur, dass die Exfrau dieses Regisseurs Lilija ähnlich sah, auch die Ehefrauen, die ihre beiden ersten Männer vor ihr und nach ihr hatten, glichen Lilija aufs Haar. Und zwar mehr als nur äußerlich.«

»Was gibt's da groß zu verstehen?«, sagte Schlange, bemüht, mit seiner Intonation Schmock möglichst diskret anzudeuten, dass er, Schlange, ihm keineswegs Nachhilfeunterricht in Lebenslogik erteilen wolle, sondern sozusagen nur Bezug nehme auf eine läppische Volksweisheit, die ihm quasi von allein, gleichsam ohne sein Zutun über die Lippen kam, was sogar Schlanges Gesicht einen entsprechend einfältigen Ausdruck verlieh. »Was soll hier unklar sein? Eine ganz einfache Geschichte: Ein Mann sehnt sich nach dem Ideal, kann es aber nicht ertragen. Das ist alles.«

»Weise und richtig gesagt!«, kam Zustimmung von Parfjon, der immer noch den bitteren, unangenehmen Nachgeschmack des Besuchs bei Kurotschkin und seines eigenen zweifelhaften Verhaltens dort spürte und deshalb mit den Freunden einverstanden sein, sich ihre Gedankengänge zu Eigen machen wollte.

»Nein, darum geht es nicht!«, sagte Schmock. »Alle drei lieben ja Lilija weiterhin. Aber aus der Ferne. Nicht Lilijas Vollkommenheit hat sie erschreckt, nicht das Ausmaß der eigenen Liebe zu ihr, sondern die Tatsache, dass eine solche Frau im Grunde das Ziel des Lebens darstellt, und wenn es erreicht ist, kommt das Gefühl auf, jedes Weiterleben verliere seinen Sinn. Der Maler hat mir einmal gestanden, er habe alles versucht, sie auf Abwege zu bringen, in Versuchung zu führen. Das ist, sagte er zu mir, so ein Bild, das man immerzu zerstören und wieder neu erschaffen muss!«

»So ein Stuss!«, kommentierte Parfjon freundschaftlich. »Das phantasierst du jetzt dazu. Erzähle lieber, wie sie heute lebt.«

»In Armut, wie sollte es anders sein. In erschreckender Armut. Drei Söhne, von denen einer fast erwachsen ist, immer noch dieselbe Zweizimmerwohnung, und Lilija ständig auf der Suche nach Zusatzverdiensten, ständig verschuldet, ständig von der elementaren Sorge geplagt, wie sie die Kinder satt kriegen soll. Was für eine Seele, was für ein Verstand – und das geht alles vor die Hunde, wird kaputtgemacht!«

»Und ihre Schönheit?«, fragte Parfjon mit etwas zu dick aufgetragener Treuherzigkeit.

»Ob du es glaubst oder nicht, sie sieht immer noch aus wie höchstens achtundzwanzig! Und es gibt Männer, die ihr helfen würden ohne Gegenleistung, die dafür weder Liebe noch Bett wollen.«

»Und zu denen gehörst du?«

»Nicht nur ich«, sagte Schmock.

Doch es war nicht die Wahrheit.

Er konnte Lilija nicht helfen, außerdem würde sie gar keine Hilfe annehmen. Er besuchte sie manchmal – zum Reden, eigentlich aber, um ihre unerschütterliche Unschuld der idealen Ehefrau (die sie ja gar nicht mehr war) wieder und wieder auf die Probe zu stellen, sich zu reiben an ihrer Vollkommenheit, die ihn reizte und verletzte, und oft war er schon zu Lilija gefahren mit der Absicht, die ideale Ehefrau in eine ideale Geliebte zu verwandeln, hatte ihr, wenn dies wieder einmal misslang, sogar erklärt, wenn sie nicht bereit wäre, in diese neue Kategorie überzuwechseln (beispielsweise mit seiner Hilfe), habe sie mit vierzig todsicher nichts mehr zu gewärtigen als Neurosen, Depressionen und so weiter.

Lilija hörte ihn ruhig an, unfähig, entfernten Bekannten böse zu sein, selbst wenn sie sich unverschämt aufführten, und antwortete:

»Was kommt, das kommt.«

Die Freunde waren an einem vierstöckigen Haus angelangt.

»Wir sind da«, sagte Schmock. »Ich bin schon lange nicht mehr hier gewesen, mindestens ein halbes Jahr …«

Kapitel sechzehn,

das von Lilija und einem Pfadfinder handelt.

DIE TÜR ÖFFNETE IHNEN ein lang aufgeschossener Halbwüchsiger, bei dessen Anblick man sofort wusste, dass er mit Bassstimme sprach. Doch die Freunde erhielten keine Bestätigung für ihre Hypothese: Der Halbwüchsige (der Schmock erkannt und ihm sogar zugenickt hatte) ließ sie wortlos ein. Und verschwand.

Die Freunde wechselten einen Blick, machten ein paar vorsichtige Schritte, wobei sie nach allen Seiten spähten in der Hoffnung, in dieser Wohnung etwas Lebendiges zu entdecken. Das Lebendige hockte in der Küche, gab allerdings keinerlei Lebenszeichen von sich. Sein Kopf mit den wirren Haarzotteln ruhte auf einem unvorstellbar schmutzigen Küchentisch zwischen leeren Flaschen und benutzten Gläsern.

»Ein neuer Mieter?«, fragte Schlange leise.

Schmock zuckte die Schultern und sagte laut:

»Guten Tag!«

In den Kopf kam Leben, er löste sich von der Tischplatte.

Sie sahen ein Frauengesicht, total verquollen, auf der Wange als scharf umgrenzter roter Fleck der Abdruck eines Teelöffels, auf dem das Gesicht offenbar gelegen hatte.

Die Augen blickten trübe, offenbarten jedoch einen Aufschein von Bewusstsein, als sie Schmock erkannten.

»Ha, wer kommt denn da!«, sagte die Frau. »Hast du was zu trinken mit?«

»Nein.«

»Was willst du dann?«

»Ich komme … dich besuchen.«

»Ach, leck mich doch! Was für ein verfi… Wichser geht ohne was zu trinken zu Besuch?«

»Hast du noch nicht genug, Lilija? Seit wann trinkst du denn schon?«

Lilija seufzte und sagte:

»Seit einer Woche.«

»Dann solltest du jetzt aufhören.«

»Fi… dich ins Knie und erzähl das deinem Großvater! Gib mir lieber was zu rauchen!«

Schmock hielt ihr eine Zigarette hin.

»Wanja!«, schrie die Frau. »Wo ist Kostik?«

Niemand antwortete ihr.

»Wanja-a!«, wiederholte sie drohend.

Wieder keine Antwort.

Jetzt nahm Lilija ein Glas und warf es an die Wand.

»Wanja-a-a-a!«

Der Halbwüchsige erschien in der Tür.

»Wo Kostja ist, will ich wissen!«

»Weiß ich nicht«, antwortete er mit der Bassstimme, die sie vermutet hatten.

»Und Matwej?«

»In der Schule.«

»Und Prochor?«

»Auch in der Schule.«

»Und warum bist du verfi... Hundesohn nicht in der Schule?«

»Weil ich sie dieses Jahr abgeschlossen habe.«

»Echt?«, staunte Lilija. »Du bist ja ein Prachtstück! Das müssen wir doch feiern!«

Der Halbwüchsige reagierte nicht auf den Vorschlag, sondern verschwand wieder.

Schmock, erregt und erschüttert zugleich, setzte sich Lilija gegenüber, ohne auf den Schmutz zu achten.

»Lilija, was ist denn passiert?«, wollte er wissen. »Was ist los mit dir? Du trinkst, du rauchst!«

»Alles bestens! Ich bin glücklich.«

»Du bist krank und musst dich kurieren!«

»Kann schon sein«, widersprach Lilija erst gar nicht. »Aber woher nehme ich das Geld?«

»Geld ist da! Hier!« Schmock streckte ungeduldig die Hand aus und Parfjon legte die Scheine hinein. »Hier! Dreitausend Dollar! Du lässt dich behandeln, bringst deinen Ältesten in einem Institut unter, kaufst den beiden Kleinen ordentliches Zeug. Wenn es nicht reicht, bringe ich mehr!«

Lilija sah lange auf das Geld.

»Die glaubt es nicht«, sagte Schlange.

Sie warf ihm einen Blick zu, stand auf, ging zum Waschbecken und wusch sich ausgiebig das Gesicht mit kaltem Wasser. Danach trocknete sie es mit einem grauen Handtuch ab.

»Woher ist das?«, fragte sie.

»Ich habe einen Literaturpreis bekommen. Einen richtig großen. Und ich wollte dir schon immer helfen, das weißt du ja.«

»Was du wolltest, weiß ich ...!«

Sie setzte sich wieder hin und starrte erneut auf die Scheine.

Dann hob sie das beinahe nüchterne, klarer und schöner gewordene Gesicht (wovon Parfjon und Schlange gleich leichter ums Herz wurde).

»Ich habe es gewusst«, sagte Lilija. »Ich wusste, dass es früher oder später so kommt. Was habe ich mich abgestrampelt und gewehrt – und bin doch ganz unten gelandet. Jetzt, wo ich aufgehört habe, mich abzustrampeln und zu wehren, kommt alles von allein. So ist das wohl immer im Leben. Großer Gott, ich kann neu anfangen. Großer Gott!«

Sie lachte und weinte.

In diesem Moment klopfte es an der Tür, und die Küche betrat ein junger Mann von ungefähr dreißig, der zwei Flaschen billigen Wein trug. Doch in seinen Armen wirkten diese Flaschen irgendwie unschuldig, wie das ganze Äußere des Mannes: Akkurat und militärisch straff, sah er aus wie ein Pionierleiter (für diejenigen, die noch wissen, wie ein Pionierleiter aussieht, die anderen müssen sich die moderne Version vorstellen: einen in die Jahre gekommenen Pfadfinder), im Gesicht einen unausrottbaren Anflug von Kindlichkeit, der sich jedoch zu harten, unnachgiebigen Konturen verfestigt hatte.

»Guten Tag«, sagte er höflich, und seine Stimme klang ein wenig schwul (was er bei den Pionierleitern aus unerfindlichen Gründen auch gewesen war). Er stellte die Flaschen auf den Tisch: »Hier, Lililein, das ist für dich. Wirst sehen, gleich geht es dir besser. Viel kriegst du nicht, aber ein Schlückchen, ein klitzekleines Schlückchen kriegt mein Lilileinchen. Ja, Lilili? Was ist denn das?«

»Das ist Geld, Kostik.«

»Was für Geld?«

»Von ihm.« Lilija zeigte auf Schmock. »Mein Freund. Er hat das Geld gebracht, um mir zu helfen.«

»Natürlich, natürlich«, pflichtete ihr Kostik bei, so wie man einen Säufer im Delirium beruhigt, dass diese kleinen Teufelchen zwar tatsächlich da sind, er muss aber keine Angst vor ihnen haben, weil die schon wieder verschwinden.

»Das ist richtiges Geld. Dreitausend Dollar.«

»Natürlich, natürlich«, nickte Kostik auch diesmal. Dann wandte er sich an Schmock und fragte direkt:

»Wofür kriegt sie das Geld?«

»Was heißt – wofür? Einfach so.«

»Einfach so passiert nichts auf der Welt. Was führen Sie im Schilde? Wollen Sie der Frau auch noch das Letzte nehmen, die Wohnung? Sie geben ihr dreitausend, behaupten dann, es wären dreißigtausend gewesen, legen eine gefälschte Quittung auf den Tisch? Und wer sind die da?«

»Wir sind seine Freunde«, sagte Schlange. »Und du regst dich ganz umsonst …«

»Mit dir rede ich nicht«, schnitt ihm Kostik das Wort

ab. »Also, weshalb seid ihr drei hergekommen?«

»Einfach, weil …«

»Noch einmal: Einfach so ist nichts auf der Welt.«

»Kostik, gieß ein«, bat Lilija, die wieder in sich zusammengesunken war.

»Gleich, Lili. Also, immer noch keine vernünftige Erklärung? Ihr hattet natürlich gehofft, die Frau hier ganz allein und schutzlos vorzufinden. Aber Lili hat jemanden, der für sie einsteht. Steckt eure bunten Scheinchen ein und verschwindet!«

»Kostik, was redest du da?! Das ist doch Geld!«, schrie Lilija auf.

»Wenn du es brauchst, dann nimm es, Lilchen! Aber ich gehe!«

Kostik nahm die Flaschen vom Tisch und ging einen Schritt auf die Tür zu.

»Du musst dich entscheiden, Lil, entweder diese Dreckspapierchen oder ich!«

»Kostik, ohne dich kann ich nicht leben!«, sagte Lilija und schaute auf die Flaschen. »Bleib hier! Und ihr schert euch zum Teufel, verfi… und zugenäht!« Sie raffte das Geld auf dem Tisch zusammen und wollte den Packen zerreißen.

Parfjon fuhr auf, wie von der Tarantel gestochen, entriss ihr die Scheine und verstaute sie wieder in der Tasche.

Schlange fasste Schmock am Ellenbogen.

Der war so entgeistert, dass er nicht klar denken konnte und sich gehorsam aus der Wohnung führen ließ.

Erst auf der Straße fand er seine Stimme wieder.

»Ich verstehe überhaupt nichts«, räumte er ein. »Und ihr?«

»Ich auch nicht«, sagte Parfjon, dem nicht nach philosophischer Ursachenforschung zumute war, denn der Anblick des Geldes, das beinahe vor seinen Augen vernichtet worden wäre, hatte ihm jene anderen, weitaus zahlreicheren Scheine ins Gedächtnis gerufen, die noch in Schlanges Wohnung lagen.

Er ließ die Freunde an seinen Befürchtungen teilhaben.

»Du hast Recht«, sagte Schmock, »wir müssen nachsehen.«

Er und Parfjon gingen los, und erst ungefähr zwanzig Schritte weiter bemerkten sie, dass Schlange gar nicht bei ihnen war.

Sie wandten sich um. Schlange stand da, mit herabhängenden Armen und gesenktem Kopf.

»Was hast du denn?«

»Natürlich!«, antwortete Schlange. »Geld ist für euch wichtiger als ein Mensch!«

»Wovon redest du?«

»Das wirst du schon sehen! Jetzt bin ich an der Reihe!«

»Was für eine Reihe?«

»Habt ihr mich nicht zu Leuten geschleppt, denen ihr Geld geben wolltet? Jetzt bin ich dran.«

»In Ordnung«, sagte Schmock. »Wenn es nicht zu weit ist.«

»Zu Fuß zehn Minuten.«

»Dann los.«

Kapitel siebzehn,

in dem der leidenschaftliche Lottospieler N. Ju. Jurjew den Algorithmus Fortunas entdeckt, Parfjon und Schriftsteller die Belletristik bemühen, Schlange nicht zum Zuge kommt und das Geld …

SIE KAUFTEN EINE FLASCHE BIER für jeden und tranken im Gehen.

»Na?«, bekniete Schmock den nachdenklichen Schlange. »Was hast du für einen Kandidaten? Welchen Bedürftigen und Entrechteten wollen wir beglücken?«

»Der ist mehr verrückt als bedürftig und entrechtet. Der Bruder meiner Großcousine. Er muss geheilt werden.«

»Von was denn? Nun red schon, spann uns nicht auf die Folter!«

Und Schlange erzählte.

Nikolai Jurjew war ein ganz normaler Junge, der zur Schule ging. Damals hatte es sich eingebürgert, dass die Mädchen den Jungen der Klasse zum Tag der Sowjetarmee (am 23. Februar) gratulierten und ihnen etwas schenkten, beispielsweise eine Ansichtskarte oder ein Los der DOSAAF (der Freiwilligen Gesellschaft zur Förderung von Armee, Luftstreitkräften und Flotte der UDSSR, wer es nicht weiß) oder das Buch »Schlacht unterwegs«, während die Jungen ihre Mitschülerinnen zum Internationalen Frauentag (am 8. März) beglückwünschten und ihnen gleichfalls Ansichtskarten überreichten oder ein Lotterielos oder ein Buch, zum Beispiel »Häkeln und Stricken«.

Die Lose anlässlich des Internationalen Frauentags waren allerdings nicht von der DOSAAF, sondern von einer staatlichen Sonderziehung. Die DOSAAF-Lose kosteten mehr (50 Kopeken) und galten als solider, weil viele Autos ausgespielt wurden, während der Preis für die staatlichen nur 30 Kopeken betrug, man höchstens zwei oder drei Autos, dafür aber jede Menge Krimskrams gewinnen konnte, wobei die Nutzlosigkeit der einen wie der anderen Lotterie gleichermaßen außer Zweifel stand, hatte doch weder in der Klasse noch in der Schule jemals jemand etwas gewonnen. Irgendwie war ihnen Fortuna nicht hold.

Einmal erhielt Nikolai den Auftrag, für die siebzehn Mädchen der Klasse siebzehn Lotterielose zu kaufen. Was er auch tat. Mit freundlichen Witzeleien, mit jungenhafter Verlegenheit wurden die Geschenke übergeben, doch ein Buch und ein Los blieben übrig: Das Mädchen, dem sie zugedacht waren, lag seit dem Vortag im Krankenhaus. Weil er nun einmal die Verantwortung trug für die Aktion, nahm Nikolai die Geschenke mit nach Hause, um sie wieder mitzubringen, wenn das Mädchen aus dem Krankenhaus zurückkam.

Doch die Mitschülerin kam nicht zurück, sondern starb.

Einige Zeit später blätterte Nikolai aus Langeweile in der Zeitung »Iswestija«, die sein Vater abonniert hatte, und entdeckte zufällig die Liste der Gewinnnummern für die Frauentagslotterie. Er dachte an das Los – und plötzlich befiel ihn ein seltsames Vorgefühl, an das er sich sein Lebtag erinnerte. Nach langem Suchen fand er das Buch »Häkeln und Stricken«, das Los aber blieb unauffindbar. Das versetzte ihn in solche Wut (obwohl er ein ausgeglichener Junge war), dass er anfing, alle Sachen im Zimmer zu verstreuen und mit Fußtritten zu traktieren. Einen Pullover kickte er sogar auf den Schrank. Als sich Nikolai beruhigt hatte und den drohenden Rüffel der Eltern bedachte, räumte er alles wieder an seinen Platz, holte auch den Pullover vom Schrank herunter. Und dort oben, im flaumweichen Staub, fand er das Lotterielos.

Er rannte zum Tisch, begann mit einem wachsenden Gefühl der Gewissheit die Nummern zu vergleichen.

Kein Zweifel, ein Treffer!

»Gitarre« – stand hinter der Nummer geschrieben.

Nikolai war selig. Zwar konnte er nicht Gitarre spielen, doch Hauptsache, er hatte gewonnen. Niemand in seiner Schule hatte je etwas gewonnen, nur ihm fiel dieses Glück zu.

Ohne jemandem ein Wort zu sagen, schickte er das Los per Einschreiben an die Lotteriegesellschaft und erhielt bald darauf von dort einen Brief mit der Anfrage, ob er den Gewinn in Geld ausgezahlt zu bekommen wünsche.

Er bestünde auf der Gitarre, entsprechend der von den Gesetzen der UDSSR garantierten Lottoordnung, und verbiete sich krumme Sachen, antwortete Nikolai zornig.

Drei Wochen später kam der Abholschein für ein Paket. Mit erwartungsvoll klopfendem Herzen sauste Nikolai zur Post.

Dort wurde ihm erklärt, es handele sich um eine Nachnahmesendung, für die er vorab 8,30 Rubel zu entrichten habe. Nikolai rannte nach Hause, griff sich aus dem Bücherschrank ein paar Schwarten (Lehrbücher, nach denen der Vater an der Ingenieurschule studiert hatte und die er bei seiner Arbeit als Vorarbeiter auf dem Bau schon lange nicht mehr brauchte), trug sie in ein Antiquariat und erhielt 10,18 Rubel dafür.

Schließlich bekam er den Gewinn ausgehändigt: eine Gitarre im Wert von 7,50 Rubel, hergestellt – wie ein Aufkleber im Inneren des Klangkörpers verriet – im Holzverarbeitungskombinat Mosshichinsk.

Das Griffbrett war locker, der Schalldeckel hatte einen Sprung, die metallenen Basssaiten kreischten unter den Fingern wie hundert kreißende Katzen, doch mit Hilfe eines Freundes, der sich mit Gitarren auskannte, bekam Nikolai das Instrument schließlich flott und schaute sich von seinem Kumpel auch gleich noch ein paar Grundgriffe ab. Alles Weitere brachte er sich allein bei, ganz systematisch, nach einem Lehrbuch für den Selbstunterricht, das der berühmte Gitarrist Iwanow-Kramskoi verfasst hatte. Nach der Schule begann er sich als Restaurantmusiker über Wasser zu halten. Nebenbei klapperte er sämtliche Philharmonien ab, versuchte hartnäckig, in einem professionellen Musikensemble unterzukommen. Er hatte Glück: Eine Band mit dem schönen Namen »Die Schöpfer« nahm ihn anstelle eines wegen Dauersuffs ausgefallenen Musikers als Rhythmusgitarrist mit auf eine Tournee durch die ländlichen Gebiete. In seiner mühseligen musikalischen Praxis blieb Nikolai kaum etwas erspart: Er spielte Bassgitarre, spielte Schlagzeug, stand hinter dem Keyboard, bediente die Percussion und lernte schließlich sogar noch Saxophon spielen! Außerdem legte dieser zähe Bursche, der nie trank und sich stets bescheiden im Hintergrund hielt, noch Organisationstalent an den Tag und wurde bald im Zweitjob so etwas wie der Manager der Band. Die Jahre vergingen, jetzt war Nikolai ein gewiefter Macher im Musikgeschäft, den das ganze Land kannte und an den sich viele (zumindest die Profis auf diesem Gebiet) bis heute erinnern. Dabei arbeitete er ehrlich – nach Maßgabe der Möglichkeiten, und wenn auch einmal etwas »außer der Reihe« anfiel, so waren das, Gott bewahre, keine Schmiergelder, sondern einfach natürlich verbleibende bilanztechnische Reste, die niemand nirgends buchhalterisch zuordnen konnte. Das Äußere Nikolai Jurjewitsch Jurjews war so, wie man es bei einem Manager seines Ranges erwarten durfte: teurer schwarzer Anzug, schneeweißes Hemd und Lackschuhe. Doch keiner wusste, dass Anzug, Hemd und Schuhe jeweils nur in einem einzigen Exemplar existierten, dass er äußerst pfleglich mit ihnen umging, sie eigenhändig bürstete, bügelte und wusch. Um den Deckmantel über Nikolai Jurjewitschs wahrem Leben zu lüften (denn das oben beschriebene, sichtbare, ist gar nicht das eigentliche, sondern höchstens eine Art Appendix dazu), hätte man sich in seiner Wohnung umsehen müssen. Darin gab es einen Schrank, der zuvor dreißig Jahre lang in einer Garderobe der Philharmonie gestanden hatte und wegen Altersschwäche ausrangiert worden war, einen ebenfalls aus der Philharmonie stammenden Sessel und zu guter Letzt ein Klappbett, jene phänomenale Erfindung der sowjetischen Datschen- und Wanderbewegung. Das war die Ausstattung. Und das Essen? In einem betagten Kühlschrank ruhten eine Flasche Sonnenblumenöl, zwei Zwiebeln, ein halbes Päckchen Margarine, fünf Kartoffeln und eine Knoblauchzehe. Tee oder Kaffee trank Nikolai Jurjewitsch Jurjew nicht.

Und das alles deshalb, weil er jede Kopeke sparte, um sie in Lotterielose zu stecken. Er kaufte sämtliche Arten von Losen, die nur erhältlich waren, kaufte sie bunt durcheinander oder in Serien, gleich zu hundert Stück. Und gewann: Schultertücher aus Pawlowski Possad, Bügeleisen, Teekessel, Gitarren aus ebenjenem unverwüstlichen Holzverarbeitungskombinat Mosshichinsk ... Einmal gewann er sogar einen Teppich, ein anderes Mal einen Fernsehapparat der Marke »Switjas«. Jurjew ließ sich die Gewinne lieber in Geld auszahlen, was meist auch keinerlei Schwierigkeiten bereitete, nur im Falle des Fernsehapparats wurde ihm der Gegenwert in Rubel strikt verweigert, so dass er das Gerät wohl oder übel nehmen musste. Als er den Fernseher anschaltete, brauchte der eine Viertelstunde, um warm zu werden, dann ertönten Stimmen, danach erschien ein Ansager und verkündete »...ücksichtigung der dominierenden Ten...«, worauf der Apparat zu flackern begann, einen Schluckauf bekam wie ein Mensch, nur mit unnatürlicher Stimme, und – explodierte.

Davongekommen mit einem leichten Schrecken und versengten Säumen an den Fenstervorhängen (er kaufte keine neuen, sondern kürzte die lädierten nur), machte Nikolai Jurjewitsch Jurjew ohne jede Gefühlsregung (oder besser: mit einem einzigen versteinerten Gefühl) weiter wie bisher. Er träumte vom Hauptgewinn, einem Auto Marke Wolga GAS-24, alles andere genügte ihm nicht, die kleinen Gewinne spornten ihn nur an. Das Gefühl der Gewissheit, das ihn bei jenem ersten Los überkommen hatte, lebte nämlich noch immer in ihm. Dann brachen Zeiten an, in denen sich die Lotterien und Gewinnspiele bis zur Aberwitzigkeit vermehrten. Es gab Augenblickslose, die einem nach dem Freirubbeln der Schutzschicht sofort offenbarten, ob man gewonnen oder verloren hatte, Wochenlose, deren Gewinnnummern im Fernsehen bekannt gegeben wurden, und schließlich entstanden sogar Superlotterien wie »Russisches Lotto« und »Lotto-Million«, deren Hauptgewinne astronomische Höhen erreichten. Jurjew ließ alles andere sein und konzentrierte sich nur noch auf diese beiden Lotterien. Aber auch die Bedingungen seines sichtbaren, öffentlichen Lebens änderten sich mit jedem Tag: Die kleinen Hechte des gerade entstandenen Show-Business, die Nikolai Jurjewitsch Jurjew nicht einmal beachtet, geschweige denn ernst genommen hatte, wuchsen vor seinen Augen zu jungen Haien heran, scharfzähnig und unverwundbar wie die echten Haifische der Tierwelt. Doch Nikolai Jurjewitsch focht nichts mehr an, gleichgültig nahm er hin, dass man ihn verdrängte, ausbootete, absetzte, dass er jetzt in der gleichen Philharmonie als Hausmeister Dienst tun musste. Unter dem grauen Kittel trug er noch immer den obligaten schwarzen Anzug. Langjährige Berechnungen, Analysen und Experimente, mit denen er dem Algorithmus Fortunas auf die Spur kommen wollte, hatten ihn nämlich zu der Erkenntnis geführt, dass es überhaupt keinen Algorithmus gab: Kaufte man tausend Lose statt eines, erhöhte das lediglich die Chance auf kleinere Treffer (deren Wert selbst zusammengenommen stets unter den Ausgaben lag!), für den HAUPTGEWINN war es bedeutungslos. Deshalb kaufte Jurjew jetzt nur noch ein Los pro Ziehung, füllte es aus, schickte es ab – und wartete. Achtmal hatte er kleinere Summen gewonnen, über die er sich ganz und gar nicht freute. Das Wichtigste für ihn waren auch gar nicht einmal mehr die vielen Nullen des Hauptgewinns, sondern die Tatsache, dass er allein ihn bekäme, dass der Erfolg endlich mit Glanz und Gloria bei ihm Einzug halten, sein Leben krönen und das in den langen Jahren nie erloschene Vorgefühl rechtfertigen würde.

»Das ist ja echte Belletristik!«, sagte Schmock stirnrunzelnd. Er hatte eine feine Antenne für Geschmacklosigkeit in der Literatur wie im Leben (unter anderem deshalb, weil er in seinen kommerziellen Werken die Gesetze dieser Geschmacklosigkeit strikt befolgte). »Es fehlt bloß noch der Schluss: Der Typ gewinnt, fährt persönlich los, um den Glücksschein abzugeben und sich das Geld auszahlen zu lassen, und im Zug klauen sie ihm die Brieftasche, die vollkommen leer ist – bis auf das Los.«

»Oder …«, Parfjon, der zeigen wollte, dass sein Verstand gleichfalls zu schöpferischer Phantasie fähig war, nahm den Sujetfaden auf. »Oder er kriegt das Geld, will es in Dollars umtauschen, dabei wird er von Spitzbuben übers Ohr gehauen und steht am Ende ohne eine Kopeke da.«

»Oder …«, Schmock konnte nicht nachgeben, wollte Parfjon übertrumpfen. »Oder er stirbt vor dem Fernseher, in dem Moment, als er erfährt, dass er gewonnen hat.«

»Also wisst ihr«, Schlange war beleidigt. »Ich erzähle euch von einem lebendigen Menschen, und ihr fangt mit irgend so einer Belletristik an. Da kann ich ja gleich allein zu ihm gehen, er wohnt nämlich da drüben.« Schlange zeigte auf ein schäbiges altes Haus, das im Erdgeschoss aus verputzten Ziegeln, im ersten Stock jedoch aus Holz bestand.

»Mach ruhig«, sagte Parfjon und reichte ihm das Geld.

Schlange ging los.

»Jetzt steigt er die Treppe hoch«, sagte Schmock.

»Jurjew öffnet die Tür«, sagte Parfjon.

»Schlange erzählt, dass er ihm dreitausend Dollar geben will«, sagte Schmock.

»Jurjew versteht nur Bahnhof.«

»Schlange erklärt ihm das Ganze, so gut er kann.«

»Bei Jurjew dämmert es langsam. Im ersten Moment freut er sich: Da ist er endlich, der Erfolg!«

»Aber dann überkommt ihn ein Gedanke: Nein, das ist nicht der Erfolg, das ist nur ein Surrogat des Erfolgs!«

»Er brüllt Schlange furchtbar an: Er, Jurjew, brauche kein Almosen, er, Jurjew, spiele ein ehrliches Spiel mit dem Schicksal!«

»›Verschwinde‹, schreit er und will Schlange die Stufen hinunterstoßen.«

»Der steigt die Treppe hinab und versucht, seinem Gesicht einen ruhigen Ausdruck zu geben.«

»Nein, keinen ruhigen, den Ausdruck leichter Verärgerung! Und dann erzählt er uns, Jurjew sei nicht zu Hause.«

Parfjon und Schmock hatten ihren lästerlichen Dialog kaum beendet, als Schlange hinter der Hausecke hervorkam. Im Gesicht einen Ausdruck leichter Verärgerung.

»Er ist nicht zu Hause«, sagte er.

»Wie schade!«, rief Parfjon aus. »Vielleicht gehen wir dahin, wo er arbeitet, in die Philharmonie?«

»Nicht nötig ... Die dort ... die Nachbarin oben ... sie sagt, er wäre im Krankenhaus.«

»Dann erst recht! Gehen wir gleich zu ihm ins Krankenhaus!«

»Also jetzt hör mal!«, Schlange wurde wütend. »Er liegt im Krankenhaus, stimmt. Aber in so einem Krankenhaus gibt es schließlich verschiedene Stationen, oder nicht? Und eine davon ist die Leichenhalle. Da ist er nämlich, in der Leichenhalle!«

»Dann ...«, wollte Parfjon wieder anfangen, doch Schlange sah ihn so beleidigt an, dass er verstummte.

»Sollte eben nicht sein«, sagte Schmock. »Wir laufen und laufen, dabei ist beste Mittagszeit. Kommt, wir kaufen uns was für den Magen und gehen zu dir, Schlange. Da können wir essen und auch ein bisschen nachspülen.«

Gesagt, getan. Sie kauften unterwegs Wurst, Käse, Brot, ein Fläschchen Wodka und waren kurz darauf bei Schlange, in dessen gemütlichem Zimmer.

Schlange kroch unter das Bett. Tastete mit der Hand alle Winkel ab. Kam wieder unter dem Bett hervor. Sah sich um.

»Und?«, fragte Parfjon.

»Hops.«

»Was – hops?«, brüllte Schmock.

»Das Geld ist weg …«

Kapitel achtzehn,

in dem Schmock und Parfjon kein gutes Haar an Schlange lassen, denn Schmock denkt missmutig, dass er dieses Geld auf der Stelle hätte schnappen und nach Hause tragen müssen – zu Frau und Töchtern, die sich riesig darüber gefreut hätten, jetzt verdrießt ihn, dass er ihre glücklichen Gesichter nicht sieht, andererseits sind die Töchter so auf Distanz bedacht, dass sie womöglich nicht einmal einfache menschliche Dankbarkeit bekunden würden, das wäre ihnen am Ende schon zu viel Aufwand für ihren Vater, aber es hatte sowieso keinen Zweck, sich darüber aufzuregen, denn das Geld war weg; während sich Parfjon eingesteht, dass er von Anfang an, seit dem Moment, in dem sie das Geld gefunden haben, insgeheim immer daran denken muss, wie seiner Frau die Kinnlade herunterklappt und sich ihr (ohnehin schon langes) Gesicht vor Sprachlosigkeit noch mehr auseinander zieht, wenn er das Geld, nein, nicht gleich auf den Tisch legt, sondern erst einmal erklärt, der Gouverneur verließe in Bälde das Gouvernement und habe vorher alle seine Getreuen großzügig beschenkt, und dann würde er ihr einen Tausender reichen, und wenn sie den lange genug mit Ahs und Ohs bestaunt hatte, würde er sagen, dass sie also nun wirklich, verdammt noch mal, endlich neue Möbel bräuchten, und sie würde einwenden »Dafür reicht aber ein Tausender nicht«, worauf er lässig hinwürfe: »Wieso denn ein *Tausender, ich habe noch mehr!«, und das ganze Geld aus der Tasche zöge und die Scheine einen neben den anderen auf ihr breites Ehebett legte (weil er sich die Szene nun einmal im Schlafzimmer vorstellte), und seine Frau würde das Geld laut zählen, dabei fast den Verstand verlieren vor Freude – und schon ist das ganze Bett bedeckt, sie raffen die Scheine zusammen, werfen sie in die Luft wie Konfetti, dann fallen sie sich in die Arme und – hier denkt Parfjon betreten, dass er, auch wenn das eine riesengroße Gemeinheit ist, dieses Geld gar nicht seiner besseren Hälfte zu Füßen legen will, sondern jener Frau, die ihn verlassen hat, sie will er umarmen und … – aber das Geld ist ja weg !!!!!!!!!!!!!!!!!!!!*

»DU BIST EIN BLÖDMANN«, sagte Schmock zu Schlange.

»Du bist einfach ein Idiot«, konstatierte Parfjon.

»Das hast du absichtlich gemacht!«, erklärte Schmock.

»Hast es am Ende klammheimlich woanders versteckt?!«, kam Parfjon ein Verdacht.

»Dazu hätte er mehr Zeit und Grips haben müssen«, entkräftete Schmock die Vermutung.

»Für so was ist Umbringen noch zu wenig!«, zeterte Parfjon.

»Du bist absolut geistlos, und schließlich steht schon im Evangelium geschrieben, dass denen genommen wird, die arm im Geiste sind!«, sprach Schmock sein Verdikt.

»Du bist ein Hornochse«, legte Parfjon nach.

»Da hältst du ein einziges Mal im Leben das Glück in der Hand, aber weil du gar nicht weißt, was das ist, tust du alles dafür, damit dir dieses Glück durch die Finger rutscht!«, erläuterte Schmock.

»Du bist ein Monster«, spuckte Parfjon Gift und Galle.

»Schon als Kind habe ich nicht begreifen können, weshalb du den Konvertiten spielst, statt deinen Geist und Intellekt zu entwickeln«, beklagte Schmock.

»Du bist ein Schlappschwanz«, tobte Parfjon.

»Ein dämlicher Wichser und Arschkriecher, der es mit seiner Mutter macht, verfi… und zugenäht!«, entfuhr es Schmock.

»Wir wollten doch keine unanständigen Wörter gebrauchen«, erinnerte ihn Schlange, ohne den Blick vom Fußboden zu heben.

»Keine unanständigen Wörter?!«, brüllte Parfjon. Seine Hand hielt eine der Kugeln umfasst, die Schlanges vorsintflutliches Metallbett krönten. Vor langer Zeit einmal für die Ewigkeit befestigt, saß die Kugel jetzt nur noch wacklig auf dem ausgeleierten Gewinde, denn als Kind hatte Schlange sie aus Unfug immer wieder ab- und angeschraubt und schließlich einfach locker über die Halterungen des Bettpfostens gestülpt. Parfjon machte eine heftige Bewegung, hielt plötzlich die Kugel in der Hand und warf damit in seiner blinden Wut nach Schlange. Verfehlte ihn aber.

Die Kugel prallte gegen die Wand aus verputzten Trockenbauplatten, durchbrach sie und verschwand in der entstandenen Öffnung.

Schmock ging hin, inspizierte das Loch und sagte:

»Du hättest ihn umbringen können.«

Schlange hob den Kopf, ging ebenfalls zu der Öffnung und bestätigte:

»Ja.«

»Hab doch extra vorbeigeworfen«, sagte Parfjon, dem der Schweiß ausgebrochen war. Er wusste, dass er log.

Schlange dachte über irgendetwas nach.

Plötzlich schrie er: »Mama!«, und rannte aus dem Zimmer.

Parfjon und Schmock schwiegen.

Kurz darauf stürzte Schlange wieder herein:

»Los, schnell! Es gibt noch eine Chance! Mama, Mama, Mamotschka!«

Im Laufen erklärte er ihnen: In das Zimmer kam wirklich niemand. Außer seiner Mutter! Aber die eigene Mama, hatte er, Schlange, sich gedacht, brauchte er schließlich nicht zu erwähnen, ganz klar. Und ausgerechnet jetzt hatte sie bei ihm aufräumen wollen, hatte das Bündel unter dem Bett entdeckt, hatte – weil Schlange, wie bereits mehrfach angedeutet, sehr reinlich war und die Angewohnheit besaß, Essensreste und andere Abfälle fein säuberlich in Papier zu wickeln und bei nächster Gelegenheit in den Müllkübel zu werfen – gedacht, es sei wieder so ein Abfallpäckchen, und es hinausgetragen.

»Wann werden denn die Kübel bei euch geleert?«, fragte Schmock.

»Mal so, mal so.«

»Üblicherweise aber morgens oder abends«, vermutete Parfjon hoffnungsvoll.

»Bei uns passiert überhaupt nichts ›üblicherweise‹! Bei uns wird alles gemacht, wie es gerade kommt!«, rief Schriftsteller mit staatsbürgerlichem Schmerz in der Stimme.

Kapitel neunzehn,

in dem Fima Dostal, genannt Dostajewski, auftaucht, aus drei sieben wird, homerisches Gelächter ertönt, Geld durch die Luft fliegt, ein entnervter Autofahrer ausrastet, ein Experte den ABSOLUTEN DURCHBLICK hat und um ein Haar noch ein Mord geschieht.

Der Müllcontainer war leer.

Die drei standen um ihn herum und schauten auf den Boden.

Ein festgeklebtes Stück Toilettenpapier sah sie beleidigt an.

»Ganz ruhig«, sagte Parfjon. »Es gibt keine ausweglosen Situationen.«

Er setzte sich irgendwohin in Bewegung. Schmock und Schlange, die auf einmal felsenfest überzeugt waren, dass Parfjon als Mann der Geschäfte und der Politik das Geld zurückholen konnte, folgten ihm. »Immerzu schimpfen wir auf die Politik«, dachten sie im Laufen, »aber manchmal braucht man sie eben. Du drückst auf ein paar Knöpfchen, und die Sache ist perfekt.« Welche Knöpfchen sie denn drücken sollten, wussten sie zwar nicht, stellten sich aber vor, dass in der Politik die unvorstellbarsten Wunder geschahen, weshalb also nicht auch einmal ein ganz vorstellbares, und zwar nicht im politischen, sondern im menschlichen Leben.

Parfjon, der Kleingeld für den Münzfernsprecher gewechselt hatte, ging in eine Telefonzelle und wählte aus dem Gedächtnis die nötigen Nummern. Seine Stimme wurde auf einmal besorgt, doch es war nicht die Besorgnis des Alltags, des Privatlebens, sondern eine ganz besondere, in der energische und verantwortungsbewusste Sorge um den Menschen an sich schwang.

Er befragte irgendwelche Iwan Petrowitschs und Pjotr Iwanowitschs nach irgendetwas. Und erfuhr, was er wissen musste.

»In diesem Stadtteil werden die Kübel von Fahrzeug ATCH-1 geleert, Chef ist Iwan Iwanowitsch Nisowoi. Sie bringen das Zeug auf eine Müllhalde außerhalb der Stadt, noch hinter Shareny Bugor. Wenn wir gleich losfahren, kommen wir gerade hin, wenn sie den Müll abkippen, vielleicht sogar ein bisschen früher. Schlange, halt ein Auto an!«

Der Angesprochene sprang sofort auf die Straße und streckte den Arm aus.

»Blödmann, guck doch erst hin, wen du anhältst!«, wollte ihn Parfjon noch zurechtweisen, aber es war zu spät.

Schlange, der gar nicht mehr wusste, wann er das letzte Mal die Dienste eines Taxis oder eines privaten Schwarztaxis in Anspruch genommen hatte, kannte sich nicht aus in der Hierarchie der Fahrzeuge und winkte nicht irgendeine Benzinkutsche heran, sondern eine ellenlange Limousine vom Typ Repräsentant, in glänzendem Metallicgrün, mit abgedunkelten Scheiben.

Und in dem Gefährt saß nicht irgendwer, sondern Fima Dostal, genannt Dostajewski, einer der mächtigsten legalen Banditen Saratows. Fima warf einen kurzen Blick in den Rückspiegel, sah hinter sich keine anderen Autos und begriff verblüfft, dass er und kein anderer es war, den die drei Penner da drüben wie einen Kutscher anhalten wollten! Dostajewski empörte sich mit all seinen einhundertfünfzehn Kilogramm Lebendgewicht. Trotz der Leibesfülle war er ein rasanter Autofahrer (obwohl es ihm sein Status nur selten erlaubte, sich selbst hinter das Steuer zu setzen, meist kutschierte ihn ein Chauffeur), er wollte diese unverschämten Kerle nicht überfahren, sondern ihnen lediglich einen richtigen Schreck einjagen. Vor allem dem mit der Höckernase, der auf der Fahrbahn stand und die Pfote hochhielt. Fima fuhr langsamer und betätigte den Blinker, als ob er anhalten würde. Der Höckernasige nahm den Arm herunter und wartete ruhig, wobei er seinen Gefährten etwas zurief. Da gab Dostajewski plötzlich Gas, der Wagen schoss mit quietschenden Reifen vorwärts. Es gab keinen erkennbaren Zusammenstoß, aber eine gewisse Tuchfühlung vermeldete ihm die leibliche Hülle des Autos doch. Dostajewski bremste und stieg aus: Er wollte sich überzeugen, dass seine Absicht perfekt aufgegangen war.

Der Höckernasige krümmte sich.

»Hab ich dich erwischt?«, fragte Dostajewski.

Schlange, der dachte, der Mann hätte ihn nicht mit Absicht angefahren und sei ausgestiegen, um sich zu entschuldigen, beruhigte ihn sofort:

»Nicht doll, bloß ein bisschen.«

»Darum ging's ja!«, resümierte Dostajewski zufrieden, nahm einen Hundert-Dollar-Schein aus der Brieftasche und schob sie dem Höckernasigen hinter den Hosengürtel:

»Kurier dich!«

Er machte kehrt und wollte gehen.

Da sprang Parfjon, der Schlange den Hunderter entrissen hatte, von hinten an Dostajewski heran, sog Luft in die Lungen und schrie: »Du!«

Dostajewski drehte sich um.

Parfjon knüllte den Hundert-Dollar-Schein zusammen und schleuderte ihn Dostajewski ins Gesicht.

»Erstick doch an deinem dreckigen Geld, du Sauhund!«

Dostajewski staunte noch einmal. Er konnte sich nicht erinnern, dass er in den letzten fünf Jahren zweimal hintereinander gestaunt hätte. Das verwirrte ihn sogar (worüber er ein drittes Mal staunen musste!), und er sagte:

»Das ist echtes Geld, Mann. Dollars!«

»Haben wir selbst genug!«, schrie Parfjon, riss einen Hunderter aus der Hosentasche und warf ihn neben den zerknüllten Schein.

»Was bist du denn für einer?«, fragte Dostajewski.

»Ein Mensch!«

»Dem ein Hunderter zu poplig ist?! Da!« Dostajewski schüttelte noch einen Hunderter aus der Brieftasche. Der Schein landete bei den beiden ersten.

»Ich sage doch: Wir haben selbst genug!«, antwortete Parfjon mit einem neuen Hunderter.

Dostajewski war sprachlos – Teufel auch, wenn er das erzählte, die Geschichte glaubte ihm keiner! – und staunte zum vierten Mal hintereinander.

»Und das hast du einfach so in der Tasche?« Er musterte den zerknitterten, unrasierten Parfjon.

»Einfach so!«

»Los«, sagte Dostajewski, »wir wetten, wer mehr hat: du in deiner Tasche oder ich hier!« Er klopfte auf seine Brieftasche.

»Los!«, schrie Parfjon.

»Hier sind erst mal zwei«, zählte Dostajewski. »Drei!« Er hörte auf.

»Drei!« wiederholte Parfjon Fimas Wort und seine Handbewegung.

»Vier!«

»Vier!«

»Fünf!«

»Fünf!«

...

»Fünfzehn!«

»Fünfzehn!«

...

»Fünfundzwanzig!«

»Fünfundzwanzig!«

Über Dostajewskis Gesicht lief der Schweiß in Strömen, Parfjon hingegen war ganz erhabene Ruhe, und die Freunde bewunderten ihn dafür.

»Achtundzwanzig!«, schrie Dostajewski.

Parfjon parierte augenblicklich.

»Neunundzwanzig!«, wurde Dostajewski merklich leiser. Langsam fingerte er den Schein heraus und warf dann noch einen Blick in die Brieftasche.

Wieder parierte Parfjon.

Dostajewski inspizierte seine Börse.

»Na, mein Bester?!«, reagierte Parfjon. »Das Spiel ist wohl aus?« Er warf den siegreichen neunundzwanzigsten Schein hin, und, damit der Triumph vollkommen war, gleich auch noch den letzten, dreißigsten!

Dostajewski fuhr mit der ganzen Hand in die Brieftasche, tastete alle Winkel ab. Sein massiges Gesicht, das ohnehin etwas Kindliches hatte, wie es übrigens bei vielen Dicken der Fall ist, sah jetzt vollends aus wie das eines kleinen Jungen, gekränkt und verdrossen.

Plötzlich jedoch machte sich darin ein Lächeln breit.

Behutsam zog er noch einen dünnen Packen Geld hervor, warf ihn aber nicht mehr zu den anderen, sondern legte die Scheine fein säuberlich obenauf.

»Noch tausend!«

Überrumpelt schlug sich Parfjon unwillkürlich auf die leere Hosentasche.

Oh, wie Fima da lachte! Nicht nur der ganze Fima Dostajewski bebte (dass man um sein Leben fürchten musste), nein, auch der Bürgersteig erzitterte, der Gullydeckel hüpfte und schepperte, die Federn des riesigen metallicgrünen Schlittens vibrierten, und die mächtige Eruption von Rotz und Spucke, die Dostajewskis homerisches Gelächter begleitete, ließ in diesen windstillen, sonnigen, leisen, durchsichtigen Herbsttag einen solchen Staubsturm einbrechen, dass die Scheine aufstoben, sich wie blassgrüne Blätter in die Luft schraubten und nach allen Seiten auseinander wirbelten. Einer fiel direkt in die Hand eines kleinen, schmächtigen Mannes, der verloren auf dem Balkon stand, furchtbar heruntergeputzt von seiner Frau, weil er sich eine Flasche Bier geleistet hatte, wo sie doch sowieso schon bettelarm waren, sieben Monate im Rückstand mit der Wohnungsmiete, ein halbes Jahr mit dem Strom, und ihre Stiefel, die bestanden, wie sie keifte, auch nur noch aus Löchern, und nun schaute der Schmächtige vom vierten Stock herunter und sinnierte, ob man wohl gleich tot war, wenn man sich hinabstürzte; ein paar Scheine schwebten wie ein Vogelschwarm durch das Lüftungsfensterchen in das Arbeitszimmer der Leiterin eines Kindergartens, die gerade trübsinnig über einem Blatt Papier brütete, auf dem geschrieben stand: »Frühstück: Griesbrei, Mittagessen: Hirsebrei, Abendessen: Buchweizenbrei«; und zwei Scheine flogen einem jungen Mann zu, legten sich über das Kleingeld in seiner Hand, das er gerade kummervoll zählte, denn er wollte für sein Mädchen Blumen kaufen, unbedingt Rosen, wenigstens zwei, aber es reichte nicht einmal für eine, und da fiel plötzlich Geld vom Himmel; gleich ein ganzes Dutzend aneinander klebender Scheine aber verfing sich im hochgestellten Kragen einer jungen Frau, die den Kragen nicht deshalb aufgestellt hatte, weil es die äußere Kälte erfordert hätte, sondern weil sie innerlich fror, ging sie doch, ihr ungeborenes Kind abzutreiben, einen Jungen, den sie und ihr Mann sich eigentlich so sehr wünschten zu den beiden Mädchen, und die Frau zählte das Geld, jauchzte und weinte, sah in den Himmel und lief nach Hause, zu ihrem Mann ...

Natürlich geschah nichts dergleichen.

Als sich Dostajewski ausgelacht hatte, sagte er:

»Ihr seid mir vielleicht Kerle! Hab' lange nicht so einen Mordsspaß gehabt! Danke! Hier, das soll alles euch gehören, habt es euch verdient!«

Und der gefürchtete Gangsterboss zwängte sich in seinen aufgemotzten Schlitten, gab Gas, ließ den Motor laut aufjaulen vor Begeisterung und preschte mit einem Affenzahn davon.

»Jetzt haben wir siebentausend!«, sagte Schlange.

»Denkst du, ich kann nicht zählen?!«, maßregelte ihn Parfjon, der mit irgendetwas unzufrieden war.

Auch Schmocks Gesicht drückte Zweifel aus.

Kurz darauf hielten sie ein schlichteres Auto an und trugen dem Fahrer auf, sie geradewegs zur Müllkippe zu bringen – er könne gut verdienen.

Eine Weile fuhren sie schweigend.

»Hört mal, Jungs!«, begann Schmock plötzlich. »Habt ihr nichts verstanden?«

Schlange und Parfjon gaben keine Antwort. Sie hatten sehr wohl verstanden und wussten wahrscheinlich ziemlich genau, was Schmock sagen wollte. Hofften aber, es könnte vielleicht doch etwas anderes sein.

Aber nein, Schmock sagte haargenau das.

»Auf mich ist geschossen worden, um ein Haar hätte ich die Kugel abgekriegt, fast wäre ich tot.«

»Geschossen worden ist auf alle«, konterte Parfjon.

»Aber beinahe getroffen und erschossen worden bin nur ich! Und noch etwas. Parfjon, du hättest Schlange bald umgebracht, das willst du doch nicht bestreiten, oder?«

»Aber nicht mit Absicht. Ich habe einfach mit der Hand ausgeholt, und da war eben dieses Eisending drin …«

»Das spielt keine Rolle. Hätte er tot sein können?«

»Sicher.«

»Weiter. Gerade wäre Schlange vor unseren Augen fast von einem Auto überfahren worden. Stimmt das oder nicht?«

»Stimmt«, sagte Schlange und rieb sich seine Knie.

»Was heißt das also?«, fragte Schmock.

»Was denn?«, reagierten Parfjon und Schlange unisono. Auch jetzt hatten beide bestens verstanden, was das hieß, hofften aber wieder, Schmock meine etwas anderes.

Doch er meinte genau das.

»Das heißt also«, fuhr Schmock fort, »dass wir das Geld gerade erst gefunden haben, und schon bringt es uns Schaden!«

»Hab ich doch gleich gesagt, hab ich doch gesagt!«, warf Schlange ein.

»Alle drei wären wir beinahe umgekommen wegen dieses Geldes. An ein und demselben Tag. Binnen weniger Stunden. An solche Zufälle glaube ich nicht. Das kann kein Zufall sein. Und dann kriegen wir mir nichts, dir nichts noch viertausend dazu. Jungs, das ist Teufelei! Deshalb«, wandte er sich an den Fahrer des Autos, einen jungen Mann von etwa dreißig, der ziemlich mürrisch dreinschaute, »deshalb wenden Sie bitte und bringen uns zurück. Für das gleiche Geld.«

Der Fahrer bremste scharf, offenkundig verärgert, verkniff sich aber eine bissige Bemerkung und wendete kurz darauf wirklich. Sie fuhren zurück.

»Angenommen, du hast Recht«, hielt es Parfjon nach einiger Zeit nicht mehr aus. »In diesem Falle müssten wir doch aber gerade dieses Geld unbedingt finden. Sonst gerät es in die Hände von Unbeteiligten und richtet bei denen Unheil an. Das müssen wir verhindern! Hör mal, mein Bester!«, er berührte den Fahrer an der Schulte. »Wir haben es uns gerade anders überlegt, fahr wieder zurück.«

Die Antwort war lautes Bremsenquietschen. Das Auto hielt.

»Vielleicht klärt ihr erst mal, wo ihr hinwollt!«, sagte der Fahrer aufgebracht.

»Wenn es dir nicht passt, können wir ja ein anderes Auto nehmen. Schließlich bezahlen wir, oder?«, reagierte Parfjon gelassen.

Schlange kroch ein wenig in sich zusammen. Seiner

feinsinnigen Seele blieb es ewig ein Rätsel, wie Menschen keine Angst davor haben konnten, ihre Feindseligkeit gegenüber anderen so unverhüllt zu zeigen, doch noch mehr Achtung brachte er denjenigen entgegen, die über eine solche Feindseligkeit einfach hinweggingen und unbeirrt ihre Linie verfolgten. So wollte er gern sein.

Der Fahrer brummte noch etwas in seinen Bart, riss aber das Lenkrad herum.

Sie fuhren wieder in Richtung Müllkippe.

Schlange juckte es in den Fingern zu zeigen, dass auch er gebieterisch-streng sein und andere seinem Willen unterordnen konnte. Doch ihm fiel partout kein Grund ein.

Plötzlich kam ihm ein Gedanke.

»Ich bin da schon einmal gewesen, auf dieser Müllkippe«, sagte er. »Die Leute dort kennen sich, jeder hat seine Parzelle. Denen stechen wir sofort ins Auge. Und dann kommen sie an und prügeln uns windelweich. Oder bringen uns am Ende noch um. Leben ist mehr wert als Geld! Also, mein Guter«, er stupste den Fahrer mit dem Finger in den Rücken, »fahr mal schön wieder zurück. Das ist jetzt die endgültige Entscheidung, klar?«

Der Fahrer bremste so stark, dass es die Freunde nach vorn schleuderte, drehte sich zu ihnen um und schrie fast hysterisch:

»Raus aus dem Auto, verdammich noch mal Himmelarschundzwirn!«

»Wir bezahlen doch!«, schrie Schlange (vor Schreck).

»Ich pfeife auf euer Geld! Sag du mir lieber, wo es nun hingehen soll, dann fahre ich euch zum Nordpol, wenn es sein muss. Aber sag es mir normal. Sag es, und wir fahren los. Die da, die sind ja .... Himmelarschundwolkenbruch!«

»Kann Ihnen nicht egal sein, wo es hingeht?«, erkundigte sich Parfjon kalt.

»Eben nicht! Wenn es heißt fahren, dann fahren, und wenn es heißt nicht fahren, dann eben nicht fahren! Raus, sage ich, sonst ziehe ich euch allen noch eins über!« Der Fahrer zeigte ihnen eine Stange, die vorn stark gekrümmt war (mit einer solchen Kralle blockierte man das Steuer, damit niemand den Wagen wegfahren konnte, wusste Autobesitzer Parfjon).

Da half nichts. Sie stiegen aus.

Der Fahrer startete durch und schoss vorwärts, ohne von ihnen Geld verlangt zu haben, raste davon, frei und ungebunden, in eine Richtung, die seinem Herzen (wie dem jedes anderen) lieb und damit die einzig richtige war – geradeaus.

Kurz darauf hielten die Freunde ein anderes Auto an und fuhren ohne ein Wort bis zum Ziel.

Ein Stück vor der Müllkippe stiegen sie aus.

Schlange hatte nicht Recht: Die Leute, die sich auf dem endlosen, abfallübersäten Feld herumtrieben, zeigten kein Interesse für die Ankömmlinge.

Schmock sah sich verloren um.

»Und wo sollen wir nun suchen?«

In dem Moment kam das nächste Müllauto. Die Bewohner der Kippe liefen darauf zu. Doch der Fahrer ließ sie nicht gleich ans Werk. Mit einem langen Stock stocherte er zunächst selbst in dem Haufen, fischte etwas Brauchbares heraus, und erst danach durften die anderen. Die Müllfledderer schwirrten aus, begannen flink und geübt den Abfall zu durchwühlen, übrigens ohne jede Zankerei, die nur Zeit gekostet hätte. Plötzlich glänzte etwas. Schlange wusste, was es war, schrie auf und rannte los, Schmock und Parfjon hinterdrein. Sie liefen, die Blicke auf einen alten Mann in einem sackartigen Kittel geheftet. Der Alte, der in der einen Hand das bekannte glänzende Bündel und in der anderen einen viereckigen Gegenstand trug, verschwand unter einer an Stangen befestigten, abgewetzten Zeltplane.

Die Freunde kamen heran, spähten um die Ecke.

Der Alte betrachtete gerade den quadratischen Gegenstand, der sich als Schachbrett entpuppt hatte, und raunzte zufrieden. Dann machte er sich an das Bündel.

»Guten Tag!« Schmock trat unter die Plane. Und dann, in ganz anderem Ton: »Guten Tag, Igor Stanislawowitsch!«

»Ich habe nicht die Ehre, Sie zu kennen!«, versetzte der Alte trocken.

»Wie denn?! Ich bin doch ... » Schmock nannte seinen Namen. »Ich war bei Ihnen im Semiotik-Seminar!«

»Sie müssen sich irren. Ich sehe vielleicht so ähnlich aus, aber ... Ach, was soll's ... Es ist töricht, sich zu verstecken, wenn einen das alles nicht mehr anficht. Ich bin schon lange in Rente, aber darum geht es gar nicht einmal. Ich verachte die Meinung der Leute.«

»Was hat Sie, wenn ich fragen darf, hierher verschlagen?«

»Ganz einfach. Die Leidenschaft des Sammlers, die Suche nach Antiquitäten.«

Und Igor Stanislawowitsch, ehemals Professor an der Universität, erzählte ihnen seine schmucklose Geschichte. Ja, er hatte Wissenschaft betrieben und gelehrt, und zwar mit Hingabe. Doch er war allein stehend, also suchte er ein Hobby. Und fand es. Er begann, alte Dinge zu sammeln, wenn auch keine teuren Stücke (die konnte er sich nicht leisten), sondern in bescheidenem Rahmen.

Seine Antiquitätensammlung war im Grunde wertlos, doch die echten Antiquitätenhändler unterhielten sich gern mit ihm: ein Professor immerhin. Außerdem hatte er noch eine Bibliothek über Antiquitaten zusammengetragen und konnte, obwohl er selbst keine Kostbarkeiten besaß, doch nicht schlechter als ein Fachmann den wahren Wert und das Alter dieses oder jenes Stücks bestimmen. Einmal brachte man ihm ein wunderbares Porzellanfigürchen aus dem späten 18. Jahrhundert. »Wo finden Sie bloß solche Sachen?«, staunte der Professor. Der Besitzer vertraute ihm und verriet: auf der Müllkippe. Dieses Geheimnis hätte der Professor gewiss nie erfahren, wäre der Mann nicht (was er selbst wusste) unheilbar krank gewesen und bald darauf gestorben, nicht ohne vorher mit letzter Kraft in seiner Wohnung ein Pogrom veranstaltet und alles mehr oder weniger Wertvolle zerschlagen zu haben. Der Professor sah sich die Müllkippe an – und verfiel ihr. Jetzt lebte er vom Frühjahr bis zum Herbst hier, von allen geachtet, von niemandem behelligt, weil er, wie viele meinten, völlig nutzlose Dinge sammelte und zudem noch für einen kleinen Obolus Expertendienste leistete (was ihm auch seinen Spitznamen eintrug: Professor, obwohl keiner wusste, dass er tatsächlich Professor war). Hatte zum Beispiel so ein zerlumpter Müllfledderer einen Ring aus dem Abfall gefischt, lief er sofort zum Professor, um zu erfahren: Aus Silber oder gar aus Gold? Meist handelte es sich um billigen Tinnef, aber mitunter fanden sich wirklich goldene Ringe, die auf unerklärliche Weise im Müll gelandet waren (vielleicht von einem Kind beim Spielen in den Abfalleimer geworfen, und den hatte die Mutter dann zum Müllschlucker getragen). Noch unbegreiflicher jedoch musste einem Russen erscheinen, wie mit all dem Unrat ganz volle, nicht einmal entkorkte Flaschen Wodka, Wein oder Kognak – Letztere aus irgendeinem Grunde am häufigsten! – auf die Halde geraten konnten. Zur Untermauerung seiner Worte stellte der Professor zwei Flaschen Kognak auf den Tisch, holte Wegwerfbecher aus einer sauberen Plastiktüte.

Alle tranken mit Genuss und gingen gleich zur zweiten Runde über: Der Kognak war gut.

Natürlich, solche einzigartigen Stücke wie jenes Porzellanfigürchen fanden sich selten, erzählte der Professor weiter. Aber inzwischen interessierten sie ihn auch nicht mehr sonderlich. Hier, auf der Müllkippe, hatte er nämlich entdeckt, wie viele wunderliche Dinge die Welt bevölkern. Manchmal ließ sich ihre Bestimmung nicht einmal erahnen, doch man sah gleich, dass es sich um etwas Erlesenes, Harmonisches, mit Liebe Gefertigtes handelte. Und die Hauptsache: Es war ein Einzelstück, es gab diesen Gegenstand nur ein einziges Mal, da spielte es überhaupt keine Rolle, ob er nun zweihundert oder zwanzig Jahre auf dem Buckel hatte. Und was für Briefe, fein säuberlich gebündelt, ihm unter die Augen kamen! Was für Fotos und Tagebücher, was für Schulhefte mit rührenden kleinen Liebesbotschaften darin! Wie viele Leben, wie viele Bilder einem da vor dem inneren Auge vorüberzogen, mit welchem Genuss man das alles studieren konnte, ohne jemandem zu nahe zu treten, denn diese Menschen blieben für immer Unbekannte.

Die Geschichte hatte die Freunde unwillkürlich in ihren Bann gezogen.

»Ach, verfi… und zugenäht«, sagte Parfjon bitter – und erntete diesmal keinen Rüffel von Schlange, »da suchst du im Leben irgendwas … einen Sinn … den philosophischen Stein der Weisen … Und dann liegt er – auf der Müllkippe! Im Abfall!«

»Genauso ist es!«, pflichtete der Professor bei und schenkte aus der zweiten Flasche nach.

Sie tranken.

»Man müsste alles hinschmeißen und hier bleiben!«, rief Parfjon aus.

Schlange aber interessierte etwas anderes.

»Ich habe gesehen«, sagte er an den Professor gewandt, »wie die anderen im Müll wühlen, bis jetzt stochern die dort herum. Sie dagegen kommen, schnappen sich etwas und sind wieder weg.«

»Ich habe meine Regeln und Prinzipien«, erwiderte der Professor. »Erstens: Sich niemals gleich auf den Haufen stürzen, sondern zunächst herangehen und gründlich hinsehen. *Denn das Wertvolle liegt stets obenauf!* Wenn das Auto den Müll abkippt, kommt ja das Unterste zuoberst und das Oberste zuunterst! Zweitens: Niemals schauen, was die anderen nehmen. Das lenkt die Aufmerksamkeit ab. Außerdem: *Was die anderen nehmen, brauchst du garantiert nicht!* Drittens: Schalte den Verstand aus und lass dich von deinem Spürsinn leiten. *Bleibt dein Blick länger als eine Sekunde an einem Gegenstand hängen, dann nimm ihn, ohne nachzudenken.* Viertens: Nimm niemals mehr als drei Dinge zugleich. *Je größer die Auswahl, desto größer die Unfreiheit, beschränke deine Wahl nach Anzahl oder Größe, und du gewinnst Freiheit!* Fünftens: Vergiss alle Regeln, wenn dir deine innere Stimme sagt, dass du nicht an der Oberfläche, sondern in der Tiefe suchen, nicht ruhig betrachten, sondern dich schnurstracks auf den Müllhaufen stürzen, dass du einem anderen seinen Fund entreißen sollst.

Kannst du das, hast du den ABSOLUTEN DURCHBLICK!«

»Genial!«, hauchte Schmock, der bereits betrunken war.

»Aber die Sachen von heute, was kann an denen schon interessant sein?«, bohrte Schlange mit der Wissbegier eines fleißigen Schülers.

»Das will ich gern erklären. Dieses Schachbrett hier ist absolut unversehrt und – es handelt sich nicht einfach um gestrichenes Sperrholz. Ich habe gleich erkannt, dass es aus zwei Vollholzstücken besteht und die Quadrate, Ziffern und Buchstaben Intarsien sind!«

Schlange, Schmock und Parfjon nahmen das Brett, hoben es der Reihe nach vor die Augen, bekundeten Begeisterung.

»Und dieses Bündel … Wissen Sie, Bündel, Päckchen und Tüten erregen mich immer. In einem sind vielleicht bloß Kartoffelschalen. In einem anderen findet sich die furchtbare Wahrheit des Lebens – ein neugeborenes Kind. In einem dritten alter Weihnachtsbaumschmuck. In einem vierten die Korrespondenz einer Liebe, Briefe der Frau, die der Mann in einem Anfall von Gemeinheit fortwirft, weil er ein neues Leben beginnen will, wo doch der Entschluss, ein neues Leben anzufangen, schon in seiner Substanz gemein ist, auch wenn sich diese Gemeinheit oft nicht vermeiden lässt; oder die Briefe des Mannes, die die Frau in einem Anfall von Eifersucht fortwirft, was sie später wieder bedauert, weil Eifersucht für Frauen eine produktive und unverzichtbare Empfindung darstellt. Ich könnte Ihnen noch viele Beispiele nennen. Wissen Sie, da spürt man eine solche Erregung! Manchmal lasse ich so ein Päckchen ein, zwei Tage liegen, mache es nicht auf, sondern rate und träume, was darin sein könnte.«

»Und was sehen Sie in dem hier – ohne es aufzumachen?«, fragte Schlange, und es schien, als habe er tatsächlich vergessen, was darin war, so ehrlich wirkte der Ausdruck von Interesse, der auf seinem Gesicht lag.

»Lassen Sie mich überlegen!«, antwortete der Professor. »Eine ganz außergewöhnliche Hülle, schon allein das Material. Irgendwie feuerfest. Offenbar sollte das Päckchen gar nicht fortgeworfen werden. Es ist zufällig im Müll gelandet, durch ein Versehen.«

Das Trio tauschte Blicke.

»Für Juwelen ist es ein bisschen groß. Eine Statuette? Nicht die richtigen Rundungen. An der Form des Bündels erkenne ich, dass es stümperhaft zusammengerollt wurde, hastig und unordentlich.« Schmock und Parfjon schauten zu Schlange hinüber. »Doch etwas an ebendieser Form sagt mir, dass der Inhalt recht wertvoll sein muss. Etwas Quadratisches. Ich weiß nicht warum, aber ich sehe«, der Professor schloss die Augen, »Bündel von Geldscheinen in einer Mappe oder einer großen Brieftasche, viele Packen, hineingestopft von Händen, die kein Geld gewöhnt sind. Ja. Geld. Ich glaube, dass Geld darin ist«, schlussfolgerte der Professor im Tonfall des nüchternen Forschers und begann mit ruhiger Hand, das Bündel aufzuwickeln.

Jetzt konnte sich Schmock nicht mehr beherrschen

Er stürzte zum Tisch, entriss dem Professor das Bündel und presste es an die Brust.

»Es gehört uns!«, keuchte er. »Damit das klar ist! Und als Lehrer habe ich nie viel von Ihnen gehalten! Habe Ihre Vorlesungen immer geschwänzt!«

»Leg das schön zurück!« Der Professor erhob sich, griff nach einem dicken Knotenstock.

Parfjon war wachsam und entriss ihm den Knüppel.

»Hat sich fremdes Eigentum ausgeguckt, der!«, ließ nun Schlange vernehmen.

»Ach, so kommt ihr mir?!«, sagte der Professor drohend. »Ich schreie jetzt, verfi… und zugenäht, und dann bleibt von euch Hundesöhnen nicht einmal ein nasser Fleck!«

Aber er kam nicht zum Schreien: Parfjon sah an einem Nagel eine Rolle Klebeband, packte sie, riss ein Stück ab und klebte dem Alten den Mund zu. Doch kaum hatte Parfjon losgelassen, lief der Professor flink zu Schmock, der auf den Angriff nicht gefasst war, entriss ihm das Päckchen, ließ sich in einer Ecke seines Heiligtums auf den Boden fallen und begrub das Päckchen unter seinem Körper wie ein Kriegsheld die Granate.

Die Freunde stürzten zu dem Liegenden, versuchten, ihn wie einen Igel auf den Rücken zu drehen (Schlange half sogar mit dem Krückstock nach). Sie knieten auf dem Körper des Alten, stießen und knufften ihn. Unter den Fingern spürten sie seine angespannten Rückenmuskeln, kraftvoll wie bei Michelangelo. Sie kniffen ihn in die Arme, wollten sie unter dem Leib hervorzerren. Doch erst, als Schlange dem Professor eins mit dem Stock über den Schädel zog, schwanden die Kräfte des Alten und er ließ das Päckchen los.

Schmock schob es unter seine Jacke. Parfjon drehte den Körper um.

»Keine Sorge, der kommt bald wieder zu sich, er atmet ja. So ein Schurke aber auch!«, und er riss das Klebeband vom Mund des Professors ab. Röchelnd strömte der Atem des Alten hervor, in die stinkende, so vertraute Welt der Müllkippe, und wurde eins mit ihr.

»Schurken!«, krächzte der Alte heiser.

»Und so was will Wissenschaftler gewesen sein!«, entrüstete sich Schmock und trat eilig den Rückzug an.

»Scheusal!«, unterstützte ihn Schlange.

»Pah! Ein Antiquitätensammler – und uneigennützig!«, höhnte Parfjon.

Dann verstummten die Freunde. Schweigend gingen sie zu dem Weg, wo sie ein Auto anhielten. Der Fahrer musterte die drei eingehend und zögerte. Erst als sie ihm eine solide Summe für die Rückfahrt zum Stadtzentrum in Aussicht stellten, ließ er sich bewegen.

Kapitel zwanzig,

in dem die Missetäter eine gerechte Strafe erhalten sollen, Schlanges Bruder zwar kein Verräter ist, dafür aber vom bösen Blick verhext, von Unheil verfolgt und von Depressionen geplagt wird, ein Teufelsweib aufkreuzt und eine Quittung ausstellt.

IM AUTO WAREN DIE FREUNDE nach dem Kognak entspannt und gelöst.

»Ich fahre, fahre, fahre fein, zur lieben, lieben Liebsten mein!«, sang Schlange leise. Er freute sich nicht einmal so sehr, weil sie das Geld wiederhatten, sondern weil seine Schuld vor den Freunden getilgt war. Und er sang dieses alberne Lied und kein anderes, weil er sich angewöhnt hatte, in der tagtäglichen Gesellschaft seiner einfach gestrickten Kumpane genauso einfach zu sein (was er übrigens den Großteil seines Lebens ohnehin war), einfache Worte zu sagen, einfache Lieder zu singen, obwohl ihm moderne Romanzen mit Sinn und Feingefühl viel mehr lagen. Etwa in der Art: »Mir gefällt, dass Sie sich verzehren, doch nicht nach mir« oder »Ich habe einen seltsamen Traum geträumt: Die Menschen unterteilen sich in Frauen und Männer«.

Alle drei lechzten nach etwas Ungewöhnlichem.

Aber sie verspürten auch ein Gefühl der Pflicht. Und der Verantwortung vor der GROSSEN IDEE, ohne die der heutige Tag seinen Sinn und seine Erhabenheit verlieren würde.

»Also«, sagte Schmock, »wir haben jetzt siebentausend frei.«

Schlange und Parfjon neigten die Köpfe zum Zeichen der Zustimmung.

»Es war der falsche Weg, mit diesem Teufelsgeschenk gute, in Not geratene Menschen beglücken zu wollen. Wir müssen es anders machen. Wir geben das Geld einem Halunken. Einem gemeinen Schurken. Gegen den das Urteil der Menschen wie der Gerichte machtlos ist. Soll unser Geld ihn zugrunde richten. Am besten, wenn es sich auch noch um einen persönlichen Feind handelt, dann befriedigen wir damit nämlich die Rachegelüste, die jedem Menschen eigen sind«, sagte Schmock, der zwar ein ernsthafter Denker war, doch die niedrigen Wahrheiten des menschlichen Daseins nicht fürchtete, sondern sich sogar etwas darauf zugute hielt, sie zu kennen.

Und in seiner Seele, wie bald darauf auch in der von Parfjon, erwachte etwas Mephistophelisches, während in Schlanges Innenleben nichts war als Wonne, obwohl – wenn einer Mephisto ähnlich sah, dann Schlange mit seinem bei näherer Betrachtung doch etwas unheilvollen Profil.

»Was habt ihr denn?«, fragte Schlange, der den Blick der Freunde spürte.

»Hast du nicht einen Halunken auf dem Kieker? Einen Feind?«

»Ich habe keine Feinde.«

»Dann eben nicht deinen, sondern den Feind von einem, der dir nahe steht.«

»Die haben auch keine.«

»Das gibt es gar nicht.«

»Wieso denn nicht? Klar, einer schuldet mir soundso viel. Aber ich schulde anderen auch was. Einer gibt mir eins in die Fresse. Aber ich habe auch schon wem die Schnauze poliert. Oder die Bullen traktieren einen. Aber das ist nun mal ihre Pflicht.«

»Wo haben sie dich denn traktiert?«, wurde Schmock lebhaft. Er hatte, Gott sei's geklagt, im betrunkenen Zustand gleichfalls schon so manches einstecken müssen, war sogar ein paarmal in der Ausnüchterungszelle des Milizreviers gelandet.

»Das kannst du lassen«, sagte Parfjon. »Willst du den Bullen Geld geben? Die buchten uns ein und lassen uns erst wieder frei, wenn sie auch den Rest aus uns herausgeschüttelt haben.«

Schlange dachte nach. Plötzlich sagte er verblüfft:

»Ich hab doch einen Feind!«

»Wen denn?«, freuten sich Schmock und Parfjon.

»Meinen Bruder«, seufzte Schlange. »Meinen eigenen Bruder.«

»Der älter ist als du?«, wollte Schmock wissen. »An den kann ich mich kaum noch erinnern. Wie hieß er noch gleich?«

»Gleb.«

»Du hast doch erzählt, der wäre Militärflieger geworden und umgekommen.«

»Er ist nicht tot. Eine banale Geschichte. Was meinst du, warum meine Mutter und ich jetzt in zwei armseligen Zimmern hausen?«

»Wie viele hattet ihr denn vorher? Als wir zur Schule gegangen sind, war ich nie bei dir zu Hause. Oder ich weiß es bloß nicht mehr. Das ist schon so lange her!«

Sie hatten, wie Schlange erzählte, wirklich und wahrhaftig fünf Zimmer bewohnt – etwas Außergewöhnliches für jene Zeit. Aber Schlanges Vater war ja auch ein außergewöhnlicher Mann: ein meisterlicher Tüftler, den sein Betrieb so sehr schätzte, dass er ihm sogar ein ganzes Haus gebaut hätte, doch Schlanges Vater wollte lieber im Familiennest bleiben, dort, wo schon seine Eltern gelebt hatten, in jener Fünfzimmerwohnung, die unerklärlicherweise nicht in eine Gemeinschaftsbehausung umgewandelt worden war.

Doch dann starb der Vater, Gleb heiratete, und seine raffgierige Frau verlangte unter Berufung auf ihre zukünftigen Kinder (sie legte sogar ein Schwangerschaftsattest vor) eine eigene, getrennte Wohnung, machte binnen weniger Wochen den Tausch perfekt, und ehe sichs Mutter und Bruder versahen, wohnten hinter den vertrauten Wänden fremde Leute, während Gleb nebst Gattin eine komfortable Zweizimmerwohnung in einem soliden Haus bezog.

Die Mutter konnte diese tiefe Kränkung nicht verwinden. Schlange schlug zuerst ein bisschen Krach, vergaß dann jedoch den Bruder total. Er und seine Mutter erwähnten Gleb nicht einmal. Gott sei Dank erwiesen sich wenigstens die neuen Nachbarn als anständige Leute, in den zwanzig Jahren, die seither vergangen waren, hatten sich Lidija Iwanowna und Schlange an sie gewöhnt, mit ihnen Freundschaft geschlossen.

»Und die ganze Zeit hat er sich nicht um seine Mutter gekümmert?« Parfjon war empört.

»Er ist nicht mehr aufgetaucht. Kein einziges Mal.«

»So ein Halunke! Zu dem fahren wir jetzt!«

»Vielleicht wohnt er gar nicht mehr da …«

»Vielleicht aber doch!«

Sie fuhren los, und unterwegs redeten Parfjon und Schmock darüber, dass eines der größten Probleme des Landes gegenwärtig die Unterminierung, Konterkarierung und Pervertierung, die Demontage und Annullierung der Familienbeziehungen sei.

Zur Strafe sollte der treulose Sohn und Bruder zweitausend Dollar bekommen (je zweitausend beanspruchten Parfjon und Schmock für je einen eigenen Feind, eintausend waren als Reserve gedacht).

Unterwegs kauften sie in einem Laden für Militäraccessoires einen ganz besonderen Diplomatenkoffer: aus Metall, mit mehreren Schlössern. Und, nachdem sie eine Weile überlegt hatten, auch gleich noch Handschellen. Sie legten das unbrennbare Bündel in den Koffer, ketteten ihn (was sich irgendwie ganz von selbst ergab) an Schlanges Handgelenk. Die Kofferschlüssel nahm Schmock, die für die Handschellen Parfjon.

»Wer jetzt das Geld will, muss meine Hand mitnehmen!«, prahlte Schlange und betrachtete verzückt die glänzenden Handschellen und den matt schimmernden Aktenkoffer, der in einem geheimnisvollen, Abenteuer verheißenden Dunkelgrau gehalten war.

»Beschrei es noch!«, rief der schreckhafte Parfjon.

Schlange grinste nur spöttisch.

Es verschlug sie ziemlich weit hinaus, in ein Neubaugebiet namens Molodjoshny, dessen Häuser längst alt geworden waren. Wobei sie auch damals, kurz nach der Fertigstellung, schon ältlich ausgesehen hatten, als gehörten die abblätternden Fassaden und die rissigen Balkons zur Konzeption des Architekten.

Lange machte ihnen niemand auf.

»Vielleicht ist er zur Arbeit?«, fragte Schlange hoffnungsvoll.

Doch nein, auf einmal schlurften Schritte.

Die Tür öffnete ein Greis mit zerzausten Haaren und grauen Bartstoppeln auf den Wangen. Er steckte in einer Alte-Männer-Schlafanzughose.

»Sagen Sie, Gleb ist wohl nicht …«, begann Schlange, stockte aber sofort: »Gleb??«

»Ja«, antwortete der Alte, und jetzt sahen die Freunde, dass er überhaupt kein Greis war, sondern noch jung … Ganz jung nun vielleicht auch wieder nicht, aber kaum älter als fünfzig, das erkannte man an seinem Rücken, als er sich umdrehte und wieder in die Wohnung schlurfte, und an einigen anderen Merkmalen.

Vielleicht war der Mann einfach krank?

»Zieht die Schuhe aus!«, rief Bruder Gleb aus dem Zimmer.

»Hört mal, wir lassen es lieber!«, flüsterte Schlange. »Wir geben ihm nichts! Sieht ganz so aus, als wäre er sowieso vom lieben Gott gestraft!«

»Gott hat seine Strafe, wir haben unsere!«, kam es hochmütig von Schmock, der (wie es seine Profession erforderte) die Eiseskälte gerechter Gnadenlosigkeit in sich spürte.

»Das ist nebensächlich«, widersprach Parfjon. »Wir strafen ihn jetzt nicht, sondern helfen ihm. Das Geld ist dasselbe, aber der Sinn ein anderer.«

Sie gingen hinein.

Die winzige Wohnung war, wie angemerkt werden muss, sauber aufgeräumt und gemütlich, polierte Möbel, alles, was dazugehört … In der Ecke stand ein großer Fernsehapparat. Man spürte bescheidenen Wohlstand.

»Wir haben uns ja eine Ewigkeit nicht gesehen«, sagte Bruder Gleb ohne besonderen Enthusiasmus.

»Ja«, bestätigte Schlange.

»Ninka kommt bald. Meine Frau.«

»Hinweis verstanden«, reagierte Parfjon.

»Nein, nein, bleibt nur sitzen. Bloß trinken dürfen wir nichts. Da kennt sie kein Pardon.«

»Aber du trinkst doch, oder?«, fragte Schlange brüderlich direkt.

»Allein darf ich. In kleinen Portionen. Aber jetzt habe ich gerade Bronchitis, muss mich kurieren. Bin krankgeschrieben.«

»Du arbeitest also. Wo denn?«

»Auf Arbeit«, antwortete Bruder Gleb.

»Siehst nicht so gut aus«, sagte Schlange leise.

»Wie sollte ich gut aussehen? Ninka saugt allen Saft aus mir raus. Die ist ein Vampir.«

»Wie meinst du das?!«, erkundigte sich Parfjon. »Wie im Horrorfilm?«

»So einen Horror gibt's in keinem Horrorfilm. Ich spüre einfach: Sie saugt mich aus. Hat mir was angehext, mich ins Verderben gestürzt. Ein Gebräu musste ich trinken, damit ich nicht von ihr weggehe. Hat mir von dieser Alten austreiben lassen, dass ich Mama besuchen will, bis ich es wirklich nicht mehr wollte. Sonst wäre ich schon längst mal gekommen!«, erklärte er dem Bruder.

»Was reden wir denn da!«, rief Schlange aus. »Das bilden wir uns doch alles bloß ein! Wir haben eine elementare Depression«, glänzte er mit seiner Beschlagenheit, »wissen aber nichts Besseres, als immerzu von Hexerei und bösem Blick zu schwatzen!«

Bruder Gleb winkte nur ab.

»Was weißt du denn! Ich sehe die Alte, als ob sie leibhaftig wäre. Ich gehe zur Arbeit, arbeite, will mir ein Glas Bier genehmigen, und sie, diese Alte, sagt: Gut. Also trinke ich eins. Beim zweiten, da geht schon nichts mehr rein! Richtig übel wird mir, und das war's dann. Und die Alte steht mir immer vor Augen: Geh nach Hause! Geh nach Hause! Also trolle ich mich ... Zur Arbeit und nach Hause, das ist mein ganzes Leben. Ach ja, manchmal scheint es nachzulassen. Dieser Alten zum Trotz schnappe ich mir, wenn Ninka nicht da ist, eine Flasche Wodka, trinke und – nichts, alles normal. Aber danach bindet mich Ninka immer an.«

»Wie denn das?«

»Sie bindet mich über das Wochenende mit einem Strick am Tisch fest. Zur Strafe. Und geht weg.«

»Den Strick kann man doch durchschneiden! Oder den Knoten aufbinden!«

»Wenn ich ihn durchschneide, sieht sie es. Und das mit dem Losbinden habe ich einmal gemacht. Bin herumgelaufen, durch die Wohnung spaziert, danach habe ich mich wieder festgebunden, aber wie Ninka gekommen ist, hat sie mich nicht einmal angeguckt, sondern mir gleich eins in die Fresse gegeben. Und das soll keine Hexerei sein?! Mit Hilfe dieser Alten durchschaut mich Ninka ganz und gar, diese Hexe!«

Er schwieg eine Weile, dann fuhr er fort:

»Entschuldigt, dass ich euch nichts anbiete. Aber da hat bei uns Ninka die Hand drauf. Es gibt nur was, wenn sie will.«

»Dafür haben wir was anzubieten!«, wurde Schlange rührig. Er zog die zweitausend Dollar hervor und legte sie vor Bruder Gleb auf den Tisch.

»Was ist das?«

»Geld.«

»Woher denn?«

»Verdient.«

Bruder Gleb zählte die Scheine.

»Zweitausend Grüne? Du klaust doch nicht etwa?«, fragte er gleichmütig.

»Wieso denn? Ob du es glaubst oder nicht, das haben wir gefunden! Einen ganzen Packen. Und da dachte ich mir, ich könnte dir helfen.«

Sein Bruder betastete die Scheine, roch sogar daran, malte sich für einen Augenblick etwas aus – und begann zu weinen.

»Was hast du denn? Was hast du, Gleb?«

»Was nützt mir das Geld?«, er wischte sich die Tränen von den Wangen. »Ninka nimmt es mir sowieso weg. Ja, wenn wir Kinder hätten, denen würde ich es geben und zu ihnen sagen: Haut ab, ganz egal, wohin.«

»Habt ihr denn keine Kinder?«, fragte Schlange. »Sie war doch schwanger damals.«

»Eine Scheinschwangerschaft … Darum …«

»Warte, warte! Du könntest es verstecken!«

»Das findet sie! Ich sag's doch, diese Alte kundschaftet alles in mir aus für Ninka … Ihr wisst nicht, was das für eine alte Hexe ist!«

»Entschuldige, aber jetzt lass mal den Quatsch mit dieser Alten! … Zahl das Geld bei der Bank ein, auf deinen Namen!«

»Dann muss ich es abheben. Die macht Hokuspokus, und ich gehe von ganz allein, hebe es eigenhändig ab und bringe ihr alles.«

»Und wenn ich dir was zustecke? Immer ein bisschen?«

»Sie kommt trotzdem drauf.«

»Das sind mir vielleicht Wunder! Was kann man denn da machen?«, wusste sich Schlange keinen Rat mehr.

»Nichts. Aber schönen Dank, dass du an mich gedacht hast. Grüß Mama und sag, ich habe Sehnsucht nach ihr.« Wieder fing Bruder Gleb an zu weinen. »Und jetzt geht, sonst wird Ninka …«

Aber es war zu spät: Die Wohnungstür klappte.

In Glebs Augen erschien etwas, das Schmock denken ließ: Schlange hat Unrecht, das kann keine Depression sein. Und dann dachte er noch, bereits für sich allein: Das beste Mittel gegen Depression ist – Verzweiflung. Vielleicht sollte er sich ihr hingeben?

Im Sturmschritt kam Frau Nina herein.

Sie war ziemlich jugendlich, ziemlich hübsch, energiegeladen, voller Saft und Kraft. Unwillkürlich wanderten die Augen der Freunde vergleichend von ihr zu Gleb. Der grinste nur ergeben und zuckte die Schultern.

»Hab ich dich Scheißkerl, dich verdammten Hurensohn von einem Bastard nicht hundertmal gebeten, keine Alkis mit nach Hause zu schleppen?«, schrie Ninka. Und versetzte ihm eine schallende Ohrfeige. Glebs Kopf flog zur Seite, kehrte aber sofort wieder in seine Ausgangsstellung zurück.

»Das sind keine Alkis«, sagte er. »Das hier ist mein Bruder Sergej. Und die da …«

»Und was ist das?« Die Frau hatte das Geld auf dem Tisch entdeckt.

Schlange erklärte ihr die Situation.

»So! Und wofür kriegt er solche Geschenke?«

»Weil er mein Bruder ist«, sagte Schlange. »Ich will ihm helfen.«

»Und wo warst du früher, Brüderchen? Jetzt auf einmal rückst du an mit deinen milden Gaben!«

Schlange wusste nicht, was er darauf antworten sollte. Er wollte schon die Hand nach dem Geld ausstrecken, doch die Frau schob es zu einem Stapel zusammen:

»Nicht so eilig! Ich rufe jetzt die Miliz!«

Da begannen alle drei durcheinander zu beteuern, die Sache sei sauber, die Miliz hätte hier nichts zu suchen, wenn sie das Geld wolle, solle sie es nehmen, wenn nicht – auch gut.

»Ein teurer Brillant verlangt nach einer teuren Fassung! Kaufen Sie sich einen Pelzmantel!«, schmeichelte ihr Schmock mit einem Satz aus irgendeinem Stück von Alexander Ostrowski. Aber seine Worte verfehlten ihre Wirkung. Parfjon jedoch, der stets den richtigen Ton fand im Umgang mit Frauen dieses Aussehens und Alters (ganz egal, ob sie nun Abgeordnete oder Zwiebelverkäuferin waren) handelte goldrichtig. Furchtlos nahm er Ninka beim Arm und gurrte:

»Verehrteste, worüber regen Sie sich so auf? Wenn es noch richtiges Geld wäre, aber das da sind doch nur Kleinigkeiten. Vergleichen Sie deren Maßstab mit dem Maßstab Ihrer Persönlichkeit, dann relativiert sich alles. In einer Zeit, wo die Emanzipation zu Feminismus entartet ist und die objektiven Tendenzen schlechthin den Unisex befördern, streitet man sich da über so etwas?«

Ninka verstand kein Wort von dem, was Parfjon sagte, aber genau darauf legte er es an: Sie sollte seinem Ton glauben, nicht seinen Worten.

Ninka warf dem attraktiven Mann einen herablassenden Blick zu und sagte:

»Gut. Aber ohne Quittung nehme ich nichts. Schließlich bin ich Buchhalterin und weiß, es geht nirgends ohne Papierchen.«

Also ließen sich die Freunde von ihr den Empfang bestätigen und verabschiedeten sich – sogar recht freundlich.

»Ein Teufelsweib!«, sagte Parfjon, als sie in das Auto stiegen, das vor dem Hauseingang auf sie wartete. »Entschuldige, Schlange, aber eines verstehe ich nicht: Wozu braucht die ihn überhaupt, hä?«

Schlange schaute aus dem Fenster.

Kapitel einundzwanzig,

in dem die Freunde überlegen, wie man Bösewichte durch Böses in Versuchung führen und daraus noch eine bühnenreife Aktion machen kann.

»Teufelsweib, ein richtiges Teufelsweib!«, wiederholte Schmock gedankenverloren, und Parfjon wusste, dass im Kopf des Freundes eine Idee im Entstehen begriffen war.

»Der Teufel ... die Quittung ... ein ewiges Sujet«, phantasierte Schmock laut vor sich hin. »Ich hab's, Freunde! Wenn wir es den gemeinen Bösewichten einfach nur mit Gemeinem heimzahlen, berauben wir uns des Vergnügens, die ganze Sache dramatisch zu inszenieren. Nein, diejenigen, denen wir die tausend Dollar geben, müssen uns eine Quittung unterschreiben, wie die Frau von deinem Bruder, Schlange.«

»Scheusal, was die aus dem Mann gemacht hat ...!«

»Und zwar eine Quittung folgenden Inhalts: Ich, Herr oder Frau Soundso, verkaufe dem Teufel meine Seele für zweitausend Dollar.«

»Ist das nicht ein bisschen wenig?«, fragte Parfjon, als würde er in Gedanken etwas überschlagen.

»Die rücken sie sogar für einen Dollar raus«, beruhigte ihn Schlange, und Schmock dankte ihm mit einem Lächeln für die Schützenhilfe.

»Ich weiß, wo wir hinfahren!«, sagte er.

Kapitel zweiundzwanzig,

in dem die Freunde zu einem Mann fahren, der seinerzeit Schmocks Kommilitone am Moskauer Literaturinstitut war; UNVOLLENDETES GENIE, so der Spitzname des Mannes, hatte sich gleich zu Beginn des Studiums Aussehen und Gebaren eines Lehrers und großen Meisters zugelegt, die anderen von oben herab betrachtet, zutiefst überzeugt von ihrer Unfähigkeit, und als die Zeit verging und von allen Studenten, die Schriftsteller werden wollten, nur Schmock Schriftsteller wurde und noch eine Hand voll Absolventen des

Instituts, darunter einer, der gleich ganz groß herauskam, viel gedruckt wurde, Literaturpreise – sogar ausländische – einheimste und, wie ein paar Kritiker meinten, der Kopf der neuen Prosa war, da hatte UNVOLLENDETES GENIE *noch keine einzige Zeile veröffentlicht (und, wie einige Quellen wissen wollten, auch nicht geschrieben), verachtete aber nach wie vor die jämmerlichen Werke sowohl unseres Schriftstellers als auch des Preisgekrönten (die von Schmock ganz besonders, weil der zufällig aus der gleichen Stadt kam und nun ebenfalls wieder hier wohnte), und obwohl Schmock der ewige Snobismus des* UNVOLLENDETEN GENIES *empörte und auf die Nerven ging, lag es nicht in seiner Absicht, diesem Mann irgendetwas zu beweisen, seine Anerkennung zu erringen (was absolut unmöglich war), er wollte ihm lediglich einen Denkzettel verpassen, wusste aber nicht wie, denn* UNVOLLENDETES GENIE *schien überhaupt unangreifbar, auch was das Alltagsleben anging, hatte er doch (was Schmock gleichfalls zur Weißglut brachte) jahrelang bald die eine, bald die andere junge Schönheit aus dem Kreise seiner Verehrerinnen dadurch ausgezeichnet, dass er bei ihr einzog, sich von ihr freihalten ließ, bis er vor einiger Zeit an ein armes Mädchen geriet, und nun bestritt er seinen Lebensunterhalt mit dem Verkauf von Herbalife-Produkten.*

DAS GENIE EMPFING DIE FREUNDE GRUSSLOS, ohne Verwunderung, ließ die drei eintreten, stellte sie aber nicht seiner Freundin vor, die mit einem Buch in der Hand auf dem Sofa lag und ruhig weiterlas.

Schmock konnte nicht an sich halten.

»Grüß dich, UNVOLLENDETES GENIE!«, sagte er.

»Tag auch«, erwiderte das Genie.

»Ich komme mit einem Anliegen.«

»Ach ja?«

»Hier ist Geld, zweitausend Dollar! Die will ich dir geben.«

(GENIES gut abgerichtete Freundin zuckte mit keiner Wimper, blieb liegen, wie sie gelegen hatte, und gähnte sogar.)

»Weshalb?«

»Wir führen ein Experiment durch«, erklärte Schmock hastig.

»Nicht schlecht. Willst du einen Kümmel?«

»Nein.«

»Dann eben nicht.«

Das Genie goss aus einer eleganten Karaffe eine Flüssigkeit in ein dunkles Glas und führte es genüsslich an die Lippen.

(»Kümmel, was soll denn das sein?«, flüsterte Schlange Parfjon zu. Der versetzte ihm einen Stoß mit dem Ellenbogen. Er wusste es selbst nicht.)

»Sprich weiter, sprich ruhig weiter«, ermunterte das Genie Schmock generös.

»Ich gebe dir das Geld. Und du gibst mir eine Quittung. Dass du dafür deine Seele dem Teufel verkaufst. Machst du mit?«

»Ein komisches Experiment. Aber ich bin dabei.«

Das Genie setzte sich an den Tisch und schrieb auf einem sauberen Blatt Papier die gewünschte Quittung.

»Du hast vergessen, wie viel! Zweitausend Dollar! In Worten!«

»Entschuldigung.«

UNVOLLENDETES GENIE fügte die Summe hinzu.

Dann nahm er aus Schmocks Händen das Bündel

Banknoten entgegen und – zerriss es sorgfältig mit seinen Künstlerfingern, warf die Schnipsel auf den Fußboden.

Die Freundin las noch immer.

»Weißt du, mein Freund«, ließ das Genie den völlig perplexen Schmock wissen, »dein Experiment ist so dumm und niederträchtig wie alles, was du tust.«

»Du hast doch keine einzige Zeile von mir gelesen!«

»Brauche ich auch nicht. Dir steht alles im Gesicht geschrieben. Die Entwürfe wie die Reinschriften. Du bist ein Versager.«

»Und du ein Genie?!«

»Ich bin ein Genie«, sagte das Genie ruhig. »Weil ich sie in meiner Seele schon lange ausgerottet habe, all die Kategorien, die Koordinatensysteme, auf denen das menschliche Bewusstsein beruht. Du sagst, ich soll meine Seele verkaufen. Was ist das: verkaufen? Was ist das: die Seele? An den Teufel, sagst du. Aber was ist der Teufel? Eine Quittung willst du. Aber was ist das? Bietest mir Geld an. Ich verstehe nicht, was das ist!«

»Und mit was für Kieselsteinen bezahlst du dein Fressen?«, fragte Schlange feindselig. Er glaubte diese Art von Leuten zu kennen. In seiner Umgebung gab es einen Typ, den alle Dreierkopf nannten (weil er ständig mit seinen drei Hochschuldiplomen prahlte) und der auch in einem fort trompetete, er würde alles Materielle verachten – als Fakt und als Philosophie, doch wenn es etwas zu schnorren gab, roch er das meilenweit, faktisch wie philosophisch. Man konnte Gift darauf nehmen: Kaum hatten sich die Kumpels zusammengetan und eine Flasche geköpft, da tauchte auch schon Dreierkopfs hagere Gestalt in der Nähe auf.

»Mit was für Kieselsteinen ich mein Leben bezahle?«, fragte das Genie ironisch. »Mit Geld natürlich! Doch nicht die Sache ist entscheidend, sondern die Einstellung zu ihr! In meinem Bewusstsein wird alles zum Artefakt! Meint ihr, ich wäre so blöd nicht zu wissen, dass man für diese zweitausend Dollar eine Menge Gutes kaufen kann? Und wie ich das weiß! Aber die Scheine sind kein Artefakt! Sie zu zerreißen – ist eines! Mir persönlich hat das weitaus mehr moralische, ja sogar physische Befriedigung verschafft, ich habe dabei so etwas wie einen intellektuellen Orgasmus erlebt! Und diese Artefakte wiederum fließen in das harmonische System meines Romans ›Der bodenlose Brunnen‹ ein.«

»Du schreibst einen Roman?«, fragte Schmock, sogar mit Achtung. Er konnte sich einfach nicht abgewöhnen, den schöpferischen Versuchen anderer mit innerer Bewegung zu begegnen.

»Schreiben? Weißt du nicht, dass jedes Wort nur das URWORT zerstört? Weißt du wirklich nicht, dass man nie auf einem leeren Blatt Papier schreibt? Es gibt keine leeren Blätter, immer steht schon etwas darauf! Besudelst du mit deinem Geschreibsel dieses Geschriebene, vernichtest du vielleicht etwas ganz Großes! Ist es nicht so?«

Schmock spürte, dass das Genie irgendwo Recht hatte. Und die quasidämonische Idee mit dem Seelenverkauf und der Quittung erschien ihm plötzlich läppisch.

UNVOLLENDETES GENIE, der sich als Sieger fühlte, wollte noch eins draufsetzen.

»Oder sie hier«, er zeigte auf das Mädchen. »Ich liebe sie, wie ihr es nennt. Aber auf andere Weise. Nehmen wir an, ich trinke Kaffee, ja? Dann sage ich doch nicht: mein Kaffee! Und wenn ich es sage, dann bloß so, als Redewendung. Kaffee ist für alle und jeden da. Habe ich welchen, warum soll ich anderen dann keinen spendieren? Ebenso aberwitzig klingt es, wenn man sagt: meine Frau! Und es ist völlig natürlich, sie anderen anzubieten. Übrigens handeln viele so genannte Urvölker in ihrer instinktiven Weisheit ähnlich. Zieh dich aus, Kleines«, sagte er zu seiner Freundin.

Sie tat es, was ihr nicht viel Mühe bereitete, weil sie nur zwei oder drei Sachen trug, und dann lag sie da, geschmeidig, glatt und schlank, und schaute ruhig zur Decke.

»Ist sie nicht hübsch?«, fragte das Genie.

Schmock hielt den Atem an, Parfjon hingegen sog geräuschvoll Luft ein, und Schlanges Adamsapfel glitt gluckernd auf und ab in seinem Hals.

»Also bitte, bedient euch!«, offerierte der stolze Besitzer.

»Sie ist doch kein Kaffee, man müsste sie wenigstens fragen!«, entfuhr es Schlange.

»Jetzt ist sie der Kaffee. Und dann kann ich es sein. Die Koexistenz zweier Menschen in gegenseitigem Einverständnis und mit wechselseitigen Kompromissen – eine Utopie! Was wir brauchen, ist ein gleichgewichtiger Austausch von Tyranneien. Ich tyrannisiere dich mit etwas, du mich mit etwas anderem. In gegenseitigem Einvernehmen. Hauptsache, es gibt ein Gleichgewicht. Auge um Auge, Zahn um Zahn heißt es im weisen Alten Testament, in eurem Neuen, von Menschen zusammenphantasierten, findet ihr so etwas allerdings nicht! Na? Wer ist der Erste?«

Die Freunde rührten sich nicht.

»Dachte ich mir's doch! Ihr seid ja zu dritt. Oh, dieser

Herdentrieb! Die ganze Menschheit ist eine Herde! Jeder hat Angst davor, was die anderen denken! Na gut, trinken wir eben richtigen Kaffee. Kleines, gib dir Mühe für die Freunde.«

»Geh selber«, sagte das Mädchen, zog sich an und griff wieder nach dem Buch.

»Das nenne ich Auge um Auge! Das Gleichgewicht ist wiederhergestellt! Die Harmonie obsiegt«, triumphierte das Genie mit seiner anschaulichen Wahrheit. »Na schön, gehe ich eben Kaffee machen!«

Doch die Freunde lehnten dankend ab, standen hastig auf und gingen.

»Psst!«, sagte Schlange plötzlich, kaum dass die Tür hinter ihnen ins Schloss gefallen war. Sein wahrhaft schlangenhaftes Gehör hatte irgendetwas vernommen. Bald darauf, als der Lärm anschwoll, konnten auch Parfjon und Schriftsteller die Worte verstehen:

»Ich bin nicht deine Nutte, dass du mich jedem unterschiebst!«, schrie das Mädchen.

»Dich will doch gar keiner! Das ist Artefakt! Aber Kaffee hättest du wenigstens kochen können, du nacktbeinige Schlampe!«

»Haben wir denn welchen?? Ich hätte mich fast bepisst, so geschockt war ich, als du das Geld zerfetzt hast!«

»Dämliche Trine, guck doch hin, wie akkurat ich die Scheine zerrissen habe! Die kann ich bei jeder Bank umtauschen, drei, vier Hunderter büßen wir ein, mehr nicht!«

»Und die brauchen wir ja auch überhaupt nicht, diese drei, vier Hunderter, was, du Trottel?! Du unvollendetes Genie! Warum hast du denen denn nicht erzählt, dass du deinen ›Bodenlosen Brunnen‹ (das Mädchen ersetzte das erste B durch ein H und verwandelte den Titel damit in eine vieldeutige, grobe Beschimpfung) von allen Redaktionen und Verlagen zurückkriegst?«

»Lass den Roman in Ruhe, Kätzchen! Sonst gibt's was in die Fresse!«

»Zwischen die Eier willst du wohl nichts, hä, du verfi… Idiot?«

Hier wurde es den Freunden zu bunt. Sie gingen.

Die drei liefen wortlos nebeneinander und jeder schwieg über das Seine.

Kapitel dreiundzwanzig,

in dem Schmock darüber schweigt, wie bedeutsam das Geheimnis des UNVOLLENDETEN GENIES für sein Leben war, wie produktiv das Wetteifern mit einem Menschen, der zwar nichts geschrieben hatte, doch ihn, Schmock, allein durch die Möglichkeit, dass er etwas Großes erschaffen konnte, unsäglich herausforderte; man musste schließlich davon ausgehen, von Genies umringt zu sein, anderenfalls würde nie jemand etwas hervorbringen; und überhaupt beleidigte es ihn, Schmock, immer wieder, wenn er Kleinlichkeit sah in dem, was erhaben und ernst schien, wie viel Freude bereitete es dagegen, das Große im Kleinen zu entdecken, doch wie viel traurigen Verdruss, auf vollendete Täuschung und Gaunerei zu stoßen: Fast hatte er, Schmock, weinen müssen, als er erfuhr, dass der Poet Wirski, der jahrelang die Hirne sämtlicher Liebhaber der Dichtkunst vernebelte und schließlich gar als derjenige gefeiert wurde, der der russischen Lyra den vollkommenen Blankvers gab, dass die-

ser Wirski also nichts anderes war als ein Übersetzer aus dem seltenen, uralten Balabandi, ein Dolmetsch, der ein paar Papyrusrollen mit der Beschreibung von Rezepten für die rituelle Zubereitung von Menschenfleisch übertragen und als eigene Schöpfung ausgegeben hatte (worauf plötzlich alle Welt unisono von Wirskis phänomenaler Dichtkunst zu schwärmen begann und darin die unverkennbare Auflösung und Neuerschaffung des menschlichen Geistes zu erkennen glaubte!); freilich könnte mancher Leser nun einwenden, dass solche Schriftsteller wie unser liebenswerter Schmock in der Gegenwart gar nicht existieren, aber nein, glauben Sie mir, das stimmt nicht. (Was denn für Beweise? Ich sage es Ihnen doch!);

und Schlange schweigt darüber,

welche wahrhaft bodenlosen Abgründe sich auftun in den Menschen und ihren Köpfen: Auch wenn dieser Mann seinen Roman immer wieder zurückbekommt, er bleibt hartnäckig, arbeitet weiter, denkt und existiert, ohne Angst, verrückt zu werden, während er, Schlange, sich das ganze Leben bloß aufgespart hat – und wofür? – für den hemmungslosen Suff, dabei ist doch gerade der Suff jener Wahnsinn, den er, Schlange, stets fürchtete, und der sich nun von einer anderen Seite heranschleicht; also beschließt Schlange, überwältigt von dieser Erkenntnis, unbedingt eine Tragödie zu schreiben mit dem Titel »Die Menschheit als Verkörperung des Nichtseins«;

und Parfjon schweigt darüber,

dass das schlanke Mädchen in ihm Erinnerungen wachgerufen hat an seine Geliebte, die fortgegangen ist, was ihm sehr zu schaffen machte; alle Versuche, Ersatz für sie zu finden, endeten erfolglos, später lief ihm eine Frau über den Weg, die war Prostituierte, und zwar eine Edelhure, doch ging sie weder auf den Strich, noch arbeitete sie in einem Massagesalon, sondern besaß eine eigene Wohnung, zu ihr kam man nur auf Empfehlung, und sie verlangte Unsummen; Parfjon, der angebissen hatte, musste lange sparen, vor kurzem war er zu ihr gegangen, und was er dort erlebte, beeindruckte ihn tief: Sie unterhielt sich zwei Stunden mit ihm, er spürte, dass sie sich wirklich für ihn interessierte, und ihre Leidenschaft war erst recht nicht gespielt, an der Tür verabschiedete sie sich lange von ihm, so als wolle sie noch etwas sagen, habe aber Angst davor; er überlegte, ob sie sich womöglich in ihn verliebt hatte, wollte sie die ganze Zeit noch einmal besuchen, doch irgendwie kam immer etwas dazwischen; und jetzt sagte Parfjon zu seinen Freunden … – doch das heben wir uns für das nächste Kapitel auf.

Kapitel vierundzwanzig,

in dem Mila die Hauptrolle spielt.

»JUNGS«, SAGTE PARFJON, »haben wir nicht tausend Dollar übrig? Schlagt die auf meinen Anteil drauf. Ich muss mal wohin … gleich in der Nähe … Wartet auf mich, ihr könnt ja inzwischen dort drüben in der Bar ein Bierchen zischen, okay?«

Schlange und Schmock sahen ihn an und sagten:

»Geht schon klar.«

Parfjon ging zu einem der so genannten noblen Häuser im Zentrum. Aus der Gegensprechanlage ertönte Milas vertraute Stimme (eigentlich hieß Mila Ljudmila, wie übrigens auch Parfjons verflossene Geliebte).

Parfjon nannte seinen Namen.

»Sind Sie bestellt?«

»Nein, aber ich wollte …« Er verstummte.

»Na schön, ich habe zufällig Zeit.«

»Einen anderen hätte sie bestimmt weggeschickt!«, ging es Parfjon plötzlich durch den Kopf, und ein Vorgefühl von Glück ergriff ihn.

»Gedulden Sie sich einen Moment, ich muss mich erst anziehen.« Mila, nur in einem Morgenrock, entfernte sich.

Parfjon wartete in ihrem außerordentlich heimeligen, außerordentlich eleganten Vorzimmer, das lediglich ein wenig verdorben wurde von einem Aushang, der zwar an einer unauffälligen Stelle – zwischen Stromzähler und Garderobenschrank – angebracht war, aber doch in Form und Inhalt allzu amtlich wirkte:

Preisliste Nr. 1

1. Dem Kunden an der Schwelle Stiefel (bzw. Schuhe) ausziehen 20 $
2. Sich vom Kunden mit »Hure«, »Kuh«, »verquollene Fresse« sowie anderen unanständigen Ausdrücken belegen lassen 5 $
3. Dem Kunden Kohlsuppe mit saurer Sahne und ein Glas Wodka servieren 10 $
4. Die Klagen des Kunden über das Leben anhören 2 $
5. Auf Wunsch des Kunden aus dem eigenen Leben erzählen 2 $
6. Einen Striptease hinlegen, im Takt zum Schenkelklatschen und Füße-Aufstampfen des Kunden 20 $

7. Dampfbad spielen, einschließlich der Verabreichung entsprechender Schläge mit Birkenruten (inklusive Kosten für Saunabesen) 20 $
8. Hauptdienstleistung
   a) »Wie im Fernsehen« 150 $
   b) »Wie's Manja vor 20 Jahren mit mir gemacht hat« 150 $
   c) Wie es dem Kunden gerade einfällt (ohne Pervers.) 20 $
9. Toilettenartikel, Getränke u. a. Preis nach Vereinbarung
10. Besondere Dienstleistungen – Preis nach Vereinbarung
11. Körperverletzungen, Ausschreitungen sowie sadomasochistische Praktiken sind untersagt

Preisliste Nr. 2

1. Empfang des Kunden mit den Worten »Wieder da, du Trottel?« 2 $
2. Durch Schubsen und Faustschläge unterstützte Beförderung des Kunden zum Waschbecken sowie in die Küche 2 $
3. Servieren angebrannter Bratkartoffeln und einer Flasche Bier mit den Worten »Mehr verdienst du nicht« 5 $
4. Anhören von Vorwürfen und Beschuldigungen seitens des Kunden 5 $
5. Überschütten des Kunden mit Vorwürfen und Beschimpfungen (auf Wunsch unter Zufügung leichter Körperverletzungen) 20 $
6. Hauptdienstleistung (mit Verweigerung,

Vorschützen von Krankheit und Unwohlsein, anschließender widerwilliger Zustimmung und Ausführung ohne jede Gefühlsregung) 200 $

7. Siehe Pkt. 9, 10, 11 der Preisliste Nr. 1

Preisliste Nr. 3 300 $

»Ich wollte schon beim letzten Mal fragen«, sagte Parfjon.

»Was?«

»Zu den Preislisten.«

»Die Frage höre ich oft.« Mila runzelte ein wenig die Stirn. »Wenn ich sie Ihnen beantworte, ist das eigentlich eine besondere Dienstleistung.«

»Ich bezahle!«, Parfjon griff nach dem Geld.

»Später. Was interessiert Sie denn genau?«

»Folgendes zum Beispiel: Ihre ersten beiden Preislisten sind für die so genannten einfachen Leute, ja?«

»Gut, wenn Sie sie so nennen wollen.«

»Das sind also die meisten?«

»Nein. Es ist einfach so, dass man denen, die nach der dritten Preisliste bedient werden, nichts erklären muss.«

»Verstanden … Aber warum kostet es fast nichts, wenn Sie sich Beleidigungen anhören oder von sich erzählen, während Sie für das Stiefelausziehen happige 20 Dollar nehmen?«

»Ganz einfach. Ich höre die Beleidigungen gar nicht, sondern denke an etwas völlig anderes, das fällt mir nicht schwer. Und wenn ich von mir erzähle, geht das auch ganz automatisch und kostet mich ebenfalls keine Mühe. Manchmal komme ich zwar richtig in Fahrt, fange an, alles auszuschmücken, erfinde ein ganzes Theaterstück, aber das bereitet mir ja selbst Vergnügen, und es wäre eine Schande, dafür Geld zu nehmen. Dagegen ist das Stiefelausziehen so teuer, weil ich es hasse. Es gibt auf der Welt nichts Scheußlicheres als Männersocken.«

»Verstanden. Und warum kostet ›wie es dem Kunden gerade einfällt‹ nur 20 Dollar?«

»Weil das üblicherweise nicht mehr als einige Sekunden dauert. Ich nehme kein Heidengeld für geringen Aufwand.«

»Ich glaube, bei Preisliste Nr. 2 ist mir jetzt alles klar … obwohl … Eigentlich parodieren ja beide Listen unverkennbar Beziehungen von Eheleuten!«

»Natürlich. Ich habe sehr schnell erkannt: Viele Kunden suchen überhaupt nichts märchenhaft Neues. Manche wollen sich überzeugen, dass nicht sie allein so einen Hausdrachen haben – für sie gilt Preisliste Nr. 2. Andere brauchen gleichfalls eine Ehefrau, aber eine zärtliche, mitfühlende. Für diese Kategorie ist Preisliste Nr. 1 gedacht. Und wieder andere bringen, wenn sie sich nicht wie zu Hause fühlen, überhaupt nichts fertig! Bei ihnen hat sich in den langen Jahren ein Schema F entwickelt. Wobei, wie Sie sicher verstehen, auch Mischformen vorkommen. Preisliste Nr. 1 kann auch einmal in Nr. 2 übergehen oder umgekehrt. Aber ich bin für Ordnung und Genauigkeit.«

»Ich persönlich kann mich an nichts aus den ersten beiden Preislisten erinnern. Sie müssen mich also nach der dritten bedient haben. Wofür ist die?«

»Für das, was Sie und ich gerade tun. Etwas lässt Ihnen keine Ruhe, Sie sind ebenfalls beseelt von einem Drang nach Ordnung, sehnen sich nach Regelungen. Ihre Frage nach den Preislisten entspringt keiner müßigen Neugier, das habe ich gespürt und Ihnen deshalb dies alles erzählt. Nicht ohne Vergnügen. Macht zwei Dollar. Denn!«, Mila hob ihren gepflegten Finger, »denn man darf nichts kostenlos tun. Das ist das Gesetz des Kommerzes, und ich bin nun einmal, ob Sie es wollen oder nicht, kommerziell tätig.«

»Ja, natürlich … Trotzdem, was hat es auf sich mit dieser dritten Preisliste? Warum sind dort keinerlei Preise verzeichnet?«

»Oh, Sie wagen sich weit vor! Das erzähle ich niemandem!«

»Und wenn ich Sie sehr bitte?«

Mila überlegte.

»Komisch«, sagte sie, »aber ich fühle: Wenn ich Ihnen von der dritten Preisliste erzähle, ist das in Ihrem Falle so, als würde ich die Leistungen ausführen … Die Kunden sind ja verschieden. Jeder möchte etwas anderes. Einige wissen überhaupt nicht, was sie wollen. Sie direkt zu fragen: ›Was soll's denn sein?‹, das wäre vulgär wie auf dem Straßenstrich. Ich bin teuer, weil ich es erspüre. Bereits in den ersten Minuten muss ich den Charakter des Mannes verstehen, seine Neigungen, seine geheimen Träume und so weiter. Und ihn dann damit überraschen, dass ich diese unausgesprochenen Wünsche erfülle.«

»Einfach und genial.«

»Daran ist nichts Geniales, das kann jede Frau, wenn sie will. Die wenigsten verlangen von mir nur, Entschuldigung, den Akt. Den holen sie sich bei anderen. Aber auch zu viel inniges Verständnis schadet. Denn wer hierher kommt, hat außer der Frau noch eine Geliebte, manchmal sogar zwei. Und das heißt – überall Verantwortung. Die Beziehung zu mir bedeutet keinerlei Verantwortung. Und bleibt ein absolutes Geheimnis. Bei einer Prostituierten trägt man auch keine Verantwortung, bekommt allerdings nur einen Körper. Ich bin eine Amanta (wie ich mich nenne), ein weiblicher Amant, ein Körper mit Seele, eine Schauspielerin, und zwar eine gute. Es gibt fast keine Prostituierte, die nicht auch Leidenschaft vortäuschen kann, aber ein kluger Mann durchschaut das, und wird, wenn er auf sich hält, nicht dorthin gehen. Für mich – die Schauspielerin – besteht der Genuss nicht einfach darin, dem Mann, grob ausgedrückt, körperliche Befriedigung zu verschaffen, sondern es so zu tun, dass er an meine Leidenschaft glaubt. Dafür gibt es nur einen Weg: sich selbst in Leidenschaft zu versetzen. Und nur ganz selten gelingt mir das nicht. Meist liebe ich denjenigen, mit dem ich es gerade tue, sogar. Für die Zeit, die er bezahlt hat. Aber da liegt das Problem: Einige wollen mich heiraten oder eine langfristige Beziehung … schrecklich«, seufzte Mila. »Denen muss ich dann erzählen, ich hätte geschworen, bis zu meinem dreißigsten Lebensjahr niemandem zu gehören.«

»Das heißt … Sie haben also beim letzten Mal, als ich dachte …«

»Ja.«

»Na wunderbar … Aber weshalb erzählen Sie mir das? Ein Schauspieler oder eine Schauspielerin darf doch auf der Bühne nicht plötzlich aus der Rolle fallen. Jetzt weiß ich es, und wenn Sie gleich wieder Ihre Show abziehen, glaube ich Ihnen nicht mehr!

»Ich werde keine Show abziehen. Weil Sie nicht deshalb gekommen sind.«

»Richtig.«

»Sie wollen mich heiraten, ja?«

»Ja. Oder …«

»Nein. Gerade deshalb habe ich es Ihnen erzählt. Sie gehören zu den Kunden, von denen ich mich für immer trenne. Sie wollen sogar hier bei mir Verantwortung übernehmen.«

Parfjon sah sich um. Alles, was ihm vorher so bezaubernd, nur für ihn gemacht zu sein schien, wirkte jetzt so funktional und nüchtern wie etwa das Behandlungszimmer eines Zahnarzts. Ja, der Zahnarzt ist gut gelaunt und du bildest dir ein, du seiest ihm persönlich sympathisch, während du in Wirklichkeit für ihn nur ein Kiefer bist, der eintausendste, zehntausendste Kiefer!

»Warten Sie!«, rief Parfjon. »Sie arbeiten ja nicht nur zu Ihrem Vergnügen! Sie arbeiten wegen des Geldes, Mila!«

»Hauptsächlich deswegen. Und ich heiße nicht Mila.«

»Ich habe Sie nicht gebeten, sich so zu nennen, das waren Sie!«

»Ich habe gespürt, dass Sie diesen Namen brauchen.«

»Ach, so ist das«, sagte Parfjon, der sich gekränkt fühlte. »Ich zahle das Dreifache. Zieh dich aus!«

»Oho! Wenn ich etwas nicht ausstehen kann, dann das.«

»Tausend Dollar in bar!« Parfjon warf ihr die Scheine hin.

»Nicht für zehntausend!«

»Und wenn ich wirklich zehntausend hinlege?«

»Hau ab, Onkel. Es stehen genug Nutten auf der Straße rum, für jeden Geschmack.«

Die Demütigung traf Parfjon tief. So behandelte man einen wie ihn nicht! Und ihm fiel wieder ein, dass er immerhin ein Vertreter der Macht war, Beziehungen hatte!

»Jetzt hör mal zu, Milalein«, sagte er, lehnte sich lässig im Sessel zurück und schlug die Beine übereinander. »Wenn du mich jetzt nicht bedienst, sämtliche Preislisten rauf und runter für den normalen Preis, dann ist dieses feine Liebesnest morgen zu. Du weißt nämlich nicht, wer ich bin …«

»Und will es nicht wissen!«, unterbrach ihn Mila. »Droht mir auch noch! Morgen? Morgen lebst du gar nicht mehr, nach einem halben Jahr fischen sie deine Leiche bei Astrachan aus der Wolga, kapiert? Du schaffst es noch nicht mal fünfundzwanzig Schritte von meinem Haus weg! Hast du das kapiert, du verfi… Sau, du Arschwichser, du Mutterfi…, verschissener?«

»Wenn das so ist!« Parfjon erhob sich drohend.

Mit einer jähen Bewegung knallte ihm Mila die Faust in das Sonnengeflecht (ein Schlag, der, zugegeben, nicht von schlechtern Eltern war!), trieb ihn mit den spitzen Absätzen ihrer Schuhe zur Tür (wie das wehtat!), wobei sie wahllos auf ihn eintrat – gegen die Beine, in die Rippen, an den Kopf (Mann, war die Schlampe gelenkig!), riss sie auf und beförderte ihn mit einem letzten Fußtritt zur Treppe, wo Parfjon die Stufen hinabpolterte, während ihm Mila obendrein noch nachspuckte und die Tür mit einem lauten Krachen zuwarf.

… Parfjon brachte sich in Ordnung. Er betastete seinen Körper: alles heil.

»Na wartet!«, sagte er bedeutungsschwer, wenn auch nur in Gedanken, und meinte damit quasi nicht Mila, sondern diese ganze dreckige Menschheit, die ihn, Parfjon, in den Dreck getreten hatte.

Ich, der Autor, weiß schon, was dieses verzweifelte, unheilvolle »Na wartet!« bedeutet und welche Folgen es nach sich zieht, bitte die Leser jedoch untertänigst, sich noch etwas zu gedulden.

Kapitel fünfundzwanzig,

in dem die Freunde die Versuchung der Macht ausspielen, ihre Theatralisierung der bösen Tat endgültig scheitert, überhaupt alles schief geht und obendrein das Geld schon wieder …

»Na, hast du jemanden in Versuchung geführt?«, wollte Schmock von Parfjon wissen.

»Alles Schwachsinn!«, versetzte der. »Diese ganzen Versuchungen und so … Aber zu guter Letzt würde ich mir doch gern noch die Reaktion von ein paar Leute angucken!«

»Wieso zu guter Letzt?«

Statt zu antworten, führte Parfjon die Freunde schnurstracks zu einem riesigen Amtsgebäude. Parfjon durfte problemlos hinein, Schmock musste seinen Ausweis – den er für alle Fälle immer bei sich trug – vorlegen und bekam einen Passierschein ausgestellt, Schlange jedoch hatte weder einen Ausweis dabei, noch besaß er überhaupt einen. Das Papierchen war vor etwa fünf Jahren verschütt gegangen, ohne dass sein Fehlen Schlange während der ganzen Zeit auch nur ein einziges Mal Unannehmlichkeiten bereitet hätte. Parfjon und Schmock beschlossen deshalb, Schlange unter dem wachsamen Auge des uniformierten Pförtners in der Eingangshalle zurückzulassen, es würde ja nicht lange dauern.

Parfjon betrat ein Zimmer, setzte sich mit der größten Selbstverständlichkeit an den Computer, tippte einen kurzen Text und druckte ein paar Blätter aus. In einem anderen Zimmer schnappte er sich unter Witzchen und Späßchen bei der Sekretärin ein Amtssiegel, das er auf die Seiten drückte.

Danach gingen er und Schmock in ein Büro.

Dort residierte geschäftig ein fast kahlköpfiger, bebrillter Mann, der mit einer Hand irgendetwas schrieb, während die andere den Telefonhörer hielt. Er nickte ermunternd, Parfjon und Schmock traten ein.

Als der Kahlköpfige das Telefonat beendet hatte, sah er – immer noch schreibend – Parfjon fragend an. Dieser legte wortlos das Quittungsblatt und zweitausend Dollar vor ihn hin. In der Erwartung, etwas erklären zu müssen. Was jedoch nicht erforderlich war. Der Kahlkopf bewegte die Lippen und las:

»Ich … bin einverstanden, dem Teufel meine Seele zu verkaufen … zweitausend Dollar … Stempel, Unterschrift.« Wieder setzte er beide Hände ein. Während die eine das Papier unterschrieb, fächerte die andere die Dollarscheine auf, um sie zu zählen. Die Quittung reichte er Parfjon, das Geld bedeckte er mit einer Aktenmappe.

»Alles erledigt?«, fragte Parfjon.

»Scheint so …«

Das Telefon klingelte, der Kahlköpfige nahm ab und begann zu sprechen.

Schmock und Parfjon warteten noch einen Moment, dann gingen sie.

»Tja«, sagte Schmock im Korridor.

»Tja«, sagte Parfjon. »Da hast du die ganze Theatralisierung der Untat. Da hast du das Artefakt, wie dein

UNVOLLENDETES GENIE sagen würde. Aber macht nichts, besuchen wir eben noch ein Büro.«

Der Mann in dem anderen Zimmer hatte Ähnlichkeit mit Parfjon, nur dass er ein bisschen dicker war. Als er Parfjon sah, freute er sich wie über einen lieben Verwandten.

»Parfjonytsch kommt mich besuchen! Herein mit dir, mein Bester! Wo treibst du dich denn seit heute Morgen rum?«

Auch Schmock nickte er höflich zu und sah dann Parfjon fragend an: War eine förmliche Vorstellung opportun? Nicht nötig, signalisierte dieser.

Parfjons Doppelgänger hatte offenbar vor dem Eintreffen der Freunde Däumchen gedreht, denn er freute sich aufrichtig über den Besuch, goss Tee ein, stellte einen Aschenbecher hin und erzählte einen Witz.

»Ich komme mit einer Neuigkeit«, begann Parfjon. »Wir nominieren einen neuen Kandidaten.«

»Wen denn und wofür?«

»Wirst du gleich erfahren. Aber es gibt da eine ungewöhnliche Bedingung, verstehst du. Man muss dem Teufel seine Seele verkaufen.«

»Was?«

Parfjon schob seinem Doppelgänger die Quittung hin.

Der las. Schweißperlen traten ihm auf die Stirn. Er griff nach dem Telefonhörer.

»Lass mal. Ich habe Anordnung, mit jedem einzeln zu sprechen. Das hier ist der Bevollmächtigte aus Moskau.«

»Aber die Bedingung ist wirklich komisch. Parfjonytsch, alter Freund, das musst du mir erklären. Und das Geld gibt's wirklich auf die Kralle?«

»Hier.« Parfjon legte die Scheine vor ihn hin.

Sein Doppelgänger zählte nach und schwitzte noch mehr.

»Und mit jedem nur einzeln?«

»Absolut. Jeder weiß, dass die anderen etwas wissen, aber keiner weiß, wer genau was weiß. Die klug sind, halten den Mund und fragen nicht.«

Der Doppelgänger war schweißgebadet. Er stand auf und begann in seinem Arbeitszimmer hin und her zu laufen. Dann fasste er einen Entschluss. Setzte sich an den Tisch. Sagte streng:

»Versteht ihr, was das bedeutet? Du, Parfjonytsch, weißt ja, dass mich meine Mama hat taufen lassen, hier, das Kreuzchen (er riss es unter der Krawatte, unter dem Kragen hervor), habe ich mich jemals davon getrennt?! Du weißt, ich faste, gehe in die Kirche, ehre meinen wahrhaftigen Gott …« Hier versagte dem Doppelgänger vor Hysterie die Stimme.

»Aber eigentlich«, fuhr er fort, als er sich beruhigt hatte, »sind zweitausend ja lächerlich. Die anderen kriegen vielleicht zehntausend hingeblättert.«

»Alle kriegen zweitausend, ehrlich. Wir können höchstens noch einen Tausender drauflegen.«

»Aber nicht bei mir?!«

»Bei dir auch.« Parfjon breitete die letzten tausend Dollar (Schlanges Geld natürlich nicht eingerechnet) vor ihm aus.

Der Doppelgänger zählte nach und quittierte.

»Was sind das bloß für Zeiten!«, sagte er bitter zu Parfjon. »Gibt's denn wirklich keine anderen Methoden, um dem Fortschritt zum Durchbruch zu verhelfen?«

»Nein.«

»Mit euch gerät man noch auf Abwege!«

»Und jetzt die Quittung, Dimytsch.«

»Was für eine Quittung?«

»Die Quittung! Mach keinen Quatsch, Dimytsch.«

»Habe ich euch die nicht gegeben?«, tat Doppelgänger Dimytsch verwundert.

»Auf den Fußboden hat er sie klammheimlich geschmissen«, sagte Schmock schadenfroh wie ein kleiner Junge. Er hatte es gleich bemerkt, sich aber den Triumph aufgehoben.

»Das war keine Absicht, ich schwör's bei Gott«, bekreuzigte sich Dimytsch im Vollgefühl seiner Redlichkeit.

Parfjon hob die Quittung auf, steckte sie in die Tasche und sagte:

»Mach's gut, Judas! Nicht nur, dass du Menschen verkaufst, jetzt hast du sogar deine unsterbliche Seele verhökert!«

»Na, na, na! Wieso denn Seele, wenn es um hohe Politik geht?! Meine Seele ist heil und unversehrt!«

»Das kann ja wohl nicht sein!«

»Doch. Papier bleibt eben Papier. Und meine Seele, die ist schön da, wo sie hingehört!«

»Du hast doch eigenhändig unterschrieben, dass du sie dem Teufel verkaufst!«

»Unterschrieben schon, aber der Text über den Verkauf und so, der ist aus dem Computer! Vielleicht bin ich ja gefoltert worden?! Vielleicht hat man mir die Unterschrift arglistig abgeluchst?! Gott erkennt stets die Wahrheit. Er vergibt denjenigen, die in die Irre gehen, die Versucher aber straft er!«

Bei diesen Worten holte er wieder das Kreuz hervor und küsste es mit der todesüberwindenden Inbrunst des Glaubens, für die erbärmlichen Menschenwichte, die da vor ihm standen, hatte er nur den schwarzen Blick des unversöhnlichen Propheten übrig.

Schmock und Parfjon, denen keine Erwiderung einfiel, traten den Rückzug an.

»Was wolltest du denn bloß von dem?«, fragte Schmock. »Arbeitet ihr etwa zusammen?«

»Klar. Und er hat mir eine Menge Gemeinheiten untergejubelt. Da hatte ich so einen Verdacht. Dass er überhaupt ein Halunke ist. Das wollte ich prüfen.«

»Der ist ein Halunke, und was für einer«, sagte Schmock.

»Denkst du, ich bin blöd?«, schrie Parfjon darauf mit jener lebendigen menschlichen Stimme, mit der man in den Korridoren der Macht (wie übrigens auch in allen anderen) nicht schreit. »Denkst du, ich hätte das nicht auch so gewusst? Wozu musste ich mir die Hände schmutzig machen? Bin ich denn selber kein mieser Kerl? Ich wollte heute für einen Tausender eine Frau kaufen – mitsamt der Seele und allem Drum und Dran! Und du, bist du etwa kein Lump?«

»Doch, bin ich«, bestätigte Schmock.

»Was veranstalten wir dann für einen Zirkus? Spielen mal Wohltäter, mal böse Versucher! Was würden normale Leute an unserer Stelle tun? Die würden den größten Batzen verstecken und für den Rest richtig einen draufmachen, feiern, dass die Heide wackelt, dass man keinen Anstand mehr kennt! Bis zum Boden der Gemeinheit! Du willst Schriftsteller sein, also musst du alles durchmachen bis zur letzten Stufe der Niedrigkeit, mit eigener Haut … Ich sage es noch einmal, bis zum allertiefsten Grund!«

»Und wo ist der?«, fragte Schmock traurig.

»Das werden wir schon sehen!«, schrie Parfjon. Und erstarrte.

»Was hast du?«, fragte Schmock.

»Schlange ist weg«, sagte Parfjon und zeigte hinunter zur Eingangshalle.

»Wieder alles hops?!«, kommentierte Schmock, dem plötzlich einfiel, dass er sich schon lange betrinken wollte.

Kapitel sechsundzwanzig,

in dem die beiden Freunde in vornehmer Reglosigkeit verharren, dem Verschwundenen entsetzliche Gefahren drohen, Leben und Schicksale vor uns Revue passieren und ein Hymnus auf den russischen Menschen gesungen wird.

DIE FREUNDE STANDEN DA UND ERSTARRTEN. Was man ja eigentlich gar nicht sagen kann, weil es so nicht stimmt. »Erstarren« ist kein Prozess, sondern eine Augenblickssache: Ein Mensch erstarrt urplötzlich zur Salzsäule, durch irgendeine Erschütterung. Aber dann kommt wieder Leben in ihn (oder auch nicht, in Abhängigkeit von den Umständen, manch einer erstarrt fürs ganze Leben, vor Liebe zum Beispiel, wobei der Autor der Glaubwürdigkeit halber auf sein eigenes Beispiel verweist: So, wie er vor x Jahren erstarrte, ist er es heute noch, und eine Entstarrung steht kaum in Aussicht).

Aber es gibt ein Land und in diesem Land Menschen, für die Erstarren ein Prozess ist! Wie in einem Zug, der gegen ein Hindernis prallt (Gott möge uns davor behüten und mir das unpassende Beispiel verzeihen!), Gepäckstücke und Passagiere noch lange mit der vorherigen Geschwindigkeit dahinfliegen (was im Übrigen auch auf einigen Hauptstrecken unseres gegenwärtigen Daseins der Fall zu sein scheint), so geht im erstarrten russischen Menschen ebenfalls noch lange vieles um und regt sich, bis er komplett zur Salzsäule versteinert. Und nicht nur das: Ein Teil dieses Menschen gerät in Erstarrung, während sich die anderen weiterbewegen – häufig in ganz verschiedene Richtungen. Statt dass nun also der Wirbelwind zweier Leiber wie in einem Actionfilm aus Hollywood (nicht gerade etwas für die Nacht!) mit Urgewalt zu dem uniformierten Hundsfott von Pförtner hinrast, um aus ihm herauszuschütteln, wohin Schlange verschwunden ist, stieben bei unseren zwei Freunden (anstelle der körperlichen) nur gedankliche Wirbel auf.

Denn erst einmal mussten Schmock und Parfjon wieder daran denken, dass sie, würden sie nicht hier Blödsinn treiben, schon lange am häuslichen Herd sitzen konnten, mit einem Haufen Dollars und überschüttet von den Küssen ihrer Lieben, um als wahre Familienoberhäupter sachkundige Gespräche zu führen über Pelzmäntel, neue Fernsehapparate und andere nunmehr erschwingliche Luxusgüter wie beispielsweise gleich zwei Abonnements für Literatur- und Kunstzeitschriften.

Dann stellten sich die beiden vor, dass der Uniformierte an der Pforte Schlange vielleicht seinen Kollegen übergeben hatte, weil ihm der Typ in den verlotterten Klamotten, aber mit einem teuren – noch dazu am Handgelenk befestigten – Aktenkoffer, weil ihm dieser Penner also verdächtig vorkam! Die Miliz würde den Koffer auf gar keinen Fall wieder herausrücken, das Geld konnten sie abschreiben für alle Ewigkeit! Noch schlimmer wäre allerdings, wenn, angelockt von der Ungereimtheit der Schlange'schen Erscheinung, Banditen, die oft geschäftlich hier zu tun hatten, auf Schlange aufmerksam geworden waren. In diesem Falle würden sie, Schmock und Parfjon, nicht nur Aktenkoffer und Geld, sondern obendrein auch noch Schlange nie wieder sehen: Die Gangster sägten ihm erst die Hand ab (er hatte es ja beschreien müssen!) und dann den ganzen restlichen Schlange in so kleine Stücke, dass man nicht einmal mehr eine Spur fand! Schmock und Parfjon lief es eiskalt über den Rücken.

Danach dachte Schmock (und das alles in einer Zeit, die dem Pförtner nicht einmal für ein Blinzeln gereicht hätte), dass Schlange nun verschwunden war und er, Schmock, ihn nicht mehr fragen konnte, wie und wovon er in letzter Zeit gelebt hatte. Sie waren Schulfreunde gewesen, dann ging jeder seiner eigenen Wege, seinem eigenen Schicksal nach, doch es gab ja Berührungspunkte, und wer, wenn nicht er, Schmock, hätte sie herausfinden können! Aber er hatte nicht gefragt: Wie geht's dir, Schlängelchen, warum lebst du allein, was bringt dich um den Schlaf in der Nacht, woran denkst du, wenn du dem Zug von Wildgänsen am Himmel nachschaust, hier unten auf der Erde plappernde Kinder betrachtest? Das alles hatte er nicht gefragt! Und nun war Schlange gegangen, jetzt würde er ihn nie mehr fragen können!

»Doch, du kommst noch dazu!«, dachte plötzlich Parfjon, den – welch erstaunliche Übereinstimmung – das gleiche Thema beschäftigte. »Ein Mensch geht ja nicht von uns, er geht in uns! Solange er bei uns und neben uns ist, interessiert er uns weniger, aber wenn er geht, fängst du an, ihn mit Fragen zu löchern, ebenso wie er dich, und plötzlich träumst du von ihm, träumst und träumst nur von ihm, bis du tränenüberströmt aufwachst! Als Lebender ruhte er in sich selbst, ein wenig lebt er auch an unserer Seite, und ein ganz klitzekleines bisschen in uns. Wenn er fortgeht, geht er vollständig in uns ein!«

»Aber das heißt ja«, kam Schmock eine Erkenntnis »dass wir auf furchtbare Weise reicher werden! Schwerer ... weiser ... Wir denken mehr an die, in denen wir bleiben. An uns selbst – in einem höheren Sinne!«

An dieser Stelle begann mich, den Autor, der ebenso reglos wie die beiden Freunde daneben stand, das Gewissen zu plagen. Da hatte ich nun so viele Seiten voll geschrieben und doch nicht vernünftig erzählt, was das eigentlich für Leute waren: Schlange, Parfjon und Schmock, oder anders: Sergej Viktorowitsch Uglow, Pawel Pawlowitsch Parfjonow und Iwan Alexejewitsch Swinzitski ... Alles nur husch, husch. Dabei stand doch hinter jedem von ihnen ein Leben, ein Schicksal. Oh, diese verfluchten Gesetze des Genres, die einem verbieten, allzu lange innezuhalten in der Bewegung, die unaufhaltsam vorwärts jagen muss wie die berühmte Troika in Gogols »Toten Seelen«. Wobei sich Gogol, der, mit Verlaub, vom Genre her Vergleichbares schuf wie der Verfasser des vorliegenden Textes, Abweichungen vom Thema leisten konnte. Aber dafür war er, wie Sie zu Recht anmerken, ja schließlich auch Gogol ...

Gäbe es diese Gesetze nicht, würde ich jedem meiner drei Helden einen eigenen Roman widmen. Und was käme darin nicht alles vor! Schlanges Liebe beispielsweise zu dieser Frau, die seine Angetraute wurde und ihn dann verließ. Er vergaß sie, während sie auf ihn wartete, noch immer auf ihn wartet, aber Schlange weiß es nicht … Oder die Liebe von Parfjons Ehefrau, die ihre Gefühle für Parfjon hinter Sarkasmus und alltäglicher Gereiztheit verbirgt, voller Schrecken in sich den seltsamen Wunsch wahrnimmt, Parfjons Abscheu zu erwecken, damit er sie verlässt und glücklich wird. Ist das keine abgrundtiefe Tragödie, eines Shakespeare würdig?! Und wie viel ich erst über Schmock schreiben könnte! Darüber, wie er hierhin und dorthin hetzt, ohne sich vom Fleck zu bewegen, über seine Romane – die für Geld, die für die Kunst und die, die er mit Frauen hatte, und über das rätselhafteste aller Rätsel im Leben und in den Gedanken seiner Frau Jola …

Doch auf einmal, während ich noch dastand, in den Anblick meiner erstarrten Helden versunken, begann ich in mich hineinzuhorchen, einer inneren Musik zu lauschen, und ich begriff, dass dort drinnen ganz von selbst (ohne Ansehen meiner Nationalität) ein Hymnus auf den russischen Menschen entstand! Ja, mitunter ist er zögerlich, dieser russische Mensch! Nimmt siebenmal Anlauf, ehe er endlich springt – oder es ganz sein lässt! Ja, ja, ja! Aber er zögert schließlich nicht von ungefähr, wägt nicht einfach so ab, sondern – denkt dabei. Ist mit dem Verfertigen eines Gedankens (als Produkt) beschäftigt! Scheinbar vertieft sich der russische Mensch nie voll und ganz in ein Problem, ewig spuken ihm dabei noch irgendwelche anderen, dahergelaufenen Gedankenfetzen im Kopf herum. Da baut er zum Beispiel ein Haus, errichtet eine Wand aus Ziegelsteinen. Und hätte wahrlich genug damit zu tun sich zu überlegen, wie er diese Wand möglichst gleichmäßig und schnurgerade – ordentlich Stein auf Stein – hinbekommt. Und das überlegt er auch tatsächlich, allerdings nicht ohne gleichzeitig, vor sich hin pfeifend, dem völlig unnützen, ganz und gar nebensächlichen Problem nachzugehen, aus welcher Höhe ein Ziegel auf den bloßen Kopf des Vorarbeiters fallen muss, damit dieser nicht erschlagen, sondern nur außer Gefecht gesetzt wird. Welche Rolle spielt dabei die Schwere des Ziegelsteins? Und welche die Festigkeit des Vorarbeiterschädels und dessen Neigung im Augenblick des Ziegelsteinfalls? Und wie wirkt sich das Vorhandensein von Haaren auf diesem Kopf aus? Wie deren Dicke? Wie viel Gewicht halten beispielsweise zehn zehn Zentimeter lange Haare aus, wenn man sie miteinander verflicht? Unsinniges Zeug, möchte man meinen, aber dann kommt unser Maurer nach Hause und erzählt dem kleinen Sohn von seinen Gedanken, und der gerät ins Grübeln, schert sich gar den eigenen Haarschopf ab, beginnt zu experimentieren, und wenn er dann groß ist, die Schule beendet hat, begeistert er sich für die Technologie polymerer Fäden, und wer weiß, vielleicht reisen wir bald nicht mehr auf Schienensträngen aus Metall, sondern aus Polymeren, und Häuser, beispielsweise so ein richtiges neunzehnstöckiges Hochhaus, lassen sich in der Tasche zusammenknautschen wie ein Einkaufsnetz, und dann fährt die ganze Hausgemeinschaft zum Urlaub ans Meer, zieht dort das Netz wieder auseinander, überspannt das stabile Gebäudeskelett mit äußerst reißfesten Fäden – und hat im Handumdrehen ein Zweihundert-Zimmer-Hotel in Hörweite der Brandung.

Na, wenn das nichts ist!

Aber kehren wir zurück zu unseren Helden.

Klar, sie hätten sich auf den Uniformierten an der Pforte stürzen, auf ihn einprügeln, ihn, um Gottes willen, am Ende noch zum Krüppel schlagen können! Aber sie verharrten nun einmal in der typisch russischen Erstarrung. Zwar keiner ewigen, aber immerhin …

Und als sie dann endlich losliefen und sich doch auf den Pförtner stürzen wollten, da knarrte leicht eine Tür in der Wand aus falschem Marmor und heraus trat wohlbehalten: Schlange.

»Wo bleibt ihr denn nur so lange«, sagte er. »Ich musste mal … das Bier hat gedrückt … Der Wasserkreislauf der Natur, da kommt keiner dran vorbei!«

Wer wäre da nicht in Tränen ausgebrochen? Ruhm dem Kreislauf des Wassers in der Natur, Ruhm der Erstarrung, Ruhm dem Schicksal wie dem Leben, Ruhm dem russischen Menschen, ein dreifaches: Ruhm! Ruhm! Ruhm!

Kapitel siebenundzwanzig,

in dem die Freunde über Idole, Götzen, Weltenträger, Väter des Vaterlandes und manch andere Spezies nachdenken, aus triftigen Gründen vom Autor umgebracht werden sollen, aber letztlich doch am Leben bleiben dürfen, während der Autor ein weiteres Mal vom Thema abschweift.

NATÜRLICH WOLLTEN DIE WIEDER VEREINTEN Freunde trinken, was sie denn auch schleunigst in der nächstbesten Imbissstube taten.

»Als ich da auf dem Klo war …«, sagte Schlange, »alles sauber, alles hell … und das ganze Drum und Dran … da kriegt man Achtung vor sich selbst … und kommt auf

Gedanken … so richtig erhabene … Also denke ich mir: Warum wollen wir eigentlich Armen helfen? Davon gibt's viel zu viele! Warum Reiche und Halunken mit unserem Geld ins Verderben stürzen? Da bringen die sich schon selber hin! Eine Prämie, das wäre etwas anderes …«

»Gut gebrüllt, Löwe!«, sagte Parfjon. »Aus! Schluss mit den Wohltätigkeiten! Ich will saufen, einen draufmachen, hübsche kleine Miezen knutschen! Wenn ihr nicht wollt, dann zahlt mir meinen Anteil aus!«

»Hast du keine Achtung vor mir?«, fragte Schlange.

»Doch, aber …«

»Wenn du mich achtest, dann lass mich ausreden. Das habe ich nämlich gerade im Sinn: Achtung. Überlegen wir doch einfach, wen wir am meisten achten. Und dem geben wir unser Geld. Damit er lebt und gedeiht zum Wohle der Menschheit. Als Prämie sozusagen – von uns.«

»Ich achte mich selbst am meisten!«, erklärte Parfjon.

Schmock dachte, dass er das zwar nicht laut sagen würde, aber sicher auch die größte Achtung vor sich selbst empfand. Und wer, wenn nicht er hatte einen Preis verdient für sein jahrelanges uneigennütziges Rackern auf dem Felde der Literatur.

»Du hast schon Recht, bloß das zählt nicht«, sagte Schlange. »Wen achte ich denn am meisten? Mich. Und Mama. Aber außer uns, meine ich, versteht ihr?«

»Da werden wir uns nie einig«, sagte Parfjon. »Jeder will seinen eigenen Kandidaten.«

»Wir suchen einfach einen aus, mit dem alle zufrieden sind. Ich könnte mir eigentlich keinen Besseren vorstellen als den teuren Wladimir Wyssotski, aber der lebt ja nicht mehr, möge die Erde ihm leicht sein!«

»Und ich«, sprach Schmock, »Akademiemitglied Dmitri Lichatschow! Aber der hat schon genug Preise, und außerdem lehnt er sowieso ab. Dafür verehre ich ihn ja gerade: dass er ablehnen würde.«

»Ich verehre niemanden«, sagte Parfjon. »Du sollst dir keine Götzen schaffen!«

»Das ist schlecht«, bedauerte ihn Schlange. »Man braucht einen Leuchtturm in der Seele. Damit man immer daran denken kann: Es gibt so einen Menschen. Dann lebt es sich leichter!«

Die drei verfielen in Nachdenken. Sie ließen in ihren Köpfen all diejenigen Revue passieren, die sich durch Leben und Werk ausgezeichnet hatten, die ihnen selbst leuchtendes Vorbild sein konnten. Nach einigem Überlegen zog Schmock im Stillen Akademiemitglied Lichatschow als Kandidaten zurück. Achtung hatte er schon vor ihm, aber ein Idol? Das mochte seine Seele nun doch nicht bejahen.

»Andere Leute haben Idole wie Sand am Meer«, sagte er. »Und wir kein einziges, wie es aussieht. Wie konnte es bloß dazu kommen?«

Die Freunde grübelten, wie es dazu kommen konnte.

»Hört mal«, sagte Parfjon schließlich und kramte Notizblock und Kugelschreiber aus der Tasche. »Wir müssen die Sache rational angehen, schön der Reihe nach: Politik, Wissenschaft, Kultur, Sport und so weiter.«

Hocherfreut stimmten die Freunde zu.

Sie erstellten eine Liste von Politikern – um einen nach dem anderen zu streichen, denn an jedem fanden sie etwas auszusetzen.

Sie erstellten eine Liste von Wirtschaftsexperten – um alle zu streichen, denn an jedem fanden sie etwas auszusetzen.

Dann erstellten sie eine Liste von so genannten Geschäftsleuten – um sämtliche Namen, kaum dass sie sie zu Papier gebracht hatten, mit einer Grimasse des Abscheus querüber durchzustreichen.

Dann erstellten sie eine Liste von Wissenschaftlern, zumindest denjenigen, die sie kannten – um einen nach dem anderen zu streichen, denn an jedem fanden sie etwas auszusetzen.

Dann erstellten sie eine Liste von Kulturschaffenden – um einen nach dem anderen zu streichen, denn an jedem fanden sie etwas auszusetzen.

Danach erstellten sie eine Liste von Sportlern – um einen nach dem anderen zu streichen, denn an jedem fanden sie etwas auszusetzen.

Die Freunde saßen da und ließen die Köpfe hängen.

Und zwar in einem Café, das sich in der Nemezkaja-Straße (vormals Kirow-Prospekt, davor Nemrespubliki-Straße) befindet, gleich neben einem der größten Buchläden der Stadt. Was nicht unerheblich ist für unsere Geschichte, geschah nun doch Folgendes: Schmock fiel plötzlich etwas ein, er sprang auf, stürmte los und kam einen Augenblick später mit einem dicken Wälzer zurück: »Wer ist wer in Russland«.

»Viele kennen wir gar nicht!«, sagte er euphorisch. »Am besten gehen wir so vor: Wir schlagen irgendeine Seite auf, tippen mit dem Finger auf irgendeinen Namen – und der kriegt dann alles! Es ist ja Schicksalsgeld, Zufallsgeld, also soll auch der Zufall entscheiden! Für irgendetwas müssen die siebenhundert Leute schließlich in dem Buch gelandet sein, oder?«

Parfjon betrachtete die Fotos auf dem Umschlag, dachte, dass er schon keinem von denen, die er dort erblickte, sein Geld geben mochte, geschweige denn denen, die er nicht sah, und zuckte die Schultern. Schlange hingegen geriet in Hochstimmung.

»Darf ich?«

Sie gaben ihm das Werk. Er legte es vor sich hin, befühlte mit den Fingern die Seitenränder. Öffnete das Buch so abrupt, dass ein lautes Klatschen ertönte, stupste blitzschnell mit dem Finger auf einen Namen und las laut:

»Slapovsky, Alexej Iwanowitsch. Den ersten Aufsehen erregenden Erfolg erzielte der aus Saratow stammende Prosaschriftsteller und Bühnenautor 1994, obwohl seine Texte zuvor bereits seit langem gedruckt und seine Stücke an zahlreichen Theatern der russischen Provinz aufgeführt wurden. In diesem Jahr gelangte Slapovsky (den der renommierte Literaturkritiker Andrej Nemser als einen der bedeutendsten Schriftsteller seiner Generation bezeichnet) in die Endrunde des BOOKER-Preises für den besten russischen Roman des Jahres. Er, der die Kunst der Entwicklung eines abenteuerlichen Sujets subtil und meisterlich beherrscht, mit geschliffenem Intellekt brilliert und Ironie gekonnt einsetzt, galt als einer der Hauptanwärter auf den Preis. Und selbst das Eingeständnis des Kritikers Lew Anninski, der die Jury leitete, er, Anninski, habe bewusst (und durchaus erfolgreich) Slapovskys ›Laureatentum‹ zu verhindern gesucht, trug als eine Art Negativkomponente zu Slapovskys Erfolg bei. Denn wo Erfolg ist, da gibt es Ablehnung, gibt es Feindschaft und nicht selten Missgunst (darunter auch den Neid der von der Bühne abtretenden Generation auf die Energie und Kraft der ›aufgehenden Sterne‹ am Literatenhimmel).«

»Das reicht!«, fiel Parfjon Schlange gereizt ins Wort. »Lies lieber, was der so geschrieben hat!«

»Hier steht eine ganze Latte. Ich habe nichts gelesen. Und du?«, wandte sich Schlange an Schmock. »Er ist übrigens auch aus Saratow. Da lebt man gleich nebenan und hat keine Ahnung! Aber du müsstest ihn doch kennen! Bist am Ende sogar mit ihm befreundet?!«

»Irgendwo habe ich den mal kennen gelernt«, sagte Schmock lustlos. »Auch irgendwas gelesen. Amüsant, nichts weiter.«

»Dann brauchen wir ihm auch keinen Goldstaub in den Hintern zu blasen!«, resümierte Parfjon.

Schlange, der die Idee ebenfalls nicht mehr so toll fand, legte das Buch beiseite.

Nichts für ungut, Brüder … Das sage ich euch, euer Vater, euer Autor. Nichts für ungut und besten Dank auch. Ich brauche euer Geld nicht! Sitze ich eben weiter auf goldenen Schuldenbergen, umwallt von den Nebelschwaden einer ungewissen Zukunft … Macht nichts, macht überhaupt nichts! Irgendwie komme ich da schon raus!

Aber ihr, Demütiger und Beleidiger (besonders du, Swinzitski, der du meine Bücher immer gelobt hast, wenn ich dabei war und auch, wenn nicht!), wie gedenkt ihr da rauszukommen? Ihr ahnt ja nicht einmal, was für ein furchtbares Verhängnis sich über euch zusammenbraut. Jawohl, zusammenbraut! Über euch! Denn es steht in der Macht des Autors und hängt allein von seinem Willen ab, die Decke über euren Köpfen einstürzen zu lassen, wozu er lediglich eine Bombe legen muss, ein Stockwerk höher, wo dieser reiche Knopf wohnt, den seine Konkurrenten aus dem Weg räumen wollen. Da bleibt nur ein nasser Fleck von euch und euren idiotischen Gedankenspielen. Da gibt's nicht einmal mehr etwas zum Beerdigen!

Und schon hebt sich die Hand, schon ersteht sie vor dem inneren Auge, jene verlockende Szene aus Flammen, fliegenden Splittern, Schreien und Stöhnen …

Nein, das geht nicht. Erstens, weil ihr drei immerhin lebendige Menschen seid, und zweitens, weil ich bloß große Töne spucke, in Wirklichkeit aber gar keine Macht mehr besitze über euch. Es wird geschehen, was ihr selbst euch einbrockt.

Und letztendlich sind eure Gedanken zwar idiotisch, kommen aber meinen eigenen sehr nahe, denn auch ich habe schon oft überlegt: Warum gibt es in unserer Zeit der Stars und Idole in meiner Seele keinen, den ich uneingeschränkt verehre? Dem ich nach dem Nachtgebet für die Gesundheit meiner Lieben und Nächsten leise durch das Dunkel zuflüstern könnte: »Lebe, teurer Mensch, dich brauche ich am meisten!« Sicher, man braucht viele, die einen weniger, die anderen mehr, aber so richtig, so, dass …

Wenn ich ehrlich bin, weiß ich natürlich: Es gibt solche Menschen. Es muss sie geben, denn gäbe es sie nicht, wären auch wir allesamt schon längst nicht mehr da! Das Problem ist nicht, dass sie nicht da wären, sondern der allumfassende Argwohn unserer Seele, der sich ebenso nach oben wie nach unten erstreckt. Vielleicht sollte man sich wirklich kein Idol, keinen Götzen erschaffen (obwohl viele diese Begriffe zu simpel interpretieren, nicht sehen, dass sie der klangvolle Nachhall jenes großen Kampfes des Monotheismus gegen das Heidentum sind), doch sich ausrichten an einem, *der von deiner Existenz nicht einmal etwas ahnt!,* also stolz und ganz im Geheimen …

Stattdessen liegst du da, drückst deine philisterhaften, deine gemeinen, deine uralten, klitzekleinen Gedanken in dein philisterhaftes, dein knallbuntes Kopfkissen, eingelullt vom Rauschen des Windes hinter dem Fenster, fühlst dich verwaist, erbärmlich und klein und denkst: Jetzt ein Viertelliterchen ... Nein, nein, lass das! Dieses Viertelliterchen macht es keinen Deut besser, außerdem bist du jetzt beschäftigt, wenn auch mit etwas anderem als deine Helden, die ebenfalls beschäftigt sind, jedoch mit Angelegenheiten, bei denen Wodka nicht stört!

Kapitel achtundzwanzig,

das schon fertig geschrieben war, aber komplett gestrichen wurde, weil der Autor darin zu einer (weiteren) griesgrämig-reuevollen Abweichung vom Thema ausholt und postuliert, der Suff sei nicht des russischen Menschen Vergnügen, sondern sein Untergang, und so einen Sermon kann ja nun wirklich kein einziger normaler Leser ertragen.

Kapitel neunundzwanzig,

in dem Parfjon zum großen Aufbruch bläst.

»WISST IHR«, SAGTE PARFJON, »ich träume schon lange davon, ganz, ganz weit weg zu fahren und ein neues Leben anzufangen!«

Schlange und Schmock staunten unsäglich. Kaum hatte Parfjon diese Worte ausgesprochen, da waren sie sich sicher, gerade an nichts anderes gedacht zu haben, weil sie doch auch schon lange davon träumten, ganz, ganz weit weg zu fahren und ein neues Leben anzufangen. Auf, auf, Parfjon, vorwärts, du Himmelhund, wir folgen dir!

»Nach Nerjungri!«, sagte Schlange.

»Wieso Nerjungri?«

»Der Name gefällt mir.«

»Nach Moskau!«, sagte Schmock, dem seine Jugend am Literaturinstitut einfiel.

»Nach Wladiwostok!«, sagte Parfjon.

»Weshalb Wladiwostok?«

»Man fährt so lange, und diese Landschaften vor dem Fenster ... Einen Ozean gibt es auch. Ich bin noch nie in Wladiwostok gewesen. Und dort findet uns kein Schwein!«

Argumente, die Schlange und Schmock samt und sonders überzeugend schienen.

»Also«, setzte ihnen Parfjon auseinander. »Wir tauschen jetzt dreitausend Dollar in Rubel, die Fahrkahrten sind teuer. Dann geht's mit dem letzten Abendzug nach Moskau und von dort direkt nach Wladiwostok.«

»Ich habe keinen Ausweis«, rief ihm Schlange ins Gedächtnis. »Ohne Ausweis geben die mir keine Fahrkarte.«

»Verlass dich auf mich«, beruhigte ihn Parfjon. »Hast du vergessen, wo ich arbeite? Weißt du wenigstens noch, was drinstand?«

»Nein.«

»Nicht schlimm, müssen wir uns eben was ausdenken. Und in Wladiwostok kriegst du einen neuen. Also, wir kaufen Fahrkarten nach Moskau und kümmern uns gleich um die Weiterreise nach Wladiwostok. Das restliche Geld verstecken wir.«

»Einundzwanzig«, sagte Schlange plötzlich.

»Was – einundzwanzig?«

»Einundzwanzigtausend nehmen wir. Macht siebentausend pro Nase. Wir müssen ja unseren Familien auch ein bisschen was zum Leben dalassen.«

»Dann langt es nicht!«, sagte Schmock.

»Willst du dort Fettlebe veranstalten?«, fragte Parfjon. »Wir werden arbeiten! Auf einem Trawler anheuern!«

Schmock und Schlange war sofort klar, dass sie nie etwas anderes gewollt hatten, als Fische fangen auf einem Schiff ... Sie nickten einträchtig, durchdrungen von Achtung vor ihrem klugen Freund.

Parfjon resümierte:

»Schlange hat Recht, wir müssen unseren Familien eine Kleinigkeit dalassen. Und ihnen sagen, dass wir wegfahren. Ganz ehrlich. Ohne drum herum zu reden! Deshalb schlage ich vor: Wir kaufen die Fahrkarten. Machen aus, wo wir uns treffen. Und nehmen Abschied von denen, die es uns wert sind. Auf ewig.«

Diese Worte, so traurig und hehr, veranlassten die Freunde, sich zu erheben. Sie tranken stehend.

Nicht einmal eine Stunde später waren die Fahrkarten gekauft, die Scheine versteckt, die Barschaften für Familie und eigene Reisevorbereitungen in den Hosentaschen verstaut. Eine halbe Stunde vor Abfahrt des Nachtzugs nach Moskau (Zug Nr. 183, Astrachan – Moskau, planmäßige Abfahrtszeit 01.13 Uhr) wollten sich die Freunde wieder treffen.

Kapitel dreißig,

in dem die Stunde des Abschieds schlägt – zuerst für Schlange.

SCHLANGE STAND VOR SEINER MUTTER, aber jetzt war er natürlich nicht Schlange, sondern Sergej Uglow, denn Lidija Iwanowna wusste nicht einmal, dass ihr Sohn in der Schule diesen Spitznamen abbekommen hatte.

Sie saß auf einem alten Stuhl, über den ein altes Schultertuch gebreitet war, vor ihr auf dem alten runden Tisch lag ein Haufen Geldscheine, sie konnte gar nicht sagen, wie viel es sein mochten, wusste aber eins: viel. Furchtbar viel. *Furchtbar*, genau das war es.

»Als du nach der Schule nicht weiter lernen wolltest und arbeiten gegangen bist, habe ich gedacht: Na schön, es können ja nicht alle Professor werden, Hauptsache, der Junge ist nicht böse, ist ein guter Mensch ...!«

»Mama, das ist ehrliches Geld, wenn ich es doch sage!«, brummte Schlange.

Lidija Iwanowna hörte gar nicht hin, sondern lamentierte weiter:

»Als das Pech mit deiner Frau war und du angefangen hast, allein wie ein Hagestolz im Leben herumzustolpern, da habe ich gedacht: Na schön, können schließlich nicht alle ihren Ehefrauen am Rockzipfel hängen, vielleicht sollte es so sein, Hauptsache, der Junge ist ruhig, ist ehrlich ...!«

»Überleg doch selbst, wo hätte ich es denn stehlen sollen? Stehlen muss man können!«, sagte Uglow, der um seiner Mutter willen litt, in stiller Verzweiflung.

»Als du die Arbeit verloren und zu trinken angefangen hast, da habe ich gedacht: Na schön, eben wieder Pech, Hauptsache, der Junge ist friedlich, ist gutmütig, krakeelt nicht herum im betrunkenen Zustand, kommt immer nach Hause … dazu noch auf eigenen Beinen … legt sich einfach aufs Bett … und guckt seine Mama an … mit diesem blassen Gesicht … als ob er was ausgefressen hätte …«, jammerte Lidija Iwanowna nun erst recht los, als würde sie einen Toten beweinen. »Aber jetzt, was soll ich jetzt bloß machen? Wie kann ich den Leuten noch in die Augen sehen? Nein, nimm dein schmutziges Geld weg!«, setzte Lidija Iwanowna unter Qualen und Tränen ihr Rezitativ fort, und der Sohn bekam furchtbare Angst um sie.

»Mama!«, schrie er, »ich kann dir hoch und heilig schwören: Wir haben das Geld gefunden, heute Morgen – ich, Paschka Parfjonow und Wanka Swinzitski, der Schriftsteller, er wohnt auf der anderen Straßenseite, wir sind zusammen in die Schule gegangen, du erinnerst dich bestimmt an ihn! Meinst du, so ein Schriftsteller klaut?«

»Klauen vielleicht nicht, aber gaunern, das können alle. Ihr habt dieses Geld ergaunert.«

»Wie denn?«

»Das müsst ihr besser wissen. Nimm die Scheine weg. Ich will sie nicht sehen.«

»Ich erkläre es dir noch einmal: Gefunden haben wir das Geld! Bei den ›Drei Bären‹, dem Möbelgeschäft. Nur Geld – nichts dabei, keine Papiere, die wussten nicht, wem sie es abgeben sollten, Wanka und Paschka! Paschka arbeitet sogar bei der Gouvernementsverwaltung, warum sollte der klauen?«, schrie Uglow.

»Und was machen die da anderes als klauen?«, bemerkte Lidija Iwanowna, aber irgendwie schon ein wenig ruhiger.

Sie schwiegen eine Weile.

»Wir können das Geld doch jetzt nicht einfach wegwerfen!«, sagte Uglow. »Kaufen wir uns lieber was zu essen. Und eine rosa Bluse für dich.«

»Für ein altes Weib wie mich – eine rosa Bluse? Überleg dir, was du redest. Sieh mir in die Augen, mein Sohn!«

Uglow tat es.

»Und jetzt sag mir, aber ohne wegzugucken: Habt ihr das Geld gefunden oder nicht?«

»Gefunden.«

Lidija Iwanowna glaubte ihm.

Wie hätte sie ihm auch keinen Glauben schenken sollen, wo doch Sergej Uglow nicht lügen konnte. Als Kind hatte er es ein paarmal versucht: Es ging nicht. Wenn er sich wegdrehte von seinem Gegenüber, dann klappte es vielleicht. Aber von Angesicht zu Angesicht – auf gar keinen Fall. Wenn er es tat, sah jeder gleich, dass er log. Deshalb stellte er sämtliche Versuche ein. Nein, die Lehrer beschwindelte er schon, manchmal sogar ins Gesicht, aber das Spiel spielten doch alle: Du bist der Lehrer, ich der dumme Schüler, du willst hinters Licht geführt werden, also führe ich dich hinters Licht, wir mimen beide den Dummen, aber zur wechselseitigen Zufriedenheit. Auch im Komsomol schwindelte er und auf der Arbeit in der Gewerkschaft, denn das war auch bloß ein Spiel: Der eine log und der andere nickte befriedigt. Aber im ernsthaften menschlichen Miteinander konnte Uglow nicht lügen (mit einer einzigen Ausnahme vielleicht: wenn er sich Geld zum Trinken erbettelte, aber da log nicht Uglow, sondern sein, unverblümt gesprochen, kranker Organismus). Deswegen hatte ihn damals auch seine Frau verlassen. Was immer sie fragte – und was konnte sie schon anderes fragen als alle anderen Ehefrauen: Wo warst du? Warum kommst du so spät? Mit wem hast du getrunken? Wo ist das Geld hin? usw. –, Uglow beichtete es haarklein, besonders, wenn sie ihn dabei noch zwang, ihr in die Augen zu sehen. Da war in seinen jungen Jahren ein Seitensprung gewesen: ein einziger zügelloser, halb betrunkener Abend mit einem zügellosen, halb betrunkenen Weibsbild, das er kaum kannte, und schon bei der ersten misstrauischen Frage erzählte er Idiot alles von ganz allein! Welche Frau kann bei einem Mann so viel Wahrhaftigkeit ertragen? Und sie war gegangen. Möglicherweise noch aus anderen Gründen, aber das war wohl der wichtigste.

Also glaubte Lidija Iwanowna ihrem Sohn. Ihr fiel ein, dass er noch etwas von irgendeinem Wladiwostok gemurmelt hatte.

»Wohin, sagst du, willst du fahren?«, fragte sie spöttisch, felsenfest überzeugt, er habe das nur so im Suff dahergeschwatzt. Wie denn auch nicht, wo er doch noch vor einem Monat den Dachboden zu einem rundum und auch an der Decke verglasten Mansardenzimmer ausbauen wollte, um, wie er es formulierte, »umfangen von Himmel und Sternen« zu schlafen.

»Nach Wladiwostok«, sagte Uglow. »Wir fahren hin und suchen uns dort Arbeit. Auf einem Trawler, Fische fangen. Da soll man nicht schlecht verdienen.«

»Du willst arbeiten?«

»Warum denn nicht?«

»Serjosha, mein Guter, Bester, du bist doch Alkoholiker! Wer nimmt dich schon?«

»Heute Alkoholiker, morgen nicht mehr. Ich höre auf.«

»Ich kenne jemanden, der schon mehrmals aufhören wollte ... Ich verstecke das Geld lieber in der Zwischenzeit ...«

Und Lidija Iwanowna ging, um die Scheine in Sicherheit zu bringen. Uglow sah ihr nach und dachte, dass sie zwar noch keine Tattergreisin war, aber immerhin doch schon in einem gewissen Alter. Wie konnte er da von ihr wegfahren? Wenn sie nun krank wurde? Auf Bruder Gleb war kein Verlass, er hatte ihr nicht einmal von dem Besuch erzählt, damit sie sich nicht aufregte. Was sollte er nur tun? Mitnehmen ging schließlich auch nicht. Das war vielleicht ein Problem, einfach unlösbar!

Aber der Mensch ist nun einmal so veranlagt, dass er unlösbare Probleme auf später vertagt in der Hoffnung, die Sache entscheidet sich irgendwie von allein. Außerdem hörte Uglow jetzt Stimmen – und musste lächeln. Er hatte ja zum Bankett geladen!

Im ersten Stock des Hauses gab es eine Veranda, oder besser gesagt: einen Trockenraum für die Wäsche, in dem alte Stühle, Bänke und Brettertische standen. Hier versammelten sich oft die Alkis aus der Nachbarschaft, und die, seine besten Saufkumpane, hatte er zusammengetrommelt, hatte die ganze Straße abgeklappert, von Vorfreude beflügelt: Es machte ihm Spaß, wenn er die Kumpels bewirten konnte. Schon waren Eilboten ausgeschickt, um Wodka und Bier, Brot, Konserven und alles Nötige zu kaufen.

Als er in der Veranda erschien, hatte das Bankett bereits begonnen: Die warteten nicht extra auf ein Startsignal. Das war hier nicht üblich. Und wer eigentlich das Fest schmiss, interessierte auch keinen besonders, weshalb Schlanges Auftritt ohne rauschenden Beifall abging. Der

Krach hielt sich ebenfalls in Grenzen, an hiesigen Maßstäben gemessen. Schließlich war man Städter, hatte Schliff, wozu also lauthals Lieder grölen oder herumkrakeelen, wenn man beisammen sitzen und sich alles rechtschaffen von der Seele reden konnte?

Schlange nahm ein Glas, ließ schwungvoll Wodka hineinfließen und stand auf, um die allgemeine Aufmerksamkeit zu erheischen.

Kapitel einunddreißig,

in dem Schlange, das Glas zu einem Trinkspruch erhoben, in die Runde schaut und plötzlich begreift, dass er seine kleine Heimat liebt, diese grauen Bretter, in denen er jedes Astloch, jeden Kratzer kennt, dieses wacklige Treppengeländer, das einmal unter seinen unsicheren Händen zusammenbrach, wonach er mit einem Rippenbruch ins Krankenhaus musste, diesen dürren Baum und das letzte Dutzend gelber Blätter an den Zweigen, vor allem aber diese Leute: Andrjuscha Nemiserow, den blauäugigen Blondschopf, der nach einer halben Flasche Wodka immer entlarvende Reden hielt, durchdrungen von staatsbürgerlicher Entrüstung; und Serjoshka Borowkow, den stattlichen, rotwangigen Kerl, dessen Paradestück darin bestand, eine Flasche Wodka in achtzehn haargenau gleiche Portionen aufzuteilen; und Andrjuscha Dmitrowski, der irgendwann einmal den höchst seltenen Beruf eines Wachsziehers ausgeübt hatte und nun schon sieben Jahre lang kein anderes Thema kannte, ja förmlich davon lebte; und Witjuscha Poliwnoi, dessen Großvater unter Tschapajew gekämpft hatte, und wenn das jemand nicht glaubte, dann kam Witjuscha mit der Scheide von Großvaters Säbel angelaufen und rannte bis zur Erschöpfung hinter dem Beleidiger her, bis ihn die Kräfte verließen und er mitten im Laufen umfiel – in die Leere eines dunklen Traums; und Anja Sarafanowa, die nie müßig herumsaß und doch genug Verehrer hatte, um ihre fünf Kinder durchzubringen, wobei sich kein einziger Kavalier je rühmen konnte, Anja herumgekriegt zu haben; und Anjas Cousine Vera Lawlowa, die einmal von einer allseits bekannten Zeitschrift fotografiert werden sollte, weil sie haargenau wie die Dichterin Marina Zwetajewa aussah, und sich natürlich fotografieren ließ (obwohl sie nicht die Bohne über diese Zwetajewa wusste), aber dann, als die Fotografen abfahren wollten ohne Geld hingelegt oder wenigstens eine ordentliche Pulle auf den Tisch gestellt zu haben, in heller Wut die Kameras kurz und klein drosch, den Pressemenschen die Visagen polierte und obendrein noch das Auto demolierte, mit dem das Team angereist war – so weit kann man einen Menschen bringen, dabei gab es keine ruhigere, stillere Frau als Vera, die treu sorgende Mutter, die jeden umbringen würde für ihre beiden kleinen Söhne; und die immer lustige Nadjuscha Serojedowa mit der lauten Stimme, die einen, den sie auf dem Kieker hatte, so herunterputzen konnte, dass er lieber gleich im Erdboden verschwand, aber wenn sie sich in einen verguckte, ihren Liebling so lauthals lobte und tagelang überschwänglich in den Himmel hob, dass nichts und niemand die Frau zum Schweigen bringen konnte, weder die Proteste der Nachbarn noch die Androhungen der Miliz, sie einzusperren, falls die Ruhestörungen nicht endlich aufhörten; und Ljoscha Antipenko, der Exschauspieler mit der Donnerstimme (und zwei Metern Körpermaß, das Käppi eingerechnet), der am Tisch mit der Linken einer Frau das Knie streicheln, mit der Rechten einer anderen die Taille tätscheln und dazu noch unter dem Tisch eine dritte mit den Beinen liebkosen konnte, ohne dass es ihm auch nur einer übel nahm, denn alle kannten seine beinahe kindliche Naivität und Güte, die er sich trotz der Gnadenlosigkeit seiner vormaligen Profession bewahrt hatte; und der Rentner Roman Bratman, der gern freundschaftlich einen kümmelte, etwas Saures nachschob und sich dann wollüstig dem Reichtum der russischen Sprache hingab, fasziniert von ihren klangvollen Modulationen und ihrer kraftvollen Trauer; und Edik Boikow, der jeden Tag soff, dabei aber die phänomenale Fähigkeit besaß, sich stets flüssig auszudrücken, und selbst wenn er hinfiel und irgendwo einschlief, stand er so wieder auf, dass die Nachbarn zusammenliefen, um ihn zu betrachten: die Hose mit Bügelfalte, das Hemd blütenrein, als habe sich Edik nicht auf dem Boden herumgesielt, sondern in den Lüften geruht – und keiner fand eine Erklärung für dieses Phänomen; oder Walera Wolodko, der nach einer Flasche Wodka die Zähne zusammenbiss und alle mit einem schweren Blick umfing, dann musste man ihm unbedingt ins Ohr schreien »Vorwärts!«, denn aus irgendeinem Grunde hellte sich davon seine Miene auf, er lächelte bezaubernd, sprang von der Veranda herunter und rannte durch die Straßen der Stadt: glücklich, mit einem nur ihm bekannten Ziel, und so lief er eine Stunde oder zwei, um dann ruhig zurückzukommen; oder Igor Bukwarjow, in dessen Wohnung drei Hunde, fünf Katzen, drei Kanarienvögel und eine Schildkröte lebten, und sie alle versorgte er gut, gönnte sich selbst nicht das Geringste, außer Schnaps, denn ohne Schnaps war er wie gelähmt, ohne Schnaps kriegte er keinen Fuß vor den anderen und keine zwei Worte zusammen; oder Wladik Gorkow, ein Mann von ungeheurem Mut: Er hatte sich selbst mit einer Flachzange drei kranke Zähne herausgerissen, und jetzt

ging keiner mehr zum Zahnarzt, alle nahmen Wladiks Dienste in Anspruch (für hundert Gramm pro Zahn); oder Michail Petuchow, ein Ausbund an Gerechtigkeit, der streng über den Lauf des Gelages wachte, unaufgeregt kommandierte: »Einen Halben für Sanka!« … »Waska einen Doppelten!« … »Ninka nichts mehr bis auf weitere Anordnungen!«, und damit den Trinkfluss so dirigierte, dass er ausgewogen und wohl geordnet dahinströmte; oder Olga Dmitruk, ehemals Buchhalterin, berühmt für ihre Gabe, mit einem Blick innerhalb von drei Sekunden präzise – plus/minus einen Rubel – den Wert sämtlicher Speisen und Getränke auf einer Festtafel zu kalkulieren, manchmal wurde sie extra zu Hochzeiten eingeladen, um ihr erstaunliches Talent zu demonstrieren; oder Sascha Filinow, der lange auf einem U-Boot gedient hatte und in einem fort schrie: »Wir gehen auf Tauchgang!«, wobei ihn allerdings keiner je völlig abgetaucht erlebt hatte; oder Witja Schuschakow, bekannt dafür, dass er die politischen Ereignisse im Land ein halbes Jahr im Voraus prophezeite, vor seinem Haus hielten regelmäßig schwarze Limousinen, denen geheimnisvolle Personen in Schwarz entstiegen, ein anderer hätte daraus horrendes Kapital geschlagen, aber Witja gab sich für jede Prognose mit dem gleichen Honorar zufrieden, das er achtlos – weil ihm seine Arbeit so leicht erschien – mit »eine Buddel« veranschlagte …
Und das waren nur diejenigen, die Schlange vor sich sah, wie viele liebe, prächtige, seelenverwandte Menschen gab es noch, die leider nicht kommen konnten … Wenn einem da nicht die Augen feucht werden sollten …

SCHLANGE WARTETE AB, bis Stille eintrat, und rief dann durch das krampfhafte Schluchzen des Abschieds:

»Auf Wladiwostok! Hurra!«

Kapitel zweiunddreißig,

in dem Parfjon von Mila Abschied nimmt.

PARFJON, ALSO PAWEL PAWLOWITSCH PARFJONOW, wollte eigentlich nach Hause, überlegte es sich jedoch unterwegs anders und nannte dem Autofahrer, der ihn mitgenommen hatte, eine Hausnummer in der Okossetschnaja-Straße.

Die Okossetschnaja in der Nähe des Wolga-Ufers war malerisch: Auf der einen Seite verwitterte hundertjährige Häuschen, auf der anderen eine unkrautüberwucherte Schlucht, und in der Mitte ein ewig schmutziger Weg, dafür eröffnete sich etwas weiter entfernt ein wunderbarer Blick auf den Fluss. Vielleicht lag es an diesem Kolorit, dass viele Maler die Okossetschnaja-Straße entdeckten und sich hier niederließen.

Die heruntergekommenen Bruchbuden waren einmal solide Häuser gewesen, mit eineinhalb Stockwerken, wenn man die oberste halbe Etage aus Holz mitrechnete – eigentlich eine Mansarde, obwohl einem die Bezeichnung nur mehr schwer über die Lippen kam. Diese halben Stockwerke dienten heute etlichen Malern als Ateliers, ja oft wohnten sie sogar hier, denn ihre Familienbeziehungen waren ewig ungeordnet.

In einem der Häuser hatte sich Mila, die Frau, in die Parfjon einmal vernarrt gewesen war, mit ihrem neuen Liebsten eingerichtet.

Parfjon stieg die dunkle Treppe hinauf, klopfte an eine altersschwache Holztür.

»Es ist offen!«, rief die vertraute Stimme, die Parfjons Gefühle sofort wieder in Aufruhr versetzte.

Er trat ein.

Mila lag auf etwas, das wie eine Pritsche aussah, knabberte an einem großen Apfel und las eine Nummer der Zeitschrift »Ogonjok« aus dem Jahr 1989.

Parfjonow registrierte mit einiger Befriedigung das komplette Chaos ringsum: In wahllos verstreuten Haufen lagen Farben, Pinsel, Leinwände, Rahmen und grauenvoll hingeschmierte Bilder bunt durcheinander, die Wände waren schrill bemalt, auf dem Tisch stand schmutziges Geschirr, dazwischen eine Kaffeebüchse voller Kippen.

»Grüß dich«, sagte Mila.

»Grüß dich.«

»Zu mir?«

»Zu wem sonst?«

»Könnte ja sein, dass du zu Kirill willst. Zu ihm kommen oft Kunden.«

»Kaufen die seine Bilder?«

»Und ob!«

»Kann jemand an so etwas Gefallen finden?«

»Es gibt genug Idioten.«

»Sie gefallen dir also selber auch nicht?«, Parfjonow war perplex.

»Hältst du mich für blöd?«

»Warum bist du dann hier? Vielleicht, weil er als Mann dein Typ ist?«

»Hast du ihn schon mal gesehen? Brauchst dir nur einen ausstaffierten Schimpansen vorzustellen. Aber eingebildet wie eine Lore Affen!«

»Also weshalb … Das verstehe ich nicht.«

»Irgendwo muss man schließlich leben«, sagte Mila. »Oder meinst du, ich will bei meinen Eltern zu Hause hocken? Ätzend!«

Und Parfjonow dachte daran, dass sie noch sehr jung war, erst einundzwanzig. Und er dachte weiter, dass ein Zusammenleben mit diesem Wesen, das ihm mit seinem optimistischen Zynismus und seiner unverbrauchten körperlichen Leidenschaft den Kopf verdreht hatte, eine einzige Katastrophe geworden wäre, dabei hatte er Idiot sich ein solches Leben vorgestellt! Und das nicht einfach so, sondern weil ihm schien, Mila hänge an ihm, würde ihn auf ihre Weise sogar lieben.

»Ich fahre weg«, sagte er.

»Auf Dienstreise?«

»Nein, für immer. Nach Wladiwostok.«

»Bist du versetzt worden?«

»Nein, ich lasse alles hinter mir und fahre fort.«

»Na super«, urteilte Mila.

»Komisch«, sagte Parfjonow. »Vor kurzem musste ich an dich denken, und mir ist klar geworden, dass ich dich nie geliebt habe.«

»Weiß ich doch.«

»Nein wirklich, ich habe dich nicht geliebt.«

»Weiß ich doch alles.«

»Du glaubst es nicht?«

»Mann, was spulst du denn da ab? Wenn du mich geliebt hättest, wäre ich doch nicht gegangen.«

Parfjonow war sprachlos.

»Warte mal. Du hast mich nicht geliebt, deshalb bist du weggegangen. Aber ich habe dich geliebt.«

»Nicht die Bohne. Bist einfach gern mit mir ins Bett gegangen, das war alles.«

»Das stimmt nicht. Wenn ich überhaupt jemanden geliebt habe im Leben, dann dich, ganz ehrlich.«

»Lüg ruhig weiter.«

Parfjonow gab sich alle Mühe, einen klaren Gedanken zu fassen.

»Warte, warte. Wenn das wirklich so ist … dann war das alles ein Missverständnis. Du hast gedacht, ich liebe dich nicht, darum bist du gegangen. Und ich habe gedacht, du liebst mich nicht mehr und hättest mich deshalb verlassen. Doch jetzt stellt sich heraus, dass ich dich geliebt habe – und noch liebe, und du mich auch, also könnten wir … Was brauche ich da Wladiwostok? Ich bleibe hier, und wir …«

»Soll eine schöne Stadt sein. Der Ozean, Vulkane …«

»Verstehst du mich? Komm, wir …«

»Was denn? Heiraten?«

»Zum Beispiel. Ja. Wir heiraten.«

Parfjonow ging zu Mila, setzte sich auf den Rand der Pritsche, nahm ihre Hand. Sie war kalt und schlaff.

»Nein, du liebst mich nicht. Hast du selbst gesagt. Bist reingekommen und gleich: Ich liebe dich nicht.«

»Das war doch bloß aus Ärger. Was sagt man nicht alles, wenn man vergnatzt ist! … Mich fuchst, dass du …«

»Schluss. Was man gesagt hat, hat man gesagt.«

»Ich liebe dich doch, du Dummchen, ich liebe dich, Mila, Milakind, mein Sonnenschein«, Parfjonow küsste die kalte Hand.

Mila biss krachend ein Stück Apfel ab und sagte mit vollem Munde:

»Efällt mia, wan bei awachsenen Kälen Rotznwassa fließt!«

»Was?«

Sie kaute:

»Das gefällt mir, wenn bei erwachsenen Kerlen Rotz und Wasser fließt. Die sehen dann so gotterbärmlich aus.

Ihr Männer werdet über vierzig nämlich alle jämmerlich. Tja, ist hin, die Jugend, nichts zu machen.«

»Warte, warte, Mila.« Parfjonow achtete nicht auf ihre Beleidigungen. Er lächelte dümmlich. »Sag mir das noch einmal: Ich habe mich also geirrt? Du hast mich geliebt, aber gedacht, ich würde dich nicht lieben, sondern nur ... nur ... eine Geliebte wollen?«

»Genau, bloß dicht daneben. Du hast mich nicht geliebt und ich dich auch nicht. So sieht das aus.«

»Aber gerade ...«

»Gerade war es drei viertel, und jetzt ist es zehn vor! Die Zeit läuft!«

Parfjonow musste an Mila, die Prostituierte, denken und an seine Demütigung. Plötzlich spürte er in sich den Wunsch, diesen zierlichen Hals zuzudrücken, bis kein Leben mehr darin war. Alle konnten sie nur eines: einen in den Dreck treten!

»Ich könnte dich umbringen!«, sagte er.

»Das glaube ich. Alles andere waren Hirngespinste, Pal Palytsch. Sie spinnen sich alles bloß zusammen. Schade, eigentlich sind Sie gar nicht schlecht. Man kann Sie schon lieben. Eine wird sich sogar tödlich in Sie verknallen, das halte ich durchaus für möglich. Aber die ist nicht zu beneiden!«

»Warum?«

»Weil Sie zwar wunderbar sind, aber eben verfault. Das seid ihr übrigens alle«, versuchte sie noch schnell zu beschwichtigen.

Parfjonow stand auf.

»Jetzt hör mir mal zu. Du bildest dir ein, du wärst sonst was ... Dabei bist du bloß eine billige Nutte. Schläfst mit irgendeinem Pavian ...«

»Einem Schimpansen!«

»Für einen Winkel zum Wohnen, eine Konservenbüchse, eine Flasche Schnaps! Und hältst dich für eine Intellektuelle. Wagst noch, von Liebe zu reden! Du weißt doch überhaupt nicht, was das ist, wirst es nie wissen, weil nämlich das Organ, mit dem man liebt, bei eurer Generation atrophiert ist!«

»Und was soll das für eins sein?«, erkundigte sich Mila und schaute angelegentlich in Richtung ihrer Füße.

»Dreckstück. Läufige Hündin. Künstlermatratze.«

»Sie verfügen über einen reichen Wortschatz. Und besitzen eine dichterische Ader, das war mir immer klar. Aber Sie haben den Poeten in sich getötet. Weshalb nur?«

Diese Generation ist durch nichts zu erschüttern, dachte Parfjon über Mila und zugleich über seinen Sohn Pawel und über viele andere, mit denen er nur ungern in Berührung kam, weil sie alle dieses selbstbewusste Null-Bock-Gebaren an sich hatten, das nur die Armseligkeit und Leere ihrer Gedanken und Gefühle verdeckte.

(!!! – *fügt der Autor hinzu*)

Aber das sagte Parfjon Mila nicht (Perlen vor die Säue!), sondern handelte mutig: Er ging schweigend. Und lobte sich, während er die Stufen hinabstieg, für diesen Mut.

Mila blieb noch einige Zeit liegen, aß den Apfel auf, erhob sich, goss Wasser in ein Glas und griff dann nach einem offenbar für diesen Fall vorbereiteten gläsernen Döschen mit Tabletten: Es waren verschiedene, über mehrere Monate gesammelt, meist Tranquilizer. Man fühlte sich, als würde man einschlafen, hatte sie gehört.

Mila schüttete die Tabletten in die hohle Hand und warf sie gleich in den Mund, den Kopf zurückgebogen, so wie man im sonnigen Garten vor einem Johannisbeerstrauch steht und ganze Hände voll Beeren in den Mund wirft, und genauso verzog sie das Gesicht, obwohl die Tabletten völlig geschmacklos waren.

Kapitel dreiunddreißig,

in dem seine Fortsetzung findet, was in Kapitel zweiunddreißig begann.

BEVOR PARFJONOW NACH HAUSE GING, kehrte er noch in der Trinkstube in der Uljanow-Straße ein und konsumierte ein halbes Wasserglas Wodka. Nicht, um sich zu beruhigen. Nicht, um die Bitterkeit hinunterzuspülen. Nicht, um sich für das Gespräch mit seiner Frau zu ermannen. Nicht, weil er einfach Lust zum Trinken hatte (auch wenn ihm durchaus danach war). Sondern um die freudige Energie der Befreiung in sich anzuheizen. »Ihr redet, ohne den Sinn eurer Worte zu begreifen, seid nur von Stimmungen gelenkt!«, dachte er über Mila, über Olga, über seinen Sohn Pawel und viele andere, »also mache ich mir auch nicht die Mühe, wohl abgewogene Reden zu halten!«

Zu Hause empfingen ihn appetitliche Gerüche.

Olga und Pawel aßen in der Küche.

»Bist wohl hereingeschneit, um Vater und Mutter arm zu fressen?«, sagte Parfjonow zu Pawel. »Oder kocht dir deine Frau zu Hause nichts?«

Pawel machte runde Augen und lachte. Olga versetzte:

»Unser Papa ist heute blau. Da markiert er den starken Mann.«

»Jawohl«, leugnete Parfjonow erst gar nicht, füllte sich selbst den Teller mit Suppe und begann zu essen. Die Tickets legte er wie beiläufig auf den Tisch.

Pawel griff danach.

»Saratow – Moskau – Wladiwostok! Keine schlechte Reise!«, sagte er.

»Was ist denn jetzt los? Wird dein heiß geliebter Gouverneur nach Wladiwostok versetzt?«, fragte Olga mit einem Lächeln.

»Ich versetze mich selbst. Verlasse Saratow.«

»Und warum nach Wladiwostok?«, wollte Pawel wissen.

»Möglichst weit weg von euch«, sagte Parfjonow. »Weil ihr mir zum Halse heraushängt.«

Keiner sagte etwas. Pawel verstand seinen Vater einfach nicht, weil er ihn nie so gesehen hatte, und Olga dachte, ihr Mann, der sie schon lange nicht mehr liebte, habe irgendeine Flamme gefunden, sicher eine Hübsche, Junge, und wolle deshalb für immer fort. Ausgerechnet nach Wladiwostok. Aber vielleicht war die Frau von dort …

Und es traf Olga, die sich stets auf etwas Ähnliches vorbereitet hatte, doch unvorbereitet. Was sie sich aber nicht anmerken ließ.

»Na schön, geh deiner Wege«, sagte sie ruhig. »Für lange?«

»Für immer.«

»Also nein wirklich, warum denn bloß?« Pawel riss verständnislos die Augen auf. Sein üblicher Schneid war ihm im Handumdrehen abhanden gekommen, er glich jetzt wieder dem rundäugigen Knirps, den Parfjonow vor zwanzig Jahren so gern bis fast an die Decke geworfen hatte.

»Ich sage doch: Mir ist das alles zuwider hier. Ihr auch. Was guckst du denn so, mein Sohn? Du hast keine Achtung vor mir, denkst, ich drücke mich in den Korridoren der Macht herum, um dort den Fußboden zu lecken. Das denkst du doch, oder? Du empfindest schon lange nichts mehr für mich, brauchst mich nicht mehr. Und du genauso«, wandte er sich an Olga. »Aber ich werfe euch nichts vor! Was sollte ich euch auch vorwerfen, wo ich euch doch ebenfalls schon lange nicht mehr liebe, meine Besten. Ich habe euch satt. Ich langweile mich mit euch. Ich habe weder Lust noch Kraft für dieses Familienleben. Soll ich etwa so weiterwursteln, mich verstellen, mir eine Geliebte zulegen?«

Olga ließ eine Art Räuspern hören, wies mit den Augen auf den Sohn.

»Das kannst du lassen!«, winkte Parfjonow ab. »Pawel ist kein kleiner Junge mehr! Und er wäre der letzte Trottel, wenn er nicht selbst die Freundinnen seiner Frau bumste, wo er sich doch so ein Scheusal ausgesucht hat!«

»Also weißt du …!«, wollte Pawel kontern, doch Parfjonow unterbrach ihn:

»Hör auf! Wir wollen nicht heucheln. Verabschieden wir uns lieber ruhig und mit Anstand. Übrigens, Olga, ich weiß, dass dich keine Geldsorgen plagen, aber trotzdem, für die erste Zeit …« Er legte einen Packen Scheine auf den Tisch.

Pawel stieß einen Pfiff aus:

»Hast du eine Bank überfallen?«

»Schon möglich. Na dann, gibt es noch Abschiedstränen? Gibt es nicht. Wunderbar.«

Parfjonow sah tatsächlich keine Abschiedstränen. Nur Bestürzung. Bedauern, Trauer, Erschütterung – das sah er nicht. Und Parfjonow erkannte bitter, dass er Recht gehabt hatte: Seine Frau und sein Sohn liebten ihn schon lange nicht mehr. Sollten sie ruhig.

Bis zur Abfahrt des Zuges bei ihnen zu bleiben, das schien ihm unerträglich. Im Grunde hatte er sich verabschiedet, also hier nichts mehr verloren.

Aber wohin?

Da war noch Robert, sein Freund aus der Gouverneursverwaltung, mit dem ihn so manche Unternehmung veband. Der hatte heute auch frei, ihn musste er anrufen.

Parfjonow wählte die Nummer.

Freund Robert, stets ruhig, mit einem Blick für den Wert von Dingen und Menschen, antwortete mit seinem angenehmen Bariton.

»Grüß dich, Roba«, sagte Parfjonow. »Ich fahre nach Wladiwostok.«

»Sehr gut«, erwiderte Roba. »Wie viel muss man intus haben, um dorthin zu wollen?«

»Ich bin zu nüchtern. Und sage dir bei klarem Verstand: Tut mir Leid, Roba, aber ich habe dich immer verachtet. Deine Ruhe. Und überhaupt. Du bist kalt wie ein Fisch. Wie ein Wels, der hat auch so einen Bart.«

»Lass gut sein. Wir reden morgen weiter«, sagte Robert.

»Noch einmal: Ich bin nüchtern! Ich fahre heute Nacht nach Wladiwostok. Und ich will, dass du endlich weißt: Du bist ein Scheißkerl! Ich hasse dich.«

»Bedauerlich«, seufzte Robert zerknirscht.

»Du Hundesohn!«, brüllte Parfjonow und warf den Hörer hin.

Die Energie in ihm kochte.

Er schaute in die Küche und sagte zu Olga:

»Pack meine Sachen ein, wenn es dir keine Mühe macht. Der Zug geht um Mitternacht, gegen elf komme ich noch einmal vorbei.«

Und er ging mit schnellen Schritten aus der Wohnung, aus dem Haus, über den Hof, auf die Straße, wo er mit gebieterischer Geste ein Auto anhielt und einstieg, ohne zu wissen, wohin es gehen sollte.

Kapitel vierunddreißig,

in dem nunmehr Schmock Abschied nimmt.

SCHMOCK, WILL HEISSEN: Iwan Alexejewitsch Swinzitski, hatte ebenfalls einen kurzen Abstecher in die Trinkstube in der Uljanow-Straße gemacht, was ihn, Gott sei's geklagt, sehr mitnahm. In diesem Zustand wurde er stets rätselhaft und unberechenbar. Zu Hause angekommen, setzte er sich in seinen weichen Lieblingssessel unter der Stehlampe, wo es sich abends so schön las, und rief mit schicksalsträchtiger Stimme:

»Jola!«

Jola sagte:

»Ich bin hier.«

Sie war wirklich da, hinter dem Schreibtisch, redigierte Swinzitskis jüngsten kommerziellen Roman.

Schmock staunte, erkannte sie aber. Und rief mit der gleichen bedeutungsschweren Stimme:

»Ljuda! Olja!«

Die beiden Zehntklässlerinnen, die aus der Schule heimgekommen waren und nun leise durch die Zimmer wuselten, den Kopf voller Pläne für den Abend, erschienen ebenfalls, wenn auch nicht gleich.

»Meine Lieben! Ich fahre fort!«

Er zog Fahrkarten und Geldscheine aus der Tasche, verstreute sie auf dem Fußboden und – begann zu weinen: lautlos, nur mit den Augen.

Die Mädchen staunten so sehr, dass sie sich sogar die Mühe machten, das Verstreute vom Fußboden aufzusammeln und der Mutter zu reichen. Jola betrachtete die Fahrkarten, das Geld …

»Fragt mich nichts!«, schrie Swinzitski. »Ich bin entschlossen! Heute Nacht! Nach Wladiwostok. Wie dieser Gauguin oder van Gogh, was weiß ich. Jedenfalls der, der alles aufgegeben hat und ein Genie geworden ist. Ein Maler. Ich bin so furchtbar ungebildet. Talent ist in mir, das spüre ich! Aber es kommt nichts heraus! Dabei kann ich es doch! Warum kommt dann nichts heraus? Ich weiß jetzt: Man muss alles aufgeben. Es heißt, Gauguin – oder van Gogh? – habe die verhassten Farben, den Lärm der Großstadt hinter sich gelassen. Das glaube ich nicht! Bestimmt war es etwas für ihn sehr Kostbares, das er aufgegeben hat! Man muss nämlich das aufgeben, was einem am meisten bedeutet, sonst macht es keinen Sinn! Das ist ein Verbrechen, aber gerade das brauche ich! Ich bin zu ordentlich, deshalb kommt nichts heraus bei mir. Ich muss Frau und Kinder verlassen, mir bei einer Hafennutte Syphilis holen, Alkoholiker werden: Dann schreibe ich einen Roman … Ein Roman wird das! … Und selbst wenn ich ihn nicht schreibe, werde ich trotzdem ein Genie! Genie und böse Taten sollen unvereinbar sein?

Blödsinn! Nur wer ein Bösewicht ist, kann ein Genie werden!«

Hier verließen Swinzitski vollends die Kräfte vor Schmerz und vor verzweifelter Weisheit. Er ließ den Kopf hängen. Ein Speichelfaden rann ihm aus dem Mundwinkel, und die Töchter, die sonst die Gelegenheit genutzt hätten, um einander zuzukichern, schauten jetzt mit einem eigentümlichen Blick auf ihre Mutter.

»Die Fahrkarten sind echt«, sagte Ljuda.

»Die Scheine auch«, bestätigte Olja.

»Das klären wir gleich«, sagte Jola, die ganz ruhige Mutter und Gattin geblieben war.

»Helft mir!«

Zu dritt hievten sie den in sich zusammengesunkenen Swinzitski aus dem Sessel, führten ihn ins Schlafzimmer und legten ihn auf das Bett.

»Weckt mich in einer Stunde!«, waren seine letzten Worte.

»Natürlich«, sagte Mutter Jola ernst und warf den Töchtern einen strengen Blick zu, damit ihnen nicht in den Kopf kam zu lachen.

Aber Ljuda und Olja dachten gar nicht daran.

Kapitel fünfunddreißig,

in dem sich Parfjonow auf die Suche nach Ausschweifung und Laster begibt, eine kleine Brünette aufgabelt, von einem Offizier a. D. zu einer Lasterhöhle kutschiert wird, in der es säuerlich riecht, Julja plus Galja ihrem Gewerbe nachgehen und Parfjonow das Bewusstsein verliert.

Parfjonow wollte mit etwas Ausserordentlichem eine Erinnerung an sich hinterlassen in dieser schäbigen Stadt (die mit dem heutigen Tag für ihn endgültig zu einer solchen geworden war). Natürlich im Rahmen des Gesetzes.

Er trug dem Autofahrer auf, ihn zum Gebäude der Gouvernementsverwaltung zu bringen.

Unterwegs überlegte er voll ungeduldiger Gereiztheit, was er dort eigentlich wollte.

Dem Gouverneur oder ein paar anderen da oben Unverschämtheiten sagen?

Dumm, kleinkariert, abgeschmackt.

Die Leute zusammentrommeln und eine entlarvende Rede halten, in der er sämtliche ihm bekannten kompromittierenden Fakten – natürlich wieder gegen die Obrigkeit – preisgab?

Dumm, kleinkariert, abgeschmackt.

Während er noch nachdachte, waren sie bereits am Ziel.

»Weiter!«, sagte Parfjonow.

»Und wohin?«

»Immer der Nase nach!«

Der Fahrer, ein Mann mit einem Gesicht, erfüllt von Lebenserfahrung, ließ ein »Hm« hören.

Nach wenigen Minuten führte die Nase sie in die Große Kosakenstraße (vormals Straße des 20. Jahrestags des Komsomol), die sich insbesondere dadurch auszeichnete, dass hier junge, billige Mädchen standen. Zwar erst gegen Abend, aber ein paar Zehntklässlerinnen oder Studentinnen aus dem ersten Semester, die das Geschäft nicht regelmäßig betrieben, kamen schon früher, solange die harte Konkurrenz noch nicht da war, denn die konnte einen übel zurichten, wie mehrere Fälle belegten. Sie standen auch nicht an den gewissen Stellen, sondern liefen in der Nähe auf und ab, mit einem Gesichtsausdruck, als würden sie einfach spazieren gehen, ganz in Gedanken. Ein paar nachdenkliche Schritte in die eine Richtung, kehrt marsch, ein paar nachdenkliche Schritte in die andere. Da beweise einer, dass sie nach Freiern Ausschau hielten!

Gerade deshalb hatte der Fahrer, der Parfjonows Bedürfnisse witterte, ihn hierher gebracht. Kurz darauf bremste er und sagte:

»Die da ist nicht schlecht.«

Parfjonow verstand, dass er verstanden worden war, und schaute hin.

Eine zierliche Brünette mit langem, offenem Haar. Wirklich nicht übel. Aber man durfte schließlich nicht die Erstbeste abschleppen.

»Fahren wir noch ein Stückchen.«

Sie fuhren weiter. Sahen noch mehr Brünette, dazu Blondinen und Dunkelhaarige, Dicke, Dünne, Mittlere, Große, Kleine, mit allen nur erdenklichen Augen- und Lippenfarben und -formen. Aber irgendwie gefielen sie Parfjonow nicht recht. Er besah sich alle, dachte, dass die kleine Brünette doch besser gewesen war. Und beschloss, zu ihr zurückzukehren.

Sie wendeten, fuhren zu der Stelle, wo sie gestanden hatte. Aber jetzt stand sie nicht mehr, sondern stieg gerade in eine Limousine!

Parfjonow sprang aus dem Auto, lief zu ihr hin, bekam sie gerade noch am Ellenbogen zu fassen.

Die Brünette drehte sich verwundert um, die beiden Männer in der Limousine konnten sich keinen Reim auf das Geschehen machen:

»Was ist los, guter Mann?«

»Wir haben uns … ich war früher … sie und ich … Also bitte …« Parfjonow zog die Kleine fast gewaltsam aus der Limousine und stellte sie neben sich.

»Ich zahle!«, flüsterte er ihr zu. »Ich zahle gut!«

»Mir ist es egal!«, sagte sie.

Aber den beiden ganzen Kerlen im Auto nicht.

Sie stiegen aus, und der Ältere von ihnen eröffnete die Unterredung:

»Sie wollen früher da gewesen sein, aber bei uns ist sie eingestiegen, stimmt's? Alles muss seine Ordnung haben, stimmt's? Sie waren gar nicht früher da, sie hat uns zugesagt, also müssen Sie warten, stimmt's?«

»Stimmt nicht!«

»Weshalb?«, konnte ihm der Ältere nicht folgen.

»Deshalb!«, erwiderte Parfjonow dreist.

Die kleine Brünette lachte. Ihr gefiel dieser komische Onkel. Und mit einem war es immerhin … schließlich hatte sie es noch nicht oft gemacht. An die zehn Mal …

»Dann müssen wir uns streiten!«, sagte der Ältere, und die ganzen Kerle setzten sich in Bewegung.

Aber Parfjonow befiel Courage.

Er schob die Hand in die Innentasche und sagte:

»Kommt nur, immer her mit euch!«

Die ganzen Kerle wechselten einen Blick.

»Na gut«, sagte der Ältere. »Wir sehen uns noch.«

»Das hoffe ich!«, versetzte Parfjonow stolz und führte die kleine Brünette zu seinem Privattaxi.

»Wohin soll's denn gehen?«, fragte der Fahrer.

»Das ist ja gut!«, staunte das Mädchen. »Haben Sie etwa kein Apartment?«

»Eine Wohnung? Nein. Ich dachte, Sie hätten … also du«, sagte Parfjonow.

»Freier gibt's! Schleppen einen von den Kunden weg und wissen nicht, wo sie hin sollen mit einem?!«

»Das musst du wissen, wenn du richtig arbeitest!«, fuhr ihr der Fahrer in die Parade. »Wenn das bloß Hobby ist, solltest du dich lieber nicht zu Männern ins Auto setzen!«

Das Mädchen verstummte.

»Was mache ich denn jetzt mit euch?« Der Fahrer trommelte mit den Fingern auf das Lenkrad. »Ha, ich weiß was«, er drehte sich zu Parfjonow um. »Ich bringe dich in meine Wohnung. Zweihundert die Stunde. Und dass ihr mir keine Schweinerei hinterlasst.«

»Dafür garantiere ich.«

»Geld im Voraus. Wie lange brauchst du?«

»Zwei Stunden«, sagte Parfjonow.

»Oho!«, kommentierte die Brünette. »Das Onkelchen ist ein Rambo?« Sie fuhr Parfjonow über die Hose.

»Los«, sagte Parfjonow.

Er war unzufrieden. Bei näherer Betrachtung hatte er gesehen, dass die Haut der Brünetten vor Backfischpickeln strotzte, der dick überschminkte Mund in Wirklichkeit nur halb so groß war und billige Tusche die Wimpern verklebte … Blieb nur zu hoffen, dass wenigstens die Figur stimmte. Dann ging Parfjonow noch der Gedanke durch den Kopf, dass man für richtige Ausschweifung, richtiges Laster vielleicht gerade solche Unvollkommenen brauchte – mit Pickeln und zu dick aufgemalten Lippen …

Sie bogen in die Wischnjowaja-Straße ein, fuhren ein Stück und hielten an einem vierstöckigen Haus.

»Ich führe jetzt die Erkundung des Geländes durch«, erklärte der Fahrer militärisch (bestimmt ein Militär a. D., der sich mit privaten Beförderungsdiensten etwas dazuverdiente, nicht umsonst hatte er ein grünes Armeehemd an und den roten Nacken zierten die typischen Ziehharmonikafalten des Truppenoffiziers).

»Ich koste übrigens auch zweihundert pro Stunde«, sagte das Mädchen.

»Kriegst du, sollst du haben«, antwortete Parfjonow.

Der Pensionierte kam zurück.

»Aufbruch, Kinder! Der Teufel hat mir die Schwiegermutter hergeschickt, die wäscht, wenn ihr wisst, was ich meine! Aber ich habe da noch meine Mama«, tröstete er die beiden. »Die bitten wir jetzt, ein bisschen spazieren zu gehen, und – Problem gelöst. Außerdem wird es billiger: ein Hunderter die Stunde.«

»Und der gewisse Komfort?«, fragte das Mädchen.

»Alles da!«, sagte der Pensionierte fidel und gab Gas. »Bloß eben zur kollektiven Nutzung, aber was spielt das für eine Rolle, wenn es um Liebe geht?«

»Eine Gemeinschaftswohnung?«, fragte das Mädchen.

»Na und? Das Zimmer hat vierzig Quadratmeter, eine fünf Meter hohe Decke!«

»Sollen wir fliegen oder was?«

»Ich zahle dreihundert pro Stunde«, sagte Parfjonow. Die Brünette ging ihm immer mehr auf die Nerven. Diese Stimme … War das Rhinitis oder nur ein Schnupfen? Und die Figur hatte er inzwischen auch flüchtig in Augenschein nehmen können. Storchenartig dünne Beine in schwarzen Strümpfen staksten unter dem kurzen Röckchen hervor, spitze Knie, ein Pullover, der ihren Körper platt umspannte.

»Aber vielleicht ist das auch wieder gut so?«, meldete sich erneut der Gedanke, den Parfjonow erst vor kurzem gedacht hatte.

Sie waren im Stadtzentrum – in der Bachmetjew-Straße – gelandet, hielten vor einem einstöckigen Haus. Der Pensionierte lief los und kam hoffnungsfroh zurück:

»Alles in Ordnung! Zwar ist Mama krank geworden, aber sie liegt hinter dem Wandschirm und steht nicht auf. Höchstens, dass sie irgendwas sagt, sie jammert gern über das Leben, eine Landplage! Am besten, ihr hört nicht hin!«

Das Mädchen gab einen unbestimmten Laut von sich, Parfjonow aber, vor dessen innerem Auge bereits Szenen voll sanftem Jungmädchenstöhnen und leidenschaftlichen Männerschreien abliefen, wollte nicht, dass die Alte alles hörte.

»Da wird nichts draus!«, sagte er.

»Dann gibt's nur eines«, ließ der Pensionierte den Mut nicht sinken. »Schmeiß dieser Anfängerin einen Hunderter in den Rachen, damit sie sich verpisst! Und ich bringe dich dorthin, wo es richtig zur Sache geht!«

»Was?!«, empörte sich die kleine Brünette.

»Hau ab, los!«, empfahl ihr der Offizier a. D., nahm Parfjonow den Hunderter aus der Hand, den dieser gerade hervorgeholt hatte, steckte ihn der Kleinen zu und öffnete die Tür.

Flüche zischend, stieg sie aus.

Der Pensionierte brauste los, munter und mit neuem Schwung. Offenbar gehörte er zu jenem Typ von unverwüstlichen Armeegäulen, die eine einmal begonnene Sache auch zu Ende führen.

Wie im Fluge durchquerten sie einige Stadtteile und hielten vor einem mehr als gewöhnlichen Neungeschosser.

Blitzschnell verschwand der Pensionierte im Hauseingang und war genauso flugs wieder da:

»Alles in Butter, du wirst erwartet, und Auswahl gibt's auch! Wohnung siebzehn, sag, du wärst Wladik. Ich wusste ja nicht, wie du heißt. Soll ich warten?«

»Nein.«

»Wie du willst.«

Nachdem er eine erkleckliche Summe für seine Dienste eingestrichen hatte, fuhr der Pensionierte zufrieden davon.

Parfjonow ging in die zweite Etage hinauf, klingelte an der Tür zu Wohnung siebzehn, erklärte, er sei Wladik, und durfte hinein.

Eingelassen wurde er von einem Mann in Jeans und T-Shirt, mit einem Hängebauch, der ihm über der Hose wabbelte. Von dem Mann ging ein säuerlicher Geruch aus, erst später begriff Parfjonow, dass die ganze Wohnung so roch.

»Für wie lange?«

»Ungefähr zwei Stunden.«

»Allen beiden?«

»Was – beiden?«

»Mädchen.«

»Allen beiden«, kopierte Parfjonow spöttisch die mangelhafte Grammatik des Hängebauchs.

»Siebenhundertfünfzig«, sagte der Mann ganz offensichtlich auf gut Glück, nachdem er einen devot-unverschämten Blick auf Parfjonow geworfen hatte.

Dem war nicht danach zumute, den Insider zu spielen. Er zog einen Packen Geld hervor, blätterte dem Mann sieben Hunderter und einen Fünfziger hin.

»Dort lang«, sagte der Mann.

(Es handelte sich um eine typische »Sandwich-Wohnung« mit Küche und Nasszelle in der Mitte und zwei

Zimmern daneben: eines für den Zuhälter, das andere für »allen beiden«.)

Die »beiden« waren zwar bloß zwei, dafür aber von großer äußerer Mannigfaltigkeit. Die eine natürlich eine (Wasserstoff-)Blondine, die andere brünett (von Natur aus, wie es schien). Die eine hoch gewachsen, fast mit Top-Model-Maßen, und selbstverständlich stattlicher, die andere zierlich und klein, eine Hübsche mit einem nussbraunen und einem grünen Auge – auf so etwas Raffiniertes musste man erst einmal kommen.

Im Zimmer stand eine nackte, kolossal breite Couch, grün, mit zahlreichen speckigen Stellen. Und das war auch schon fast alles. Natürlich gab es noch einen Fernseher samt Videorekorder, aus dem rhythmisches Stöhnen erklang. Die Mädchen lagen auf dem Sofa, in zerknitterter, halb durchsichtiger Wäsche, die offenbar erotisch wirken sollte, und schauten – nein, nicht auf den Bildschirm, der sie anödete, sondern einfach so ... ins Nichts. Als der Mann eintrat, wandten sie ihre Blicke ihm zu. Noch nicht alt, das war gut. Nicht allzu betrunken – ebenfalls. Nicht auffällig angezogen, auch das. Kurzum: ein Intelligenzler, wie sie solche Typen nannten. Nicht die schlechteste Variante (obwohl manche von denen dann so loslegten, dass ein Unterweltler auf Vergnügungstour ein Waisenknabe dagegen war).

Es klopfte.

»Wünschen Sie Getränke?«, fragte der Mann nach Kellnermanier.

»Wünschen wir!«, reagierte die Blondine sofort.

Die beiden Worte zeitigten eine überraschende Wirkung. Der Mann flog förmlich herein, stellte blitzschnell ein Tablett mit Flaschen und irgendeinem undefinierbaren Imbiss auf den Fußboden, stürzte zu der Blondine hin, packte ihr Ohr und begann sie daran zu ziehen:

»Wieviel mal soll ich dir das noch sagen, du Aas! Willst du am Ende der Schicht wieder rumliegen wie eine Wasserleiche? Und ich soll dann etwa noch für dich arbeiten?!«

»War doch bloß Spaß!«, wand sich die Blondine.

»Wollte ich auch gehofft haben«, sagte der Mann und wischte sich die Finger an der Hose ab. Dann beugte er sich noch einmal hinab und flüsterte ihr etwas in das rot angelaufene Ohr. Sie nickte.

All das sah aus wie eine Familienangelegenheit, eine ganz gewöhnliche, bei der man sich keinen Zwang antut vor Fremden, weil diese Fremden mit ihrem Eintritt gleichsam auch zu Mitgliedern der Familie werden. Deshalb wandte sich der Mann jetzt hemdsärmelig an Parfjonow:

»Sie kriegt nichts, kapiert!«

»Geht klar«, nickte Parfjonow.

Der Mann ging.

Eine Pause entstand.

Alle langweilten sich. Weder Parfjonow noch die Mädchen hatten Lust, damit zu beginnen, weshalb sie hier waren.

Plötzlich seufzte die Blondine, zog sich aus (so normal, wie man im Dampfbad die Kleidung ablegt), warf sich auf den Rücken, schleuderte abrupt die Füße in die Luft und ließ die gespreizten Beine so schwer auf die Couch plumpsen, dass diese zu schaukeln begann. Ihre Freundin, die das aus unerfindlichen Gründen urkomisch fand, wollte sich ausschütten vor Lachen.

Nachdem die Blondine eine Weile dagelegen hatte, setzte sie sich auf und sagte:

»Männe, eh, Männe! Gieß mir ein halbes Gläschen ein, bitte! Ich hab doch heute Geburtstag, und sogar an seinem Geburtstag muss man sich Gemeinheiten gefallen lassen!«

»Mir auch ein büsschen!«, säuselte die Dunkelhaarige.

Also schenkte Parfjonow den beiden Wein ein und sich selbst Wodka. Sie stießen an.

»Julja.«

»Galja.«

»Pal Palytsch.«

Die Mädchen tranken und aßen Salzgurkenstückchen hinterher. Parfjonow entschied sich für eine Apfelsine.

Ihm wurde warm und wohlig zumute.

Dabei hatte er etwas ganz anderes vorgehabt: Ausziehen wollte er diese Huren, begrapschen, vergewaltigen, demütigen mit Worten und Taten, sie so weit bringen, dass sie um Gnade flehten.

Und nun war ihm die Lust vergangen.

Jetzt saßen sie da und tranken (Parfjonow hatte sofort ein zweites Glas gekippt), eine Unterhaltung kam in Gang.

»Auf der Straße ist es so wunderbar! Goldener Herbst!«, sage Julja. »Aber dieser gemeine Hund lässt uns nicht einmal zum Spazieren raus. Dabei dürfen sogar Hunde Gassi gehen.«

»Ich will einen Hund«, sagte Galja traurig. »Damit der mich lieb hat und die anderen beißt.«

»Kommt, wir fahren raus in die Natur!«, sagte Parfjonow. »Nicht weit, vor die Stadt. Vertreten uns die Beine, schnappen frische Luft, genießen den Herbstwald. Na, wie wäre das?«

Die Mädchen wechselten einen Blick.

»Ich bezahle!«

»Nein«, sagte Julja. »Er lässt uns nicht.«

»Schade. In der Natur kann man so gut nachdenken. Über sich. Über das Leben.«

Und schon war Parfjonow dabei, den beiden von sich zu erzählen, von seinem Leben, davon, dass er in Wirklichkeit Matrose hatte werden wollen bei der Handelsmarine, die Meere und Ozeane durchpflügen, irgendwann einmal abhauen von dem Schiff (damals, zu sowjetischen Zeiten), als Schauermann im Hafen unterkommen, dann auf eigene Rechnung Geschäfte machen, ein bisschen Geld verdienen, sich irgendwo am Strand in eine Schilfhütte zurückziehen und Bücher schreiben wie der Schriftsteller Ernest Hemingway. Den kannten sie doch, oder?

Die Mädchen kannten ihn nicht.

Parfjonow gab ihnen möglichst textgetreu eine seiner Lieblingserzählungen wieder: »Die Katze im Regen«. Das beeindruckte die Mädchen so sehr, dass sie in Tränen ausbrachen. Auch Parfjonow begann zu weinen.

»Was trinken wir diese Plörre?«, fragte Julja. »Habe ich heute Geburtstag oder nicht?« Sie griff nach einer angebrochenen Flasche Martini. Schenkte allen ein. Sagte: »Auf euch!«, und hob das Glas.

»Danke«, sagte Parfjonow und nahm einen Schluck.

Ihm wurde noch wohliger, noch wärmer zumute. Er streichelte das Knie des kleineren Mädchens.

»Du siehst aus wie meine Tochter!«

»Sie haben eine Tochter?«

»Nein. Aber ich wollte eine. Und dich will ich auch.«

Parfjonow reckte sich zu dem Mädchen hinüber, fiel um und verlor das Bewusstsein.

Kapitel sechsunddreißig,

in dem sich der silbergraue Aktenkoffer partout nicht öffnen lässt.

Früher oder später ging der Alkoholvorrat zur Neige. Einmal geht er immer zur Neige, egal, wie viel es zu saufen gibt. Schlange hatte keinen Rubel mehr in der Tasche. Er wollte sich von seiner Mutter etwas borgen, doch die war weggegangen, vielleicht zum Fernsehen bei den Nachbarn. Er hätte sie suchen können oder abwarten, bis sie zurückkam, aber die Zeit wartete eben nicht, und die Gäste genauso wenig! Außerdem war ja Geld da: das gemeinsame Eigentum, in dem gepanzerten Aktenkoffer. Und der lag in einem Verschlag im Hof, unter den Kartoffelhorden. Er könnte sich ein paar Scheine holen, die Freunde würden bestimmt nicht schimpfen. Es ging ja von seinem Anteil ab.

Schlange rannte los und holte den Aktenkoffer.

»Was hast du denn da?«, fragte jemand.

»Na Geld.«

Erst jetzt fiel Schlange ein, dass die Schlüssel zu dem Aktenkoffer bei Schmock waren. Oder bei Parfjon. Beide wohnten in der Nähe, er hätte hinlaufen können, aber wozu wieder Zeit vergeuden?

Schließlich war Borja Kusmin hier, der Schlosser. Borja kriegte mit zwei Drähten jedes Schloss auf. Besonders knifflige – mit drei.

Kusmin nahm den Aktenkoffer, untersuchte ihn und musste zur allgemeinen Verwunderung passen.

»Der ist wie ein Safe«, sagte er.

Jetzt wollten es die anderen wissen.

Nemiserow brachte einen Meißel und versuchte es damit. Ohne Erfolg.

Borowkow versuchte es mit der Kneifzange. Ohne Erfolg.

Dmitrowski versuchte es mit einem Handbohrer. Ohne Erfolg.

Anja Sarafanowa versuchte es mit den Zähnen.

Vera Lawlowa versuchte es mit Schwefelsäure. (Die hatte Vera im Hause, weil sie, wenn sie einmal verheiratet wäre, jedem Weibsstück, das ihrem Mann schöne Augen machen würde, damit die Fresse verätzen wollte.)

Nadjuscha Serojedowa versuchte es mit dem Bügeleisen.

Roman Bratman versuchte theoretisch, den Aktenkoffer 10 000 Meter tief ins Meer zu versenken (er liebte Science-Fiction), wo ihn der Druck auseinander reißen würde.

Edik Boikow versuchte es mit einem Kugelschreiber.

Walera Wolodko versuchte es mit der Faust.

Igor Bukwarjow holte seinen Rottweiler und versuchte es mit ihm.

Gorkow versuchte es mit seiner geliebten stomatologischen Flachzange.

Petuchow versuchte es mit der Kraft intellektueller Analysen, wobei er ein Auge zusammenkniff, um seine Gedanken zu bündeln.

Olga Dmitruk, die Buchhalterin, war die subtile Präzision der Zahlen leid und versuchte es mit einer Brechstange.

Sascha Filinow versuchte es mit einem Wagenheber.

Witja Schuschakow versuchte es mit Ironie, wurde aber nicht verstanden.

»Zum Teufel mit dem Ding!«, fühlte er sich beleidigt und versetzte dem Aktenkoffer einen Fußtritt. Der polterte die Treppe hinunter – und sprang plötzlich auf. Geld in unvorstellbarer Menge quoll daraus hervor.

»Oha!«, freute sich Schlange. »Jetzt können wir trinken!«

Ungute Stille war die Antwort.

»Kinder, bleibt anständig …«, sagte er.

Doch alle Anwesenden stürzten los, spreizten schon im Laufen die Finger (was anzeigt, dass ihnen jede Erfahrung im Umgang mit Geld fehlte, denn das sammelt sich besser auf, wenn man die Handflächen geschlossen hält).

Jeder wollte die meisten Dollars raffen, einer schubste den anderen beiseite. Wobei Nemiserows Jackentasche abgerissen wurde.

Borowkow erhielt einen Tritt vor das Schienbein.

Dmitrowski bekam eins aufs Auge.

Anja Sarafanowa verlor die Ruhe.

Roman Bratman verlor das Gesicht.

Vera Lawlowa verlor ihre immer währende Sanftmut.

Nadjuscha Serojedowa verlor den Glauben an ihre Liebesfähigkeit.

Edik Boikow wusste nicht, was er zuerst festhalten sollte: das Geld oder seine Bügelfalten, damit die keinen Schaden nahmen.

Walera Wolodko kämpfte so hingebungsvoll, dass er keinen einzigen Dollar zu fassen bekam.

Igor Bukwarjow auch nicht, denn er war damit beschäftigt, seinen herzensguten Köter auf die Menschen zu hetzen.

Gorkow hielt sich mehr an der Seite, wo denn auch die meisten Dollars lagen.

Petuchow war bemüht, beim Geldaufsammeln nicht raffgierig auszusehen.

Olga Dmitruk saß müde auf den Stufen, und die Scheine, die die anderen beim Zusammenraffen aufwirbelten, flogen ihr von allein in den Schoß.

Sascha Filinow hob die Dollars auf, um sie ihrem Besitzer zurückzugeben.

Witja Schuschakow ironisierte noch immer, brachte es dabei aber zu einer prall gefüllten Brusttasche.

»Brüder, das ist nicht meins! Gebt es her!«, schrie Schlange.

Natürlich hörte niemand auf ihn, alle überlegten schon, wohin sie mit dem zusammengeklaubten Geld verschwinden konnten. Bloß noch ein Scheinchen, bloß noch dieses … und das hier …

Schlange begann zu weinen.

Kapitel siebenunddreißig,

in dem Schmock einen Traum hat.

WÄHRENDDESSEN LAG DER SCHRIFTSTELLER Iwan Alexejewitsch Swinzitski in tiefem Schlaf, und der Traum, den er hatte, war nicht alkoholvernebelt, sondern ganz klar, mit einem richtigen Sujet.

Der Schriftsteller Swinzitski träumte also, dass er der Schriftsteller Swinzitski war, aber er sah sich nicht so wie in Wirklichkeit, als einen Autor, der öffentlich (wenn auch unter Pseudonymen) kommerzielle Romane und insgeheim schöngeistige Literatur schreibt, im provinziellen Saratow wohnt und von familiären Sorgen erdrückt wird, sondern als einen ganz anderen Swinzitski – anerkannt von den Kritikern, von den Lesern geliebt, in sämtliche Sprachen übersetzt und dabei höchst bescheiden geblieben. Und da bestellt ihn der Präsident von ganz Russland zu sich und spricht: »Ich war so unvorsichtig, gestern Abend vor dem Schlafen Ihr neues Buch anzufangen und konnte mich nicht davon losreißen, bis ich die letzte Zeile gelesen hatte … Ich musste lachen und weinen zugleich. Jetzt sehe ich selbst: Mein Berater in kulturellen Fragen hatte Recht, als er mir berichtete, Ihre Verdienste um die vaterländische Literatur seien gewaltig. Sagen Sie, womit darf ich Ihnen diese Verdienste aufwiegen? Erbitten Sie, was Sie brauchen, um auch in Zukunft ungestört zum Wohle der russischen Literatur zu schaffen.«

»Ich habe doch alles«, antwortet der Schriftsteller Swinzitski, »einen Tisch, einen Stuhl, Papier, etwas zum Anziehen und ein bisschen was für den Magen. Mehr will ich gar nicht. Nur meine Seele findet keine Ruhe, aber die kann mir sowieso niemand geben.«

»Wer verstünde das besser als ich!«, seufzt der Präsident. »Menschen wie du und ich können nur von Ruhe träumen! Aber dann nimm wenigstens den Orden ›Für Verdienste um das Vaterland‹ zweiter Klasse, und geh mit Gott!«

Der Schriftsteller Swinzitski verlässt den Kreml, setzt sich in seinen Mercedes, wo ihn bereits seine wunderhübsche junge Frau im Polarfuchsmantel erwartet, und braust durch Moskau. Zu seiner zweistöckigen Villa am Stadtrand, wo sie zum Abendbrot kalten Stör mit leicht angewärmtem Rotwein zu sich nehmen, sich zu Bett begeben und seine schöne Gattin nach dem wechselseitigen Austausch von Zärtlichkeiten leise zu schnarchen beginnt, während sich der Schriftsteller Swinzitski schlaflos hin und her wälzt und denkt, dass er jetzt alles erreicht hat (manches natürlich auch nicht), nun nichts mehr zu tun bleibt und er jeden Augenblick sterben kann. Und davon beginnt ihm das Herz zu schmerzen, er nimmt ein paar Tropfen ein und fällt nachgerade in Schlaf.

Und dann träumt dieser Schriftsteller Swinzitski, dass er der Schriftsteller Swinzitski ist, aber nicht so, wie in Wirklichkeit: von allen anerkannt und hochdekoriert, vom Präsidenten persönlich mit Gunstbezeugungen überhäuft, sondern als einen ganz anderen Swinzitski, der irgendwo in einem abgelegenen Provinznest wohnt, mutterseelenallein ist, keinen heilen Fetzen auf dem Leib trägt, sich in der Gesellschaft zweifelhafter Typen herumtreibt, schon lange mit dem Schreiben aufgehört hat, in einem verlassenen Gemüsekeller überwintert – mit ebensolchen Tagedieben wie er selbst. Und eines Tages wacht er auf nach einem schweren Rausch und es geht ihm schlecht und er will nicht mehr leben, doch da öffnet sich plötzlich die Luke zu seinem Gemüsekeller, ein Lichtstrahl blendet ihn, erlischt jedoch gleich darauf, und als seine Augen wieder etwas wahrnehmen, erkennt er vor sich eine Frau, schauerlich anzusehen, mit einer Flasche in der Hand. Er entreißt ihr die Pulle, trinkt den Fusel, ist glücklich, denkt, dass er gar kein anderes Los will, und schläft mit einem seligen Lächeln ein.

Und dieser obdachlose Schriftsteller Swinzitski träumt, dass er der Schriftsteller Swinzitski ist, sieht sich aber nicht so wie in Wirklichkeit – als einen heruntergekommenen Säufer, sondern als einen, der in der großen, an manchen

Stellen und zu manchen Zeiten sogar schönen Wolga-Stadt Saratow wohnt, sich ganz gut über Wasser hält mit dem Verfassen kommerzieller Romane und an freien Abenden seine ureigene Literatur schreibt, freudvoll, wenn auch mit geheimem Schmerz, frei in seinem Tun, und er hat eine liebe Frau, und er hat liebe Zwillingstöchter, und seine kleine Wohnung ist gar nicht so übel, hinter dem Fenster pfeift der Wind, im Zimmer ist es warm, auf dem Tisch dampft eine Tasse Kaffee mit Milch – wie wohlig, wie still geborgen fühlt sich da die Seele. Und Tränen rinnen dem obdachlosen Schriftsteller Swinzitski im Schlaf über die Wangen, er will nicht aufwachen, damit dieses wunderselige Bild bescheidenen Glücks nicht zerstört wird …

Der Schriftsteller Swinzitski erwachte. Nicht der Penner, nicht der Hochdekorierte, nein, unser Swinzitski, Iwan Alexejewitsch, der das Geld gefunden hat.

Er wachte auf mit Tränen in den Augen, fühlte voller Freude, dass er noch lebte und zu Hause war, doch er spürte auch eine vage, unbegreifliche Beunruhigung …

»Na, wieder wach?«, fragte Jola, die am Schreibtisch gearbeitet hatte, und wandte sich zu ihm um. »Vielleicht erklärst du mir, was das für Geld ist und was für ein Wladiwostok?!«

»Gleich«, sagte Iwan Alexejewitsch, »gleich.«

Kapitel achtunddreißig,

dessen Inhalt jeder versteht, der es liest.

ZUR GLEICHEN ZEIT, allerdings, wie Sie sicher ahnen, an einem ganz anderen Ort, erwachte auch Pawel Pawlowitsch Parfjonow.

Er dachte, dass es schon Abend sein musste oder Nacht.

Denn ringsum war alles dunkel.

Er bewegte sich, betastete mit den Händen alles um sich herum. Ziegelsteine, Bretterstücke ...

Der Kopf wollte ihm platzen vor Schmerz.

Parfjonow stieß einen Klagelaut aus, nahm sein Haupt zwischen beide Hände.

Setzte sich langsam auf, stützte sich auf alle viere und kroch vorsichtig los. Kroch dorthin, wo es ein wenig heller war.

Eine Art Türöffnung. Sich am Rahmen abstützend, stand er auf. Ging los. Dorthin, wo es noch heller war.

Kam an. Eine Holztreppe mit halb verfaulten Stufen.

Er stieg hinauf.

Jeder Schritt löste eine Flut von Schmerzen in seinem Kopf aus.

Noch heller.

Er sah sich um.

Ein halb zerstörtes Zimmer mit abgerissenen Tapeten, ohne Fußboden, die Deckenbalken hingen schief. Dazwischen der Himmel in der Abenddämmerung.

Er sah einen Korridor, tastete sich an der Wand entlang zum Flur hin, durchquerte ihn – und war draußen.

Ging etwa zehn Schritte, dann erst drehte er sich um.

Ein Abrisshaus mit leeren Fensterhöhlen.

In jeder Richtung – Ödfläche, umgeben von einem Zaun.

Der Platz für eine zukünftige Baustelle.

Wo war er?

Parfjonow stolperte am Zaun entlang.

Ein Tor. Halb offen.

Er ging hindurch.

Sah sich um.

Eine vollkommen unbekannte Straße. Linker Hand alte Häuser, rechter Hand ein Neungeschosser.

Er ging darauf zu.

Im Gehen befühlte er lethargisch seine Taschen: leer.

Es verwunderte ihn nicht.

Keine Menschenseele.

Er ging um das Haus herum und erkannte den Eingang wieder. Ein verrosteter Saporoshez stand davor, er erinnerte sich an das Auto.

Langsam stieg er die Treppe hoch. Wohnung siebzehn. Das wusste er noch.

Er klingelte.

»Wer ist da?«

»Pawel Pawlowitsch Parfjonow«, sagte er beinahe flüsternd.

»Wer?«, wurde nachgefragt.

»Machen Sie bitte auf!«, sagte er lauter.

Es öffnete der Mann in Jeans und T-Shirt, mit dem Hängebauch.

Er hatte eine Zigarette zwischen den Zähnen, musste ein Auge zusammenkneifen wegen des Rauchs, nahm den Glimmstengel aber nicht zwischen die Finger (um beide Hände frei zu haben).

»Ich kenne hier nur Sie«, sagte Parfjonow. »Ich will nichts von Ihnen. Sagen Sie mir bloß, wo ich bin. Ich muss nach Hause.«

»Nach Hause? Dann geh doch.«

»Mitschurin-Straße. Ich muss nach Hause. Geben Sie mir ein bisschen Geld. Zum Hinfahren. Laufen kann ich nicht. Und Schnaps. Ein bisschen Schnaps, wenn es geht.«

»Spinnst du, Mistkerl? Was denn für Geld? Was für Schnaps? Bist du verrückt geworden?«

»Sie haben gemein gehandelt, aber ich trage Ihnen nichts nach«, sagte Parfjonow mit gleichförmiger Stimme (doch selbst von diesen ruhigen Mundbewegungen erfüllte rasender Schmerz seinen Kopf). »Es ist Ihr Leben. Die Sache ist vorbei. Keine Rache. Eben dumm gelaufen. Ich will nach Hause, verstehen Sie?«

»Dann geh doch, na los! Drängt sich in eine fremde Wohnung! Gleich rufe ich die Miliz! Geh, los, hau ab!« Der Mann spie Parfjonow die Zigarette ins Gesicht und schlug die Tür zu.

Der glühende Stummel verbrannte Parfjonow die Wange, doch dieser Schmerz war nichts gegen das rasende Pochen in seinem Kopf.

Er klingelte.

Die Tür flog abrupt auf, der Mann kam herausgeschossen, packte Parfjonow am Schlafittchen und schleifte ihn die Treppe hinunter.

Parfjonow schrie nicht, leistete keinen Widerstand. Aus Angst, davon könnte ihm der Kopf platzen.

Der Mann schleppte Parfjonow bis ganz nach unten, bugsierte ihn vor den Hauseingang, und stieß ihn zu Boden.

»Wieso verstehen Sie denn nicht?«, sagte Parfjonow leise, auf der Erde liegend. »Mir fehlt die Kraft, es Ihnen heimzuzahlen. Und ich will es auch gar nicht. Sie haben das Geld genommen, soll es Ihr Glück sein. Oder Ihr Unglück. Aber ich will nach Hause. Da ist meine Frau, zu ihr will ich. Und mein Sohn, verstehen Sie? Verstehen Sie das oder nicht? Die Frau von meinem Sohn ist eine Trine. Sie schenken mir bald einen Enkel. Versteht ihr das, oder seid ihr alle Idioten?«

Seine Frage ging ins Leere: Der Mann mit dem Hängebauch war längst im Hauseingang verschwunden.

Schluchzend vor Selbstmitleid und Erbarmen mit diesen dummen Menschen, erhob sich Parfjonow und ging auf gut Glück los.

Nach einer Weile kam er an eine befahrene Straße.

»Zivilisation«, sagte Parfjonow und streckte die Hand aus.

Ein Auto hielt.

Die Anstrengung, die es jetzt zu unternehmen galt, schien Parfjonow ungeheuer schwer. Doch es musste sein. Also bückte er sich und sagte in das Autofenster:

»In die Mitschurin-Straße, ich bezahle, wenn wir da sind. Einhundert Rubel.«

»Ein Ehering?«

»Was?«, fragte Parfjonow verständnislos.

»Der Ring da, ist das Ihr Ehering? Aus Gold?«

»Ja.«

»Den kriege ich als Pfand«, sagte der unsichtbare Fahrer. (Um ihn zu sehen, hätte sich Parfjonow tiefer hinabbeugen müssen, doch das war unmöglich.)

»Gut.« Parfjonow hielt die Hand hin.

Der Mann drehte und zerrte an dem Ring, bis er ihn endlich von Parfjonows Finger gezogen hatte.

»Danke«, sagte Parfjonow.

»Nichts zu danken«, sagte der unsichtbare Mann, gab Gas und raste davon.

Parfjonow stand da, ließ bekümmert den Kopf hängen und murmelte:

»Was für dumme Menschen … Was machen die nur mit sich? Weshalb?«

Er ging zu Fuß weiter, am Straßenrand entlang. Die Hand streckte er nicht mehr aus.

Doch ein Auto hielt von allein.

»He, du da! Steig ein, wir nehmen dich mit!«, wurde ihm zugerufen.

Parfjonow, der die Bitternis wie die Freude in sich gleichmütig hinnahm (nur nicht zu viel denken, damit der Kopf nicht zersprang), ging zu dem Auto. Hände griffen nach seinen Händen.

»Danke«, sagte er.

»Bitte sehr«, wurde ihm geantwortet, und eine Faust setzte seinem Leben ein Ende.

Wie es Parfjonow schien. In Wirklichkeit erhielt er nur einen Schlag in den Solarplexus und verlor auf der Stelle das Bewusstsein.

»Der ist vielleicht mickrig!«, staunte das Jüngelchen in Milizuniform am Steuer. »Fühl mal«, sagte er zu seinem Beifahrer, »was er so dabeihat.«

»Nichts.«

»Gar nichts?«

»Gar nichts.«

»Aber der Anzug geht, auch wenn er verdreckt ist.«

»Bringen wir ihn aufs Revier?«

»Zum Kuckuck mit dem. Letztes Mal bin ich aus Versehen an einen Abgeordneten geraten, das gab vielleicht ein Theater …«

»Die sind jetzt alle Abgeordnete.«

»Atmet er noch?«

»Und wie.«

»Leg ihn an den Straßenrand und ab mit uns!«

Parfjonow erwachte zum zweiten Mal.

Er wunderte sich über nichts. Er wusste nichts und konnte sich an nichts auf dieser Welt erinnern als an den Schmerz in Kopf und Bauch. Und daran, dass es eine Mitschurin-Straße gab, und dort musste er hin. Dort war ein Haus.

Und er schleppte sich schwankend vorwärts, wie ein Verwundeter, die Hände gegen den Bauch gepresst.

Kann sein, er lief eine Stunde, kann sein – zwei. Die Straßenlaternen gingen an.

Und plötzlich fanden seine Füße eine Orientierung. Hätte er Kraft gehabt, wäre er glücklich gewesen. So aber durchzuckte ihn nur der dumpfe Gedanke: da drüben – das Postamt. Vom Postamt weiter, diese Straße entlang. Dort war das Haus. Gehen. Er musste gehen.

Er ging und kam bis zum Zirkusgebäude. Dort waren viele Leute. Bestimmt schauten sie ihn an. Wichen vor ihm zurück. Lachten. Diese Dummköpfe. Was interessierten ihn deren Gedanken! Er musste nach Hause, das allein zählte. Nur ein bisschen ausruhen.

Er bog in die kleine Grünanlage ein, die gegenüber dem Zirkus lag. Setzte sich.

Bald setzten sich ein paar neben ihn.

Halbwüchsige Stimmen.

»Kleine Jungs«, dachte Parfjonow mild. »Ich bin fast zu Hause.«

»Brauchst keinen Schiss zu haben, es guckt keiner«, sagte die eine Stimme.

»Ich hab keinen Schiss, aber stell dich mal trotzdem davor.«

Hände schoben sich in Parfjonows Jackett- und Hosentaschen.

»So ein Arschloch! Nicht mal eine Kopeke!«

»Ein Schluckspecht!«

»Soll ich ihm die Jacke abnehmen?«

»Brauchst du die?«

»Bloß aus Jux. Und die Hose auch. Aber deck mich mal, deck mich!«

Parfjonows Körper zuckte wie eine Marionette in den Händen eines ungeschickten Puppenspielers. Sie zogen ihm die Jacke aus. Die Hose. Alles andere. Er war nackt. Aber es war ihm egal. Hauptsache, sie zerrten nicht mehr an ihm herum.

Es hörte auf.

Danke auch.

Er konnte gehen.

Und wieder ging er.

Noch hatte er seinen Verstand und sogar seine Gewitztheit!

Er lief nicht durch die Tschapajew-Straße, wo es mehr Menschen und Milizionäre gab. Sondern durch die Rachow-Straße. Dort waren nicht so viele Leute, wenn auch jede Menge Autos. Vor den Autos brauchte man weniger Angst zu haben. Sollten sie doch glotzen. Dumme Leute. Hauptsache, dass das Haus immer näher kam. Mit jedem Schritt.

Er ging und ging, den Blick auf den Boden geheftet.

Er hob den Kopf: das Haus. Sein Haus. Die Fenster leuchteten.

So schnell? Es war noch keine Stunde vergangen, noch kein Tag und keine Ewigkeit!

»Guten Abend, Pal Palytsch!« Eine Greisinnenstimme.

»Guten Abend«, erwiderte er höflich.

Man kannte und achtete ihn. Er wurde geliebt.

Die endlosen Stufen der Treppe.

Geschafft. Er war zu Hause.

Das Gesicht der Frau, die er liebte.

»Pascha!!!«

»Es ist nichts. Gratuliert mir, ich lebe noch!«

»Vater?!«

»Du bist auch da? Das ist schön. Und deine Frau? Sie soll weggehen, ich schäme mich.«

»Pascha, was soll das?«

»Ich bin's. Ich will baden. Und Schnaps, bitte. Oder ich sterbe.«

Eine duftende Flüssigkeit. Zähne schlagen gegen Glas. Wärmendes Feuer breitet sich in ihm aus. Entfaltet einen Regenbogen im Körper. Der Kopfschmerz geht, und das scheint unglaublich.

Klarheit kommt.

Und plötzlich versteht er, dass er nackt ist, versteht es wirklich.

Versteht alles.

Und ein krampfhaftes Zittern befällt ihn.

Sie setzen ihn hin.

Geben ihm etwas Bitteres. Arznei?

Die Hand seiner Frau.

Er ergreift sie und presst seine Lippen darauf.

Aus irgendeinem Grunde ist die Hand feucht und salzig.

Kapitel neununddreißig,

in dem plötzlich ein Hunderter zu viel da ist.

SCHLANGE WEINTE. Und jeder der Anwesenden überlegte, wie er sich aus dem Staube machen konnte, aber so, dass es die anderen nicht merkten. Deshalb standen sie alle noch herum.

Da plötzlich ertönte die Stimme Lidija Iwanownas, der Mutter von Sergej (Sergej Uglow, also Schlange):

»Wohin so eilig, verehrte Gäste? Wolltet ihr denn nicht noch ein Gläschen trinken? Und das Geld gebt mal schön her, Serjosha sagt euch doch: Es ist nicht seins, und etwas Fremdes hat er noch nie genommen. Serjosha, wie viel war drin? Hörst du mich, Serjosha?«

»Ein … undzwanzig … tausend«, presste Serjosha hervor und bekam einen Schluckauf vor bitterlichem Schluchzen.

»Also dann her mit diesen einundzwanzigtausend, ihr seid doch Menschen, oder nicht?«

Und alle schauten auf die Veranda, zu dem Tisch, hinter dem Lidija Iwanowna stand. Eine Lampe breitete ihr gemütliches Licht darüber aus (sollte es tatsächlich schon Abend sein?). Ein neuer Imbiss stand bereit. Und das Wichtigste: ein paar Flaschen Wodka, aufgetaucht, Gott weiß woher. Konnte man das stehen lassen? Geld, schön und gut, aber an die Seele musste man denken, oder?

»So versäuft man bald auch noch das Gewissen!«, sagte Bratman besonnen und legte 1200 Dollar auf den Tisch.

»Bei solchen wie uns hilft nur noch einer mit der Knarre!«, sagte Nemiserow und legte 1000 Dollar dazu.

»Wir leben voll und ganz nach russischer Art!«, sagte Borowkow und legte 1600 Dollar dazu.

»Was für eine Wendung!«, sagte Dmitrowski und legte 800 Dollar dazu.

»Richtig unheimlich«, sagte Anja Sarafanowa und legte 3500 Dollar dazu.

»Gier ist die zweite Zunge des Vampirismus«, sagte Vera Lawlowa rätselhaft und legte 1200 Dollar dazu.

»Verhurtes Leben, das!«, sagte Nadjuscha Serojedowa und legte 900 Dollar dazu.

»Och!«, sagte Edik Boikow und legte 200 Dollar dazu.

»Uch!«, sagte Walera Wolodko, ohne etwas dazuzulegen.

»Ach!«, sagte Igor Bukwarjow und legte 2400 Dollar dazu, von denen keiner wusste, wie er dazu gekommen war.

»Ha!«, sagte Gorkow und legte 5300 Dollar dazu.

»He!«, sagte Petuchow und legte 600 Dollar dazu.

»Huch!«, sagte Sascha Filinow erleichtert und legte 1100 Dollar dazu.

»Hm!«, sagte Witja Schuschakow ironisch und legte 1300 Dollar dazu.

Weiter legte niemand etwas dazu.

Olga Dmitruk warf einen Blick auf den Tisch und sagte nach fünf Sekunden: einundzwanzigtausend und einhundert Dollar.

»Irrtum sprach der Igel«, schrie Sergej Uglow freudig und verschmierte sich die Tränen im ganzen Gesicht. »Es müssen genau einundzwanzigtausend sein!«

»Könnt ja nachzählen!«, sagte Olga beleidigt.

Sie zählten nach, dann noch ein Mal und ein weiteres Mal (nun gestärkt durch Imbiss und Getränke), und immer stellte sich heraus, dass ein Hunderter zu viel war. Was umso unwahrscheinlicher schien, als niemand von ihnen jemals einen Dollar in der Hand gehabt hatte!

»Na dann! Auf unser Fest!« Schlange warf den Geldschein in die Luft wie eine Lusche beim Kartenspiel.

Blitzschnell rannten ein paar Gäste los, um ihn bei der Verkäuferin Lena Wloshina in Rubel einzutauschen. Lena hatte stets ein bisschen Geld in der Hinterhand, wenn der Kurs für sie günstig war. Die Emissäre kamen zurück mit Wein, Wodka, ein paar Happen zu essen und dem Schriftsteller Iwan Alexejewitsch Swinzitski.

»Ich werd nicht wieder!«, schrie Schlange. »Wen haben wir denn da? Trink, Bruderseele!«

»Mache ich«, zierte sich Iwan Alexejewitsch gar nicht erst. »Aber müssen wir nicht los?«

Kapitel vierzig,

das erklärt, wieso unser Schriftsteller Swinzitski erscheint und diese Frage stellt.

JOLA HOFFTE, ES HANDELE SICH um eine gewöhnliche Quartalssauferei.

Gerade war ihr Mann, »sofort, sofort« murmelnd, zur Küche geschlurft und kramte dort im Kühlschrank. Gleich würde er finden, was er suchte: Sie hatte vorausschauend eine Flasche Wodka gekauft und kalt gestellt.

Die Tür des Kühlschranks klappte.

Geräusche, die Jola unfehlbar zu deuten wusste. Jetzt

würde er trinken und sich wieder hinlegen zum Schlafen. So war es immer. Ein, zwei Tage pichelte er munter, redselig, gestikulierend (wenn auch beherrscht), danach wurde er schlaff und schlaffer, schlief schließlich ein. Er trank – schlief, trank –, schlief. Schlief immer mehr, trank immer weniger. Und kam ganz allmählich aus seinem Quartalssuff heraus.

Natürlich, dachte Jola, würde er nicht nach Wladiwostok fahren. Wohin hatte er nicht schon alles gewollt! Ins Ausland zum Beispiel. Hatte sogar schon angefangen, sich ganz allein Deutsch beizubringen, weil ihm wer weiß warum schien, sein weiteres Erdendasein müsse sich unbedingt im nie gesehenen Österreich abspielen.

Schmock wusste nicht, dass Jola, die ihn nach Kräften unterstützte in Leben und Schaffen, dass ihn diese Jola in zwei Jahren verlassen wollte.

Was tatsächlich auch zu absonderlich anmutet, erzählt man nicht wenigstens ganz kurz ihre Geschichte.

Als Jolantas Vater umkam, war sie ein hübsches Mädchen von dreizehn Jahren, eine Schülerin mit Bestnoten, ein Ausbund an Vernunft und Verständigkeit, der Trost ihrer verwitweten Mutter. Doch die, Pflegerin in einem Krankenhaus, konnte der Tochter weder intellektuell noch moralisch eine Stütze sein. Sie hoffte nur auf eines: dass Jola eine gute Partie machen und einen soliden jungen Mann heiraten würde, der sie versorgte.

Jola bewegten ganz andere Probleme. Ihr widerfuhr eine Geschichte, wie sie tausendfach vorkommt in der Jugend, ja im Leben überhaupt: Gleich zwei Jungen verliebten sich in sie, und Jola wusste nicht, welchem von beiden sie den Vorzug geben sollte. Jola wurde vierzehn, wurde fünfzehn, schon beendete sie die Schule, und die zwei Jungen waren immer noch in sie verliebt (neben anderen, deren Zuneigung wechselte und nicht lange anhielt), ebenso wie Jola noch immer beiden große Sympathie entgegenbrachte, aber keinem von ihnen auch nur die geringsten Avancen machte, während andere, oft weitaus weniger hübsche Mädchen zusehends Erfahrungen sammelten – im Küssen, in scheuen Umarmungen im Schutz der Hauseingänge und – einige zumindest – im ersten stelzbeinigen, ungeschickten Sex.

Nun könnte man sich eigentlich über die ganze Geschichte amüsieren, wenn sie nicht so ernst wäre: Jola fand keine Ruhe, war in beide verliebt, lag nachts wach und grübelte, was sie nur tun sollte.

Zu allem Überfluss zogen auch noch neue Nachbarn ein. Der Sohn der Familie war Student, kam gleich am ersten Abend, um mit Jola Bekanntschaft zu schließen und – zog sie völlig in seinen Bann. Nach einer Woche vermeldete ihre Seele, dass sie in ihn verliebt war. Was sie zunächst freute, würde ihr die neue Liebe doch helfen, sich von den beiden vorhergehenden zu befreien. Und dann beinahe entsetzte, als sie begriff, dass sie auch die Jungen weiter liebte.

Jola sah keinen Ausweg. Sie konnte schließlich der Mutter nicht ewig zur Last fallen, musste heiraten! Nahm sie einen, würden dadurch ihre Gefühle für die anderen nicht verschwinden. Ihren Mann betrügen? Dagegen sträubte sich Jolas ausgeprägter Anstand. Aber was dann? Sie träumte sogar, zur gleichen Zeit, aber an verschiedenen Orten, mit drei Männern verheiratet zu sein, und bedauerte, wenn sie erwachte, dass das im wirklichen Leben unmöglich war. Jola gebärdete sich so seltsam, nicht weil ihr Körper mehrere Männer zugleich begehrte, sondern weil ihre Seele nach dem Tod des Vaters dagegen revoltierte, dass uns das Leben nur ein einziges Mal gegeben ist. Damit wollte sie sich nicht abfinden, und sie konnte es nicht.

Also beschloss Jola: Sie würde einen der geliebten Männer heiraten. Ihm ein oder zwei Kinder gebären. Ehrlich und anständig mit ihm leben, ihn nicht betrügen. Die Kinder großziehen, bis sie volljährig waren. Etwas für die eigene Gesundheit tun, um jung zu bleiben. Und dann – ein neues Leben beginnen, dabei aber Gatten und Kinder möglichst gut versorgt und ohne Probleme zurücklassen.

Sie wählte allerdings keinen der drei Männer, die sie liebte (und weiter lieben würde), sondern einen vierten (den sie zusätzlich lieb gewonnen hatte), einen jungen Lehrer der Philologischen Fakultät, an der sie studierte, den Absolventen des Moskauer Literaturinstituts Iwan Swinzitski. Sein Vater war General, ein hohes Tier im Wehrbezirkskommando, Iwan hatte sogar eine eigene Wohnung, was in jener Zeit eine ungeheure Seltenheit war.

Iwans Eltern gefiel Jola, wie konnte es auch anders sein.

Es wurde Hochzeit gefeiert, das Familienleben begann. Nach einem Jahr brachte Jola ein Zwillingspärchen zur Welt.

Sie saß zu Hause, kümmerte sich um die Töchter, Iwan arbeitete, ihr Schwiegervater, der General, der an Jola und den Enkelinnen einen Narren gefressen hatte, half nach Kräften, die Schwiegermutter, früher Hausfrau, suchte sich eine Anstellung in der Medizinischen Kommission des Wehrbezirkskommandos (sie war Ärztin), um die junge Familie noch wirksamer zu unterstützen.

Jola und Iwan fühlten sich wohl miteinander, redeten

viel, lasen zusammen Bücher, darunter auch solche, die man damals in der Sowjetunion nicht lesen durfte. Beide waren zwar keine erklärten Gegner der bestehenden Ordnung, verachteten sie jedoch voll Ironie, wobei sie einzelne positive Erscheinungen (wie etwa Iwans herzensguten Generalsvater) als Ausnahme betrachteten.

Plötzlich ein Donnerschlag aus heiterem Himmel: Der KGB begann sich für Iwan zu interessieren (worauf er sich bis heute eine Menge einbildete). Man lud ihn vor, zu Aussprachen, die Iwan natürlich Verhöre nannte. Vielleicht aus seiner üblichen ironisch-herablassenden Haltung heraus, vielleicht aus Leichtsinn, am wenigsten jedoch deshalb, weil er sich als Generalssöhnchen fühlte, war Iwan bei diesen Gesprächen unvorsichtig, sagte ehrlich, was er dachte. Und so viel, dass man ihm daraus ganz leicht einen mächtigen Strick hätte drehen können, mit ernsthaften Konsequenzen. Doch bevor es dazu kam, baten die Obersten und Majore des Grauen Hauses (so wurde das KGB-Gebäude in Saratow genannt) General Swinzitski höflichst zu einer vertrauensvollen Unterredung (was gut nachvollziehbar ist, hatte doch fast jeder Oberst, jeder Major einen Sohn im wehrpflichtigen Alter).

Der General war schockiert. Er versprach den grauen Obersten und Majoren, den Abtrünnigen moralisch zu zermalmen.

Doch auf die Forderung des Vaters, in Zukunft nichts mehr anzurühren, was auch nur im Entferntesten nach Antisowjetischem roch, reagierte Iwan plötzlich zum ersten Mal in seinem Leben respektlos, indem er erklärte, frei über seine Gedanken verfügen, ja überhaupt nach eigenem Gutdünken handeln zu wollen, und noch etwas wenig Höfliches über den Kommunismus nachschob.

Der General verstieß seinen Sohn.

Was einfach eine bodenlose Dummheit war: Der Vater liebte den Sohn und der Sohn den Vater.

Dumm war nicht einmal so sehr, dass der Vater den Sohn verstieß, sondern dass sich der Sohn darin gefiel, dieses Verstoßensein ernst zu nehmen.

Fortan schlug er jede Hilfe aus und verbot dem General kurzerhand, seine Enkelinnen zu sehen. Der bekam fast einen Herzinfarkt, erholte sich aber wieder und erklärte seiner in Tränen aufgelösten Frau, Iwans Mutter:

»Wir haben keinen Sohn mehr!«

Dann boten ihm ehemalige Armeekameraden, die in astronomische Kommandohöhen aufgestiegen waren, eine Tätigkeit im Verteidigungsministerium an, und er sagte zu.

Die Beziehungen zwischen Vater und Sohn brachen ein für alle Mal ab.

Vor sieben Jahren war Iwan zum Begräbnis des Vaters gefahren.

Jetzt hatte es die Familie schwer: Iwan verlor seine Stelle an der Universität, fand anderthalb Jahre lang überhaupt keinen anständigen Arbeitsplatz, musste Waggons entladen auf dem Güterbahnhof Saratow-2. Und wäre fast verzweifelt, doch Jola unterstützte ihn, wo immer sie konnte, ging selbst arbeiten, schaffte von morgens bis abends, damit ihr Zuhause gemütlich, sauber und geordnet war. Sie durfte nicht zulassen, dass dieses Leben Risse bekam, in die Brüche ging, denn dann konnte es tatsächlich das einzige und letzte sein.

Ganz langsam kam alles ins Lot, renkte sich ein. Und nun blieben noch zwei Jahre bis zur Volljährigkeit der Töchter, bis zum Beginn eines neuen Lebens. Jola war bereit: Sie sah aus wie ein wenig über dreißig, immer gab es jemanden, der in sie verliebt war, und immer häufiger war dieser Jemand jünger als sie. Was so sein musste: In ihren Plänen sah sich Jola verheiratet mit einem etwas jüngeren Mann, dem sie einen Sohn oder eine Tochter, vielleicht aber auch wieder Zwillinge schenken würde, und alles begann noch einmal von vorn! Den passenden Gatten zu finden schien ihr unproblematisch. Es lag in Jolas Naturell, sich zeitlebens zu verlieben (ohne ihrem Mann deshalb Gefühle zu entziehen). Manchmal waren die Umstände so, dass sich wenn auch kein ernsthaftes Liebesverhältnis, so doch eine kleine Affäre für zwei, drei Wochen mit Leichtigkeit hätte einrichten und geheim halten lassen, um schon vorab ein wenig von diesem zweiten Leben zu kosten, aber das versagte sich Jola, obwohl Ungeduld und natürliches Temperament ihr förmlich die Seele zerrissen.

Nun jedoch war etwas eingetreten, das sie eigentlich nur freuen konnte: Ihr Mann wollte von allein verschwinden, vor der Zeit.

Aber gerade hier lag der Hase im Pfeffer, in der Vorzeitigkeit! Nach Jolas Plänen sollte er den Töchtern noch zu einem Studienplatz verhelfen, schließlich hatte er entsprechende Beziehungen. Und dann musste er selbst untergebracht werden, wozu Jola bereits seit langem eine junge Frau aus dem Kreis seiner literarischen Verehrerinnen (die gab es tatsächlich!) ins Auge gefasst hatte. Die Auserkorene schrieb selbst Gedichte und zeigte die Werke dem Maître, begierig, seine Meinung zu hören. Sie war verheiratet gewesen, aber ohne Kinder, anständig und ordentlich, in ihre Hände wollte Jola Iwan Alexejewitsch gern legen, damit auch er ein zweites Leben begann (denn in der Vorfreude auf ein neues Glück wünschte sie anderen das Gleiche). Und da, auf einmal – hopplahopp – diese irrsinnigen Geldscheine und dazu noch irgendein Wladiwostok!

Swinzitski trat ins Zimmer. Jola sah mit Befriedigung, dass er, wie es im Volksmund so schön heißt, *auf dem Wege der Besserung* war. Es hätte durchaus schlimmer sein können.

»Bekomme ich noch Erklärungen zu hören?«, fragte sie sanft.

»Was denn für Erklärungen, Jola, Kleines? Weshalb? Es mag lächerlich klingen, aber ich habe das Geld gefunden. Ob du es glaubst oder nicht.«

»Ich glaube es. Aber warum dann Wladiwostok?«

»Ich muss alles hinter mir lassen. Wenigstens für eine Weile«, gab Swinzitski wieder seinem Affen Zucker.

»Wie Gauguin oder van Gogh?«

»Lach nicht. Es ist ernst. Ich bin glücklich mit dir und den Mädchen, aber … aber so geht es nicht weiter. In einer Zeit, wo allenthalben Menschen umkommen … Du verstehst doch?«

»Sie kommen überall um. Auch hier. Warum also Wladiwostok?«

»Das spielt keine Rolle! Ich habe die Kräfte der Selbstzerstörung in mir zurückgehalten und damit mein Talent vernichtet. Ich muss mich zerstören, um neu zu erstehen. Ich habe es versucht … wie soll ich sagen … ambulant!«, kicherte Swinzitski plötzlich. »Mit Hilfe von Wodka und … viermal habe ich dich betrogen. Nein, fünf. Oder doch vier?«

»Viereinhalb, bis zum fünften Mal hat es nicht ganz gereicht«, half ihm Jola auf die Sprünge.

»Das weißt du?«, staunte Swinzitski.

»Natürlich.«

»Hat dir jemand irgendwas gesteckt?«

»Ich weiß es von dir. Du verrätst dich mit dem, was du schreibst. Ich sehe immer genau, wo du dir etwas ausdenkst und wo du eigene Erfahrungen verarbeitest.«

»Echt? Und wie konntest du …«

»Ich konnte.«

»Du bist eine Heilige! Ich ertrage das nicht! Ich muss gehen. Jetzt bin ich einfach dazu verpflichtet zu gehen, wegzufahren!«, schaltete Swinzitskis Kopf um. »Das ist es!«, rief er mit dem Gesichtsausdruck der Erleuchtung. »Und ich wundere mich: Warum bloß dieser Drang wegzufahren, abzuhauen? Das hat mir also meine Intuition eingegeben! Die hat gespürt, dass du mich verachtest, ich will aber nicht mit jemandem leben, der mich verachtet!«

»Sei nicht altmodisch, Iwan«, sagte Jola. »Du hast mich betrogen, das kommt vor, aber schließlich liebst du mich, oder?«

»Ja«, sagte Swinzitski, weil er so dachte. »Aber das macht es doch noch niederträchtiger: lieben und zugleich betrügen!«

»Du hast es getan, um das Leben zu ergründen. Du bist Schriftsteller, wie kannst du Untreue beschreiben, wenn du nicht weißt, was das ist? Du hattest professionelle Gründe«, soufflierte Jola geduldig.

»Stimmt!«, Swinzitski war perplex. »Wie gut du mich kennst! Aber das bedeutet, ich muss noch weiter gehen! Nicht nur dich betrügen, sondern auch mich selbst!«, kam er auf einen neuen Gedanken. »Das ist es! Wenn ich ehrlich bin, Jolotschka, will ich nämlich kein bisschen wegfahren. Aber ich muss. Es ist, wie du sagst, professionell unumgänglich!«

Und Swinzitski machte sich tatkräftig daran, seine Sachen zu packen.

Jola erschrak. Sie hatte leichthin gesprochen, bis zum Schluss nicht geglaubt, ihr Mann könnte es ernst meinen. Und nun stand er wahrhaftig da und packte seine Sachen! Das ganze Leben hatte sie ihn unmerklich geschoben und gelenkt und dabei doch stets gewusst: Wenn Iwan Alexejewitsch einmal, und sei es zufällig, einen vollkommen selbständigen Schritt machen sollte, selbst in eine völlig verkehrte Richtung, dann ginge er starrköpfig weiter und wiche nicht von diesem eingeschlagenen Weg ab. Jola hatte gehofft, es würde nicht geschehen, solange sie bei ihm war.

Sie sollte sich getäuscht haben.

Gut, er war betrunken und nicht bei klarem Verstand. Und doch würde er seine Sachen packen, sich in den Zug setzen und losfahren. Würde seinen Rausch ausschlafen im Abteil, morgens in seinem Katzenjammer nichts lieber wollen als zurückkommen – und doch nicht umkehren, darauf konnte sie Gift nehmen!

»Ausweis? Hier. Fahrkarten? Auch da! Wäsche, Manuskripte, Bücher – alles eingepackt. Das ist das Wichtigste«, kommentierte Swinzitski sein Tun.

Die große Reisetasche war prall gefüllt. Er stand davor und überlegte, ob er etwas vergessen haben könnte. Legte dann Ausweis und Fahrkarten auf den Tisch und ging in die Küche.

Um nachzutanken, wie Jola ahnte. Sie nahm die Fahrkarten, als könne sie immer noch nicht an deren Realität glauben. Und las etwas, das sie vor Erstaunen die Augen aufreißen ließ. Bitte sehr. Sollte er ruhig fahren! Das wollte sie doch sehen!

Sie legte die Fahrkarten zurück.

Schon stand Swinzitski vor ihr, die Tasche über der Schulter, und Jola begriff: Weder Zureden noch Tränen, weder Schreie noch Anfälle (wenn sie sie überhaupt vortäuschen konnte) – nichts würde helfen. Was allerdings auch nicht nötig war. Denn sie wusste etwas, das er nicht wusste. Sollte er ruhig gehen. Hauptsache, heute würde ihm nichts passieren.

»Sind die Mädchen da?«, fragte Swinzitski tapfer, um Haltung bemüht.

»Sie gehen spazieren.«

»Gib ihnen einen Kuss von mir. Ich schreibe, rufe an … ich …«

Er schluckte, drehte sich um – und ging.

Kapitel einundvierzig,

in dem sich Parfjonow ein zweites Mal veabschiedet.

ALS SOHN PAWEL SAH, dass sein Vater keinen Schaden genommen hatte und fast wieder normal war (nach einer heißen Dusche und noch etwas Schnaps hörte das Zittern auf), wollte er mit seiner Frau Irina nach Hause gehen. Pawel machte sich keine Illusionen: Er würde den Vater nicht von dieser unsinnigen Reise abbringen können. Und er wusste nicht, wie er mit ihm umgehen sollte, so völlig verändert, so seltsam, wie der Vater jetzt war.

Olga ließ den Sohn gehen, sie sah, dass Pawel in dieser Situation wenig nützte, im Gegenteil, er und seine Frau würden nur das überflüssige Publikum abgeben für jenes Theaterstück, das Parfjonow aufführte, und ihn weiter anstacheln – obwohl es möglicherweise überhaupt kein Theater war.

Parfjonow und Olga blieben allein.

Parfjonow begann zu packen.

»Es ist noch Zeit bis zur Abfahrt«, sagte Olga.

»Ich muss noch wohin …«

Olga überlegte.

Was sollte sie ihm sagen?

Die reine Wahrheit: dass sie ihn wahnsinnig liebte? Wahnsinnig, genau das ist es, wenn man vor Liebe den Verstand verliert und sich zu einer ganz gewöhnlichen, ewig ironischen, böse-sarkastischen Megäre macht, damit er einen möglichst schnell endgültig nicht mehr liebt, weil man ihn zu sehr liebt, um die Qual seiner Lieblosigkeit zu ertragen, aber auch nicht die Kraft findet, ihn zum Teufel zu jagen. Aber diese reine Wahrheit würde er nur ausnutzen. Und sie sowieso nicht glauben.

(Auch der Leser, darf ich einflechten, mag Zweifel hegen an dieser verwickelten Psychologie, und nicht zu Unrecht, denn die arme Frau, die ihren Mann manchmal fast dafür hasste, von ihm nicht geliebt zu werden, hatte sich gar nicht zu einer böse-sarkastischen Megäre machen brauchen, sie war ohnehin eine, von Grund auf, doch um nicht endgültig die Achtung vor sich selbst zu verlieren, verfiel sie auf die Theorie mit dem bewussten Megärentum und der sarkastischen Bosheit.)

Nein, das durfte sie ihm nicht sagen.

Dass sie ihn liebte – ja, mehr nicht. Ohne Einzelheiten. Er war ein guter Mensch. Er würde es begreifen. Und vielleicht irrte sie sich ja auch, vielleicht liebte er sie gar nicht so wenig, wie sie meinte. Er hatte eine Geliebte, schön und gut, aber wer hatte die nicht?

Doch womöglich deutete er es so, dass sie auf seine Güte, auf sein Mitleid spekulierte, jammerte er doch nicht umsonst, im Dienst würden alle bloß seine Nachgiebigkeit ausnutzen, sich von ihm die Kastanien aus dem Feuer holen lassen. Also würde er seine Gutherzigkeit unterdrücken wollen. Nein, sie sollte nicht von Liebe sprechen.

»Ich liebe dich, Pascha«, sagte sie.

Er erstarrte, über den Koffer gebeugt. Jenen großen Koffer auf Rädern, den er vor drei Jahren in Deutschland gekauft hatte (als er den Gouverneur bei einer Reise begleitete).

»Olja ...«, sagte er.

»Ja?«

»Ich habe schon jetzt Heimweh. Ich will nicht fahren. Aber ich muss. Zu oft waren meine Worte nur so dahingesagt. Es geht nicht anders. Ich habe es mir versprochen – und noch zwei anderen. Sie warten auf mich. Ich kann sie nicht hintergehen. Ich trage Verantwortung für sie.«

»Er liebt mich«, dachte Olga, ohne gleich wieder zu überlegen, ob das nun wahr war oder nicht. Aber wenn das so ist, wie können ihm dann irgendwelche Fremden mehr bedeuten als ich? Ach, was für eine schwachköpfige Weiberfrage! Die durfte sie auf keinen Fall stellen!

»Bedeuten dir wirklich irgendwelche Fremden mehr als ich?«, fragte sie.

»Du bedeutest mir mehr als alle«, erwiderte Parfjonow und genoss das Gefühl der Liebe zu seiner Frau und das

Wissen, dass davon der Abschied bitter, traurig und furchtbar menschlich wurde. »Aber es gibt so etwas wie Pflicht, verstehst du?«

Das ist überhaupt keine Pflicht, sondern einfach Sturheit, dachte Olga.

Doch das durfte sie nun wirklich auf gar keinen Fall sagen, es würde alles verderben – unwiederbringlich!

»Das ist überhaupt keine Pflicht, sondern einfach Sturheit«, sagte Olga und hörte mit Entsetzen, was sie da sagte.

»Ach, so ist das?! Für dich bin ich bloß ein Sturkopf?«

»Haargenau, du verdammter Bastard, ach, fi… dich doch ins Knie, du Arschwichser!«, sagte Olga ironisch und lauschte entsetzt, was sie da von sich gab.

»Dein altes Repertoire!«, bestätigte er und stopfte weiter energisch Sachen in den Koffer.

»Ich singe die Lieder, die du hören willst! Ich glaube kaum, dass du dir von mir paradiesische Gesänge wünschst!«

»Wie wahr! Umso mehr, als ich so etwas nie von dir vernommen habe!«

»Ich hasse dich.«

»Ganz meinerseits.«

»Wenn du wegfährst, komm bloß nicht zurück! Ich lasse dich nicht mehr über diese Schwelle!«

»Davon brauchst du gar nicht zu träumen! Dass ich zurückkomme … in diese …«

»Während du das richtige Wort suchst, fährt dein Zug ab.«

»Keine Sorge! Mein Zug fährt nicht ab ohne mich – niemals! Ganz im Gegensatz zu deinem! Der ist schon lange abgefahren! Du Stockfisch!«

»Du geiler Bock! Nimm bloß dein Geld! Nimm es, oder ich reiße es in Fetzen!«

Sie nahm die Scheine, die er ihr am Abend gegeben hatte, und stopfte sie in den Koffer. Klappte die Schlösser zu, schnallte die Riemen fest und rollte ihn zur Tür.

»Hau ab! Ich kann nicht mehr ein und dieselbe Luft mit dir atmen, du Scheißkerl! Scher dich bloß zum Teufel!«

»Soll der dich doch selber holen, du dürres Gerippe!«

»Geh ruhig vor die Hunde, mach nur den Arsch hoch, du verhurter Trottel!«

»Drecksstück!«

»Verpiss dich, du Armleuchter!«

»Mit dem größten Vergnügen!«

Kapitel zweiundvierzig,

in dem die Freunde einen Abschiedstrunk nehmen, ein silberner Mercedes auftaucht und jemand traurig sagt: »Da sind sie ja, meine Scheinchen!«

PARFJONOW ERSCHIEN UNGEFÄHR eine Minute nach Swinzitski in Schlanges Veranda. Die Freunde umarmten sich, als seien sie ein Jahr getrennt gewesen.

»Habt ihr die Fahrkarten und das Geld dabei?«, fragte Parfjonow sachlich.

»Alles da, Chef!«, rapportierte Schlange. »Mach keine Hektik, bis zur Abfahrt ist noch jede Menge Zeit! Komm, wir trinken noch einen vor dem Aufbruch.«

Alle Anwesenden schenkten sich ein und standen auf, um den Abschied zu begießen. Auf den Gesichtern von Schlange, Parfjon und Schmock lag bereits der nebulöse Abglanz ferner Weiten. Alle Anwesenden beneideten die drei und betrachteten sie verklärt, so als seien Schlange, Parfjon und Schmock ihre bevollmächtigten Repräsentanten in jenem fremden, unbekannten, fernen Leben, ja in der Zukunft überhaupt.

Schon wollte Schlange zu einer Rede ansetzen, da bemerkte Parfjon plötzlich die Scheine, die immer noch in einem unordentlichen Haufen auf dem Tisch lagen.

»Was liegt das da rum?«

Schlange kam nicht mehr zu einer Antwort.

Lautlos wie ein Gespenst kroch etwas Silbriges lang und langsam in den Hof.

Es war ein Auto.

Ein silberfarbener Mercedes – absurd, wunderschön, riesengroß und furchterregend wie das Schwert von Armageddon in diesem mit Holzschuppen zugebauten Hof.

Und wie ein Engel des Satans löste sich ein Mann in einem grauen Anzug (mit Silberfäden) von dem Gefährt.

Langsam wie ein Außerirdischer, der die lastende Schwerkraft eines anderen Planeten gewohnt ist, stieg er die Stufen empor.

Ging zum Tisch, nahm ein paar Dollarnoten, warf sie zurück, schüttelte die Hand aus und sagte traurig:

»Da sind sie ja, meine Scheinchen!«

Kapitel dreiundvierzig,

das die Geschichte zweier auf Abwege geratener Brüder erzählt.

Es war einmal eine Frau, die hieß Galina.

Zuerst hatte Galina einen Mann namens Tschikulajew, und sie gebar ihm einen Sohn: Leonid.

Danach hatte Galina einen Mann namens Kildymbajew, dem sie auch einen Sohn gebar.

»Ich will, dass er Leonid heißt«, sagte Kildymbajew. »Mein ganzes Leben träume ich schon davon, einmal einen Sohn zu haben, der Leonid heißt.«

»Es gibt aber schon einen Leonid«, sagte Galina. »Man darf zwei Brüdern nicht den gleichen Namen geben.«

»Der andere ist Tschikulajew, dieser wird Kildymbajew sein. Das muss gehen. Oder ich verlasse dich.«

»Gut«, sagte Galina.

Also nannte sie den zweiten Sohn auch Leonid, doch Kildymbajew ging trotzdem.

Und Galina beschloss, nicht wieder zu heiraten.

Verwechslungen traten nicht auf: Der eine war in der Schule und anderswo als Tschikulajew, der andere als Kildymbajew eingetragen, viele wussten nicht einmal, dass es sich um Brüder handelte, andere meinten, sie seien Stiefgeschwister.

Die Brüder liebten ihre Mutter und sie liebten einander. Sogar in der Schule, wo sie in verschiedenen Klassen lernten, verbrachten Leonid und Leonid alle Pausen zusammen. Die Mitschüler spürten darin etwas Unnormales. Sie verpassten den beiden Brüdern einen gemeinsamen Spitznamen: Tschildym-Kildym, und schworen sich darauf ein, die beiden zu verdreschen und auseinander zu bringen.

Die Brüder standen Rücken an Rücken und kämpften bis aufs Blut.

Bis sich keiner mehr an sie heranwagte.

Sie waren ruhige, gutmütige Jungen, die ziemlich mittelmäßig lernten, was an einer gewissen seelischen Zerstreutheit lag, die Lehrer hingegen hielten die beiden für beschränkt und faul.

Ihre gesamte freie Zeit nutzten sie dazu, der Mutter im Haus zu helfen. Sie lasen Abenteuerbücher, bauten sich im Sommer ein Baumhaus im Wald (sie wohnten am Stadtrand), spielten miteinander Indianer und Fährtensucher. Als Kildym von einem Baum fiel und sich beide Beine verstauchte, trug ihn Tschildym auf seinen Armen bis zum Krankenhaus (ungefähr fünf Kilometer).

Die Brüder lebten füreinander, so als spürten sie, welches Schicksal ihnen zugedacht war.

Bald erreichte Tschildym die letzte Klasse und Kildym die vorletzte.

Tschildym hatte jetzt eine Freundin, Nelli, nicht aus der Schule, sondern aus der Berufsschule, älter als er, mit einem hübschen ovalen Gesicht, umrahmt von dunklem, glattem Haar. Sie kam zu ihm, wenn die Mutter zur Arbeit und Kildym zum Volleyballtraining war (er spielte sehr gut Volleyball und vertrat seine Schule in der Kreisauswahl, Tschildym ebenfalls – vor Nellis Zeit).

Einmal war Kildym aus irgendeinem Grund nicht zum Training gegangen und Tschildym in der Schule aufgehalten worden, als Nelli kam.

»Wie verschieden ihr seid«, sagte sie. »Tschildym ist

blond und blauäugig, du hast hellbraune Haare und braune Augen. Ihr ähnelt einander überhaupt nicht, auch wenn ihr Brüder seid. Aber beide seht ihr hübsch aus. Deine Lippen sind sogar noch hübscher.«

Sie küsste Kildym auf den Mund.

Und Kildym stieß sie nicht von sich, sondern küsste Nelli mit seinen Lippen, die sie geküsst hatte.

Kildym und Nelli waren noch nicht wieder angezogen, als Tschildym erschien.

Kildym sagte zu dem Mädchen:

»Geh weg, und lass dich nie wieder blicken.«

Sie ging. Tschildym versetzte Kildym einen Schlag.

Kildym antwortete.

Und sie kämpften, wie sie einmal zu ihrer beider Schutz gegen die anderen gekämpft hatten. Bis aufs Blut, bis zum Schmerz.

Ohne ein Wort.

Von diesem Tag an redeten sie praktisch nicht mehr miteinander.

Von diesem Tag an begann eine immer währende, angespannte Rivalität zwischen den beiden.

Die Mutter meinte, für Tschildym sei selbst die Berufsschule schon eine große Gnade, aber der setzte sich auf den Hosenboden und schaffte die Aufnahmeprüfung für die Straßenverkehrs-Fakultät des Polytechnischen Instituts.

Ein Jahr später tat es ihm Kildym nach.

Kaum mit dem Studium fertig, nutzte Tschildym die Gunst der gesellschaftlichen Veränderungen und gründete eine Kooperative für den Bau von Garagen.

Kildym übernahm blutjung einen Chefsessel in einer soliden Direktion für Straßenbau und -reparaturen.

Tschildym heiratete eine Blondine, deren Beine 95 Zentimeter lang waren.

Kildym erschien nicht einmal zur Hochzeit. Weil er sich auf seine eigene vorbereitete – er heiratete kurz darauf eine Blondine, deren Beine 98 Zentimeter lang waren.

Tschildym baute sich ein einstöckiges Haus mit Garage. Und Kildym baute sich auch ein einstöckiges Haus, allerdings mit Solarium und zwei Garagen.

Aber entweder bezahlte Tschildym nicht richtig oder jemand legte ihn herein: Jedenfalls musste er für zwei Jahre ins Gefängnis.

Kildym veruntreute vorsätzlich Geld und kam ebenfalls für zwei Jahre hinter Gitter.

Beide wurden vorzeitig entlassen, nach einem Jahr.

Tschildym hatte sich während der Haft mit Fäusten und Überzeugungskraft Autorität verschafft und verließ das Gefängnis als ausgebuffter Ganove. Die Kooperative behielt er, wandte sich aber größeren Geschäften zu. Raubüberfällen, um es schlicht und einfach zu sagen. Aber ohne Blutvergießen, denn er mochte es nicht, wenn Menschen misshandelt wurden. Verstieß jemand gegen dieses Gesetz, strafte ihn Tschildym eigenhändig, bis hin zur Erschießung.

Kildym zog seine Geschäfte noch größer auf und spezialisierte sich auf Treibstoffe aller Art, stieg dann auch in die illegale Herstellung von Alkohol ein und übte schließlich nur noch die allgemeine Kontrolle über das Gesamtgeschäft aus: Zu vielfältig war das Profil der ihm unterstellten Struktureinheiten geworden.

Legte sich Tschildym eine Geliebte zu, hatte Kildym zwei.

Verspielte Tschildym im Casino eintausend Dollar, verlor Kildym zweitausend.

Flog Tschildym mit seiner Frau in den Urlaub nach Südafrika, flog Kildym nach Australien.

Und es kam der Tag, wo beide begriffen, dass es so nicht weitergehen konnte.

Sie beraumten ein Treffen an.

»Irgendwann kommen sich deine und meine Leute in die Quere«, sagte Tschildym. »Was bringt das schon?!«

»Ein Meer von Blut«, dachte Kildym in die gleiche Richtung.

»Deshalb solltest du weggehen«, sagte Tschildym.

»Geh selber weg«, erwiderte Kildym.

Tschildym erbleichte. Er holte seinen Revolver hervor und sagte:

»Dann spielen wir russisches Roulette. Hier ist die Pistole und ein leeres Magazin. Wir stecken eine Patrone hinein und schießen abwechselnd, bis es einem von uns den Schädel wegfetzt.«

»Einverstanden«, sagte Kildym.

Sie drehten die Patronenkammer, setzten die Pistole an die Schläfe und betätigten den Abzugshahn – immer abwechselnd.

Sechsunddreißigmal ging die Pistole von einem zum anderen. Und kein einziges Mal schob sich die Kugel vor die Mündung. So etwas kann vorkommen. Die Wahrscheinlichkeitstheorie schließt es nicht aus. Doch der Schiedsrichter, der das Roulette überwachte und vor Angst den Whisky gleich aus der Flasche trank, machte einen unglücklichen Witz:

»Vielleicht ist gar keine Patrone drin?«

»Vielleicht«, sagte Tschildym, richtete den Revolver

spaßeshalber auf den Unparteiischen und drückte ab. Ein Schuss ertönte, der Schiedsrichter fiel um.

»Dann soll es so sein«, sagte Tschildym zu Kildym. »In einem Jahr wird diese Stadt mir gehören.«

»In einem Jahr gehört diese Stadt mir«, antwortete Kildym.

Manch einer in Saratow erinnert sich noch, was für unheilvolle Feuergefechte plötzlich allerorts tobten, wie viele Explosionen dröhnten, welche dunklen Gerüchte in der Stadt umgingen. »Die Mafia bekriegt sich!«, sagten die Leute, ohne zu wissen, dass hier zwei Brüder gegeneinander kämpften, auf Leben und Tod.

Dann wurde alles still.

Das heißt: nicht ganz, doch nach einer Kanonade wirkt ein Schusswechsel hie und da geradezu wie Stille.

Tschildym konnte sich keinen Reim darauf machen. Er riss immer mehr Macht an sich, seine Einflusssphäre wuchs, doch er spürte weder Behinderung noch Gegenwehr!

Er zog heimlich Erkundungen ein, ob sein Bruder vielleicht krank geworden oder irgendetwas anderes mit ihm geschehen war.

Und fand heraus: Ersteres nicht, Letzteres schon.

Kildym hatte sich verliebt, seine junge blonde Gattin, das Haus nebst zwei Garagen und Solarium verlassen. War in eine ganz normale Wohnung gezogen zu einer Frau mit Kind, die obendrein auch noch sieben Jahre älter war als er.

Natürlich stürzte er nicht in bodenlose Armut, kaufte bald darauf eine andere, bessere Wohnung, doch seine Geschäfte stellte er fast alle ein, bis auf die drei verlässlichsten, profitabelsten Unternehmen.

Tschildym hingegen wurde noch mächtiger, baute

noch ein Haus, legte sich – wenn auch rechtlich nicht anerkannt – noch eine blonde Ehefrau zu (Beinlänge 1,07 Zentimeter!).

Doch irgendwie begann alles zu knirschen und zu krachen. Bald gab es hier eine undichte Stelle, bald dort einen Fehlschlag. Seine Geschäfte gerieten mehr und mehr in heillose Unordnung, doch statt etwas zu unternehmen, kaufte sich Tschildym ein Fahrrad und radelte tagelang sonderbar gedankenverloren über die Waldpfade der Kumysnaja Poljana (eines hügeligen Waldmassivs, das von Westen her an Saratow heranreicht).

Wenige Monate später brachen seine Geschäfte endgültig zusammen.

Die Unterwelt, über die er herrschte, begann zunächst schüchtern, dann immer vernehmlicher zu murren. Ein Gangsterkonzil wurde einberufen, zu dem man insgeheim auch einen Psychiater hinzuzog, gab es doch die Vermutung, Tschildym könne nicht ganz bei Trost sein. Viele Vorwürfe wurden laut, die Gemüter erhitzten sich immer mehr.

Tschildym hörte nachdenklich zu. Doch plötzlich unterbrach er das ganze Palaver, stand auf und fuhr ins Casino. Gab Anordnung, zu seiner Inspiration sofort Alissa Kaptewa, das schönste der unabhängigen Mädchen von Saratow, zu holen. Alissa kam. Tschildym machte ihr eine Liebeserklärung und begann zu spielen.

Nach zwei Tagen und Nächten hatte er alles verloren, was er besaß, spielte auf Pump weiter, borgte sich dreißigtausend Dollar. Da bekam Alissa den Auftrag, Tschildym zu sagen, sie erwidere seine Liebe, und ihn aus dem Casino herauszulotsen.

Sie sagte ihm, dass sie ihn liebe.

»Hau ab«, versetzte Tschildym.

Alissa begann zu weinen.

Er sah ihre Tränen, stand vom Spieltisch auf, wankte:

»Gut … Schluss.«

(Diejenigen, die verhindern wollten, dass er weiterspielte, taten dies nicht etwa, weil sie befürchteten, er könnte plötzlich eine Glückssträhne haben, sondern aus Angst, er würde mehr verspielen, als er zurückgeben musste. Und sich vor Verzweiflung womöglich etwas antun. Dann war das Geld futsch!)

Tschildyms gesamte bewegliche und unbewegliche Habe, die beiden Blondinen und selbst das Fahrrad inbegriffen, wechselte binnen weniger Stunden den Besitzer.

Als Armenteil bekam er eine Zweizimmerwohnung (allerdings in einem soliden Neubau, sogar mit Telefon), eine zweitklassige Blondine (Beinlänge 75 Zentimeter) und die Auflage, binnen eines Monats die dreißigtausend zurückzugeben. Wenn nicht, tickte der Zähler: Ein Prozent Zinsen pro Tag.

Da trat Kildym auf den Plan. Er rief seinen Bruder an und bat um ein Treffen.

»Gut«, stimmte Tschildym gleichgültig zu.

»Wo?«

»Ich wohne jetzt in dem neuen Haus, an der Ecke Mitschurin- und Rachow-Straße, dort, wo das Möbelgeschäft ›Drei Bären‹ ist.«

»Dann vor den ›Drei Bären‹?«

»Gut«, sagte Tschildym.

Sie trafen sich.

Tschildym trat aus dem Haus, Kildym fuhr mit dem kleinen, aber feinen Volkswagen seiner Frau vor.

»Was gibt's?«, fragte Tschildym.

»Du hast morgen Geburtstag«, sagte Kildym.

»Ach so«, fiel es Tschildym wieder ein.

»Hier, nimm, mein Geschenk«, sagte Kildym verlegen. »Die Brieftasche ist eine Sonderanfertigung, und noch ein bisschen Geld: dreiunddreißigtausend Grüne und dreitausenddreihundert von unseren. Weil du doch dreiunddreißig wirst. Kannst die Schulden zurückzahlen und … na ja, überhaupt …«

»Alles klar«, sagte Tschildym. »Judas hat auch dreiunddreißig Silberlinge gekriegt.«

»Du Idiot!«, ärgerte sich Kildym. »Als ob ich an so was gedacht hätte!«

»Ich pfeife auf dich und dein Geld«, sagte Tschildym. »Du hast mein ganzes Leben ruiniert. Ich will nichts mehr von dir wissen.«

»Verzeih mir«, sagte Kildym.

»Ich verzeihe dir nicht. Ich hasse dich. Wolltest du mich mit deinem Geld erst richtig erniedrigen?«

»Noch mal Idiot, du musst schon entschuldigen! Als ob ich nichts anderes zu tun hätte?! Nimm schon, Bruder, ich muss los, den Sohn abholen, er will so gern auf die Datscha!«

»Er ist gar nicht dein Sohn.«

»Dafür aber ein guter Junge.«

»Und deine Frau, ist die auch gut?«

»Ja.«

»Liebst du sie?«

»Ja.«

»So eine alte.«

»Du spinnst. Das ist doch kein Alter!«

»Na, dann weiterhin viel Glück«, wünschte ihm Tschildym. »Ich komme schon zurecht. Ich verkaufe die Wohnung, mir langt jetzt ein Zimmer. Außerdem gibt es noch gute Menschen, die leihen mir was ohne Rückzahlungsfrist. Ich schaffe es schon.«

»Bist du verbohrt! Ich will dir das Geld doch nicht borgen, ich gebe es dir einfach so! Ich habe es über, brauche es einfach nicht!«

»Wenn du es nicht brauchst, kannst du es ja wegwerfen!«, sagte Tschildym.

Die Muskeln an Kildyms Jochbeinen spielten. Er wusste, dass sein Bruder ihn nicht provozieren wollte, sondern den Satz einfach so gesagt hatte. Doch der alte Kildym erwachte in ihm.

Und er warf die Brieftasche weg. Auf die Erde.

Stieg in sein Auto.

Und fuhr los.

Tschildym schaute nicht einmal, wohin die Börse gefallen war, drehte sich um und ging zurück ins Haus.

Kildym raste durch die Straßen, doch bereits ein paar Stadtteile weiter beruhigte er sich und bremste.

»Nein«, dachte er, »ich lasse ihm das Geld auf andere Weise zukommen.«

Er fuhr schnell zurück.

Das Ganze lag nicht länger als zehn Minuten zurück.

Doch die Brieftasche mit den Scheinen war nicht mehr da.

Kildym brauchte erst gar keinen Gedanken daran zu verschwenden, dass sein Bruder das Geld aufgehoben haben könnte, deshalb schrieb er es ein für alle Mal ab. Er fuhr den Sohn auf die Datscha, kam zurück, aß zu Mittag und dachte, dass er nicht so mit dem Geld hätte um sich werfen sollen. Diese Scheine waren, ging ihm durch den Kopf, anders als die Unsummen vorher, relativ ehrlich verdient und es tat ihm wie einem ganz normalen Menschen darum Leid. Er rief seine Leute zusammen und beauftragte sie, das Geld wieder aufzutreiben. Plötzlicher, irrsinniger Gewinn macht Menschen zügellos, deshalb sollten die Gewährsleute an den Orten der Ausschweifung suchen: in Spelunken, Spielhöllen, Restaurants, Gaunernestern und Milizrevieren.

Kildyms Helfer gaben sich Mühe, und abends brachte einer von ihnen die gute Nachricht: In einer Veranda in der Mitschurin-Straße ist ein Gelage im Gange, auf dem Tisch liegen die Dollarscheine nur so herum.

Und nun also war Kildym mit seinem silberfarbenen Mercedes in Schlanges Hof gekommen.

Kapitel vierundvierzig,

das überraschenderweise das letzte ist, obwohl der Autor geglaubt hatte, es würden siebenundsiebzig werden und die Ereignisse nähmen noch recht lange ihren Lauf, war er doch überzeugt: Nach dem Abschiedstrunk begeben sich die Freunde zum Bahnhof, um dort feststellen zu müssen, dass Parfjon trotz seines praktischen Denkens etwas durcheinander gebracht hat: Der Zug Astrachan – Moskau fährt nur an geraden Tagen, und jetzt ist der 9. des Monats angebrochen, also ein ungerader Tag, aber ihr Fernweh obsiegt, also springen die Freunde, als sie die offene Tür eines Güterzugs sehen, der sich gerade gemächlich in Bewegung setzt, alle drei auf, und dann rangiert dieser Zug ein Weilchen und fährt schließlich nicht nach Moskau, sondern in die entgegengesetzte Richtung – nach Andishan, was die Freunde aber erst am nächsten Morgen erfahren, von einem Bahnarbeiter, als der Zug lange an einer Nebenstation Halt macht, und sie springen ab, um die Route zu ändern, doch hier hält nur alle drei Tage ein Zug, und darauf muss man natürlich erst einmal einen trinken, doch alle Reserven sind aufgebraucht, und an diesem Haltepunkt gibt es nichts, aber nicht weit entfernt liegt ein Dorf, wohin Schmock ausgeschickt wird, denn er ist der Munterste, also geht er los, treibt Wodka auf und beschließt, ein Telegramm nach Hause zu schicken, sieht am Postschalter eine geradezu überwältigende junge Schönheit, mit der er plaudert, bis der Arbeitstag des Mädchens vorüber ist, und dann weiter bis zum Abend – dreizehn Stunden hintereinander, und das Ende vom Lied ist, dass sich die junge Schönheit unsterblich in ihn verliebt, worauf Schmock bei den Eltern um ihre Hand anhält, Vater und Mutter sind zuerst perplex, dann einverstanden, aber schlafen muss er allein auf dem Heuboden (zwar kommt das Mädchen heimlich zu ihm, doch Schmock übt Enthaltung, schafft es tatsächlich, weil er sich selbst zuwider ist, so betrunken); am nächsten Morgen tauchen Schlange und Parfjon auf, wutschnaubend, wenn auch ohne größere Schäden an Leib und Seele dank des rektifizierten Alkohols, den der barmherzige Vorsteher des Haltepunktes mit seiner Draisine von irgendwo her für sie besorgt hat; unter Androhung unangenehmer Enthüllungen nehmen die beiden Freunde Schmock mit, das Mädchen zerfließt in Tränen, vor dem Haus der Dorfverwaltung steht ein Kübelwagen, Parfjon hält ihn für einen Jeep und sich selbst für einen Ranger, schwingt sich mit dem Schlachtruf »Jo-ho-ho!« hinter das Steuer, sieht, dass nach vertrauensseliger Dorfmanier der Zündschlüssel steckt, und startet das Gefährt, Schlange und Schriftsteller springen auf, sie brausen durch die endlose Steppe, fühlen nie gekannten

Enthusiasmus und bedauern nur eines: dass es keine Verfolgungsjagd gibt, aber da tauchen schon Verfolger auf, und zwar in einem echten Landrover, und darin sitzen tollkühne Männer von der Überlandstraße, die den durch die leere Steppe rasenden komischen kleinen Kübelwagen bemerkt haben und nun genauer wissen wollen, wer da versucht, seitwärts an ihnen vorbeizukommen; Parfjon gibt Vollgas: »Jo-ho-ho!« – und plötzlich fallen Schüsse, gezielt auf die Räder, der Wagen überschlägt sich fast, bleibt stehen, die tollkühnen Männer mit den Maschinenpistolen befehlen den Freunden auszusteigen, was Parfjon und Schlange auch tun, aber Schmock nicht kann, weil er zu viel getrunken hat, und, eingelullt von dem Gerumpel, den Schlaf des Gerechten schläft; als die tollkühnen Männer (zwei an der Zahl) den Aktenkoffer mit dem dicken Packen Dollars entdecken, durchsuchen sie mit »Jo-ho-ho!« das ganze Gefährt, wobei sie Schmock unsanft in den Staub befördern, und als sie nichts finden, beginnen sie, statt sich mit den bereits erbeuteten Dollars zufrieden zu geben, Schlange und Parfjon zu foltern, zu malträtieren, um zu erfahren, wo noch mehr Geld versteckt ist; Schmock, der unter dem Auto liegt, wird wach, kriegt es mit der Angst, will so tun, als schliefe er noch, schämt sich dann aber, packt im passenden Moment einen Montierhebel, kriecht heran und drischt einem der Banditen damit von hinten auf den Kopf, den zweiten, der vor Überraschung ganz verdattert ist, bringt Parfjon zu Fall, die Freunde fesseln ihn, aber der Erste ist mausetot, umgebracht! – und das versetzt Schmock, Schlange und Parfjon einen Schock, doch nach langen philosophischen und juristischen Erörterungen zum Thema Notwehr, und vor allem infolge der erfrischenden Wirkung des Wodkas, gelangen die Freunde zu der Erkenntnis: Geschehenes lässt sich nicht ändern, basta – außerdem kann Parfjon Schmock überzeu-

gen, dass dieser nun, wo er ein echtes Verbrechen begangen hat, zum vollendeten Genie geworden ist, und sie fahren weiter mit dem Landrover der Banditen, meiden jedoch große Straßen, halten nur manchmal an Stellen, wo sie tanken (und ihre Alkoholreserven auffüllen, denn am meisten fürchten sie nüchtern zu werden), geraten aus der Steppenzone in die Waldsteppe, dann überhaupt in den Wald, in einen Sumpf, fahren auf gut Glück geradeaus, bleiben stecken, fahren nachts weiter, finden sich am nächsten Morgen auf festem Grund wieder, schlafen ein und erwachen – umringt von seltsamen menschlichen Wesen in Kleidern aus Hanf, die nicht Russisch sprechen, sondern eine Sprache, die Parfjon und Schmock keiner einzigen der ihnen bekannten Sprachfamilien zuordnen können; die Wesen leben in grob gezimmerten Blockhütten, sind überzeugt, dass es keinen Weg nach draußen gibt von ihrer Insel, hat es doch bisher niemand geschafft, ihn zu überwinden: den Sumpf ringsum, der unerklärlicherweise warm ist und auch im Winter nicht zufriert, oder einen Knüppeldamm anzulegen (was sie nun auch nicht mehr wollen), die Allerältesten erinnern sich noch verschwommen an ein früheres Leben und an die Ereignisse, die sie hierher führten, aber das halten die Stammesgenossen bereits für fast märchenhafte Überlieferungen; die Sumpfmenschen leben von Naturalwirtschaft: jagen Vögel, fangen Frösche und sammeln Beeren; die Freunde, denen das, was sie hier sehen, den Verstand zu vernebeln droht, retten sich in Wodka und bieten auch dem seltsamen Völkchen davon an, und da auf einmal, am abendlichen Lagerfeuer, erwacht bei den Alten die Erinnerung, lösen sich die Zungen, und sie berichten, wie ihre Vorfahren einst in den Hungerjahren einen Kräutersud aus Bilsenkraut kochten, damit alle sterben sollten, doch sie starben nicht, sondern fanden sich in diesem Sumpf wieder, wo sie blieben; und die Freunde können die Schilderung sehr gut nachempfinden, äußern den Wunsch, auch hier bleiben zu dürfen, doch die Ältesten lehnen ab, bitten die drei, im Guten ihrer Wege zu gehen, mit diesem schweren Auto sei das sehr wohl möglich; und tatsächlich – wieder nachts und wieder betrunken, schaffen sie es: Stets aufs Neue stecken bleibend und doch nie restlos festgefahren, hundertmal einsinkend, doch nie versinkend, überwinden sie, schon ganz fühllos von dem Gerumpel, das unüberwindliche Moor, finden aus dem Wald heraus, gelangen zu Orten, an denen Menschen wohnen; doch da heften sich erneut Banditen an ihre Fersen, die Kumpane der beiden, denen die drei Freunde so übel mitgespielt haben, und wieder beginnt eine Verfolgungsjagd, aber diesmal ist Parfjon schneller; allerdings kommt der Landrover bald darauf vom glitschigen Weg ab und rutscht in den Straßengraben; voller Prellungen und Schrammen, abgerissen und schmutzig, hungrig und restlos verkatert, stolpern die Freunde zu Fuß weiter, und nun ist es für die Verfolger ein Leichtes, sie einzuholen, die Banditen nehmen ihnen das Geld ab, fesseln sie an drei Espen am Straßenrand und wollen sie erschießen (exemplarisch vor den Augen aller, die vorbeifahren, damit die gar nicht erst auf dumme Gedanken kommen), wozu sie den Freunden barmherzig die Augen verbinden, und Schmock, Parfjon und Schlange lassen im Angesicht des Todes ihr Leben Revue passieren, zuerst so, wie es war, dann so, wie es hätte sein können, wäre es von Anfang an anders gelaufen, danach richten sie in Gedanken Abschiedsworte an ihre Lieben und Nächsten – und schon fallen Schüsse, doch gleich darauf heulen Milizsirenen, und die Freunde begreifen, dass die Kugeln nicht ihnen galten; dass man sie befreit hat; sie werden losgebunden, man stellt ihre Personalien fest, setzt sie in eine grüne Minna (wobei das Geld selbstverständlich wieder verschwindet), bringt sie zurück in das heimatliche Saratow und … aber das war nur meine erste Version, von der ich, der Autor, Abstand genommen habe, weil sie so offenkundig an den Haaren herbeigezogen wirkt, während sich in Wirklichkeit alles entsprechend der Logik des Lebens entwickelte: Als die Freunde ihren (genauer gesagt: Parfjons) Irrtum im Hinblick auf den Fahrplan bemerken, empfinden sie große Erleichterung, fahren wieder nach Hause, in ihre Wohnungen, zu ihren Familien, schlafen sich aus und – beginnen ein neues Leben;

Parfjon

lässt seine Anstellung beim Gouverneur sausen und eröffnet mit Olgas Hilfe eine eigene Firma – die Agentur Interinform, die Sprachmittlungsleistungen anbietet für die so zahlreich nach Saratow geströmten Ausländer, aber auch Übersetzungsdienste für die einheimische Bevölkerung, die derartige professionelle Hilfe braucht, um ein Schreiben ins Ausland aufzusetzen oder einen von dort eingetroffenen Brief zu verstehen, außerdem organisiert die Agentur Crashkurse in Englisch, Deutsch, Französisch, Spanisch, Italienisch und Kasachisch, liefert zu einem erschwinglichen Preis Informationen über freie Arbeitsstellen außerhalb Russlands, berät ausländische Partner auf kommerzieller Grundlage, wo sich Valutainvestitionen lohnen usw. usw.; angesichts eines so breiten Tätigkeitsprofils verwundert es nicht, dass die Agentur floriert, Parfjons Sohn arbeitet mit, ebenso dessen Frau, die ihren Schwiegervater vergöttert, die Familie lebt in rührender Eintracht, auch wenn Parfjon hin und wieder bei der unvergesslichen Mila vorbeischaut (die die Ärzte nach einer schweren Vergiftung gerade noch retten konnten) und seine Frau das ahnt, aber darüber hinwegsieht, weil ihr plötzlich aufgegangen ist, dass es Männer gibt, die gleichzeitig mehrere

Frauen heiß und innig lieben können, weshalb Olga in Parfjons Verhalten nunmehr keinen Anlass zur Verärgerung, sondern zu eitler Freude sieht;

Schmock

gibt tatsächlich drei Bände seiner geheimen Werke heraus, zwar in kleiner Auflage und nur als Paperback, doch sie gelangen an die Öffentlichkeit, es wird allerorts darüber gesprochen und im Jahre 199... erhält er für einen der Romane den renommierten BOOKER-Preis, bereist kurz hintereinander die USA, Deutschland (gleich dreimal), Österreich (das wunderfein-walzerselige, würdevolle, wohlige Wien, von dem er so lange geträumt hat) sowie eine Stadt, die ihn dadurch überrascht, dass ihr Geist (in seinen besten Manifestationen) so sehr dem von Saratow gleicht, nämlich Sankt Petersburg; seine Frau Jola begreift plötzlich, dass man auch im Rahmen eines Lebens ein zweites beginnen kann, sie verliebt sich aufs Neue in ihren Mann (was nicht so selten vorkommt, wie es scheinen mag), nicht, weil der jetzt berühmt und geehrt ist, sondern wegen des Glanzes in seinen Augen, jenes Glanzes, den jeder richtig glückliche Mann ausstrahlt und der so unwiderstehlich auf Frauen wirkt; Schmocks Zwillingstöchter widmen alle Zeit, die ihnen ihr Studium lässt, der Beantwortung der unzähligen Leserbriefe;

Schlange

macht eine Entziehungskur, hört auf zu trinken, sucht seine ehemalige Frau auf und ist zutiefst erschüttert, als er erfährt, dass sie nie aufgehört hat, ihn zu lieben, dass auch seine Tochter immer noch an ihn denkt! – und nachdem er (durch Tausch und mit ein wenig finanzieller Entschädigung) wieder die gesamte elterliche Wohnung zurückerlangt und eigenhändig renoviert hat, ziehen die beiden zu ihm, er arbeitet als Hausmeister – nicht um des Geldes willen, sondern wegen der

Gesundheit, um an der frischen Luft zu sein, und in der restlichen Zeit verfasst er peu à peu – damit sein vom vorherigen Alkoholkonsum geschwächtes Hirn nicht überanstrengt wird – ein großes philosophisches Werk, wobei er keinerlei Primärquellen nutzt außer der Tageszeitung »Iswestija« und den Nachrichten des Fernsehprogramms »Wremja«, und auch die nicht, um Zitate zu schöpfen, sondern um seine Energie anzufachen, die sich gegen falsch verstandene Gegenwartsnähe richtet; sein Geld hat er in Parfjons Agentur investiert, und der zahlt ihm jeden Monat eine auskömmliche Dividende; einmal monatlich versammeln sich, wie ich vermute, die Freunde mit ihren Familien in Schlanges Veranda, die dieser zu einem Wintergarten umgebaut hat, und sie denken daran, wie sie noch vor kurzem … – aber! –

aber das Auftauchen eines Fremden, der völlig aus dem literarischen Thema herausfällt, nämlich ebenjenes Kildym, setzt diesem Sujet, wie Sie gleich sehen, ein Ende, und zwar eher als geplant, so unverhofft und überraschend, wie vieles im Leben endet, darunter auch, Pardon!, das Leben selbst …

»DA SIND SIE JA, MEINE SCHEINCHEN«, sagte Kildym.

»Wir haben sie gefunden«, sagte Schlange. »Nimm das Geld, wenn es dir gehört. Bloß – wir haben schon ein bisschen was verbraucht.«

»Wie viel?«

»Viel. Einundzwanzigtausend sind übrig.«

»Nein, ein bisschen mehr!« Parfjonow zog noch ein paar Scheine aus dem Koffer.

»Und noch ein bisschen!« Lidija Iwanowna brachte noch ein paar Scheine, froh darüber, das Teufelszeug endlich loszuwerden.

»Und noch ein bisschen!« Schmock lief nach Hause,

holte noch ein paar Scheine und brachte gleich seine Frau Jola mit.

»Fast alles!«, sagte Kildym und schaute auf die unbekannten Menschen, die um ihn herumstanden.

Sie betrachteten einander wie Wunderwesen, kamen sie doch aus verschiedenen Welten, auch wenn sie auf einer Erde lebten.

Kildym wollte sich mit ihnen verbinden – oder zumindest in Erinnerung rufen, dass es da eine Verwandtschaft gab.

Er hob das volle Glas und bat alle, ihre Gläser ebenfalls bis zum Rand zu füllen.

Sie schenkten ein, erhoben die Gläser.

Lange schwieg Kildym, suchte nach Worten (obwohl er eigentlich sehr beredt war). Und dann kam ihm etwas Seltsames, aufgetaucht wie ein Seufzer aus den unerforschlichen Tiefen dieses Mannes, über die Lippen:

»O du Herr mein Gott!«

Und alle verstanden ihn.

Und tranken ihr Glas bis zur Neige.

Und weil damit alles leer getrunken war, orderte Kildym Nachschub.

Mehr noch, er telefonierte per Handy, und schon kamen von allen Seiten Autos in den Hof gefahren, Leute stiegen aus, eilten zu Kildym, stiegen ebenso eilig wieder in ihre Autos, brausten davon, kehrten voll beladen zurück.

Von diesem wundersamen Fest spricht ganz Saratow noch heute.

Natürlich nicht, ohne etwas dazuzuphantasieren. So wird behauptet, ein Mafiosi, gebürtig aus der Mitschurin-Straße, habe es als Leichenschmaus für seine verstorbene junge Frau organisiert.

Aber wir wissen ja, dass es dort meilenweit nicht nach Leiche roch.

Es heißt, die Miliz sei zur Bewachung des Fests angeheuert worden.

Alles Lüge. Die Milizionäre hörten natürlich den Lärm, eilten in den Hof, um für Ordnung zu sorgen, und blieben bei der Festivität stecken.

Es heißt, es seien 100 000 Dollar ausgegeben worden.

Alles Lüge. Ich habe Olga Dmitruk gefragt. Das Ganze kostete 35 650 Dollar.

Es heißt, 1342 Gäste seien dort gewesen.

Alles Lüge. 443 Leute waren da. Mich eingerechnet.

Es heißt, sogar Katzen, Hunde und kleine Kinder seien betrunken gemacht worden.

Alles Lüge. Katzen und Hunde wurden gefüttert, wie es sich gehört. Und sämtliche Rangen versammelten sich in der großen Wohnung einer allein stehenden, kinderlieben alten Frau, die alle nur Bleiernes Ekel nannten (ein Spitzname, der folgende Vorgeschichte hat: Bleiernes Ekel war Waise und in der Jugend von seltener Hässlichkeit, sie suchte sich ganz bewusst eine Arbeit in einem Werk für Bleiakkumulatoren, um damit ihr leeres, einsames Dasein zu verkürzen. Mit 45 ging sie in Rente und lebte danach nun schon vierzig Jahre bei bester Gesundheit, obwohl sie ständig von sich behauptete, »durch und durch bleiern« zu sein. An dieses »bleiern« hatte irgendjemand aus unerfindlichen Gründen »Ekel« angehängt, völlig zu Unrecht, passte dieses Wort doch absolut nicht zu ihrem lieben Gesichtchen, das übrigens mit dem Alter weitaus sympathischer geworden war als in der Jugend, so dass ihr sogar ein rüstiger Nachbar von siebenundsechzig einen Heiratsantrag gemacht hatte). Bleiernes Ekel also hütete die Kleinen, sang ihnen Wiegenlieder, erzählte so unerhörte Märchen, dass keines der Kinder schlafen wollte, um ja nur noch eines und noch eines mitzubekommen.

Erst gegen Morgen schliefen alle ein – die Kinder und die erwachsenen Leute.

Die Erwachsenen schliefen und sahen die eigenen Träume nicht, doch die drängten sich ihnen trotzdem hartnäckig in den Schlaf, und das war sonderbar und traurig zugleich, wie Kino in einem leeren Kino.